교장 선생님이 수업을 한다고

교장 선생님이 수업을 한다고

초판 1쇄 발행일 2020년 2월 20일

지은이	김영호		
펴낸이	손형국		
펴낸곳	(주)북랩		
편집인	선일영	편집	강대건, 최예은, 최승헌, 김경무, 이예지
디자인	이현수, 한수희, 김민하, 김윤주, 허지혜	제작	박기성, 황동현, 구성우, 장홍석
마케팅	김회란, 박진관, 조하라, 장은별		

출판등록 2004. 12. 1(제2012-000051호)
주소 서울특별시 금천구 가산디지털 1로 168, 우림라이온스밸리 B동 B113~114호, C동 B101호
홈페이지 www.book.co.kr
전화번호 (02)2026-5777   팩스 (02)2026-5747

ISBN 979-11-6539-074-7 03810 (종이책)   979-11-6539-075-4 05810 (전자책)

이 도서의 국립중앙도서관 출판예정도서목록(CIP)은 시지정보유통지원시스템 홈페이지(http://seoji.nl.go.kr)와
국가자료공동목록시스템(http://www.nl.go.kr/kolisnet)에서 이용하실 수 있습니다.
(CIP제어번호: CIP2020006921)

(주)북랩 성공출판의 파트너
북랩 홈페이지와 패밀리 사이트에서 다양한 출판 솔루션을 만나 보세요!
홈페이지 book.co.kr • **블로그** blog.naver.com/essaybook • **출판문의** book@book.co.kr

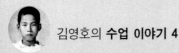

김영호의 **수업 이야기 4**

교장 선생님이
수업을 한다고

김영호
지음

북랩 book Lab

여는 글

'김영호의 수업 이야기 4'인 『교장 선생님이 수업을 한다고』가 세상 나들이를 합니다. 졸저 『수업? 너를 기다리는 동안』, 『수업, 너를 만나 행복해』, 『수업. 너 나하고 결혼해』에 이은 것입니다. 첫 졸저를 발간할 때의 다짐과는 조금 달라졌습니다.

　　제목은 '수업? 너를 기다리는 동안'입니다. 수업 다음에 물음표(?)를 넣었습니다. 아직 수업에 대해서 잘 알지 못하고 어렵다는 자기 고백이기도 합니다. 시리즈로 수업과 관련되는 책을 발간한다면 수업 다음에 쉼표(,), 마침표(.), 느낌표(!)를 넣을 예정입니다. 배움이 부족하면 계속 물음표(?)를 달 수도 있을 것입니다. 가능하면 교직 생활을 마무리하기 전에 느낌표(!)가 들어가는 책을 발간하는 작은 소망을 가지고 있습니다. 수업 다음에 나오는 제목은 조금씩 바꿀 생각입니다.[1]

『교장 선생님이 수업을 한다고』는 저 혼자 쓴 것이 아닙니다. 대구교동교육가족 모두의 생각을 모은 것입니다. 2019년 3월 1일부터 대구교동초등학교의 제일머슴(교장)으로 1년 동안 근무하면서 보고, 듣고, 직접 실천한 이야기입니다. 대구교동교육가족 모든 분들

---

1) 　김영호, 『수업? 너를 기다리는 동안』, 북랩, 2014, p.4.

께 감사와 존경의 마음을 담아 드립니다.

이 책은 모두 세 가지 이야기로 되어 있습니다.

첫 번째 이야기는 '김 교장이 수업을 한다고'입니다. 필자가 대신초등학교, 아포중학교, 김천고등학교, 대구교육대학교, 한국교원대학교 대학원에서 받은 수업을 돌아보았습니다. 초임인 대구매천초등학교부터 지금까지 한 수업도 돌아보았습니다. 필자의 수업에서 전환점이 된 일곱 가지 예도 들었습니다. 필자가 수업을 하는 이유는 수업에 대한 이해, 학생 이해, 선생님 이해의 세 가지입니다. 그리고 대구교동초등학교 학생들과 1년 동안 용기·행복·칭찬·사랑을 주제로 아이들과 함께 한 네 번의 수업을 엮었습니다.

두 번째 이야기는 '김 교장이 수업만 한다고'입니다. 필자가 수업을 하는 것은 교장의 많은 역할 중의 하나입니다. 교육과정-수업-평가-기록의 일체화를 위한 '미래를 배우며 함께 성장하는 교동 꿈자람 과정 카드' 이야기가 있습니다. 맨발축구, 맨발걷기, 맨발수업, 맨발놀이 등의 맨발교육 이야기도 넣었습니다. 후배 선생님들과 밤늦도록 수업을 고민한 수업친구 이야기도 있습니다. 그 외에도 수목 전지, 학부모 상담, 민원 해결 등 다양한 내용도 하나로 묶었습니다.

세 번째 이야기는 '김 교장이 생각하는 수업은'입니다. 이것은 일

년 동안 대구교동교육가족과 나눈 66회의 이야기입니다. 우리는 대구교동교육가족이라는 공동체 의식과 수업중심 학교문화를 만들어 가자는 두 가지 내용입니다. 수업중심 학교문화를 만들기 위해서는 대구교동교육가족 모두가 우리는 하나라는 공동체 의식이 선행되어야 합니다. 필자의 수업에 대한 생각, 직접 수업한 내용, 아이들과의 관계 등을 가감 없이 적었습니다.

이 책에는 다음과 같이 세 가지 사진을 상징 기호로 사용했습니다.

①의 민들레 사진은 첫 번째, 두 번째, 세 번째 이야기가 시작되는 쪽에 넣었습니다. 2018년 11월 27일에 경북 김천시 아포읍 대신리의 밭(부모님 산소 앞)에서 찍은 것입니다. 민들레 홀씨 같이 수업 이야기가 널리 퍼지기를 소망하는 내용입니다. 지게는 필자의 숙명인 수업에 대한 무게를 온전히 짊어지고 가겠다는 의지의 표상입니다.

②의 인물 사진은 2013년 8월 23일 대구매곡초등학교 4학년 아이들과 수업하는 장면입니다. 당시 대구광역시교육청 장학사로 근무하면서 아이들과 한 시간 수업을 하고, 선생님들과 수업에 대한 생각을 나누었습니다. 이 상징은 세 가지의 이야기에 나오는 대주제에 사용을 했습니다. 박수로 수업을 격려하고 지원하는 마음을 담았습니다.

③의 인물 사진은 대신초등학교 6학년 때 찍은 것입니다. 당시 김천초등학교에서 체력검사를 마치고 개령의 한 사진관에서 찍었는데, 이 책의 표지에도 나오는 것입니다. 이 상징은 소주제에 사용을 했습니다. 수업에 대한 지극정성의 열정, 까까머리 아이 같은 순수한 마음, 처음 시작한 마음 잃지 않기 등의 마음을 담았습니다.

그리고 이 책에서 김영호라는 동일 인물에 제일머슴(교장), 필자, 영호의 세 가지 용어를 혼용했습니다. 일관성을 유지하기 위해서는 한 가지 용어로 통일하는 것이 좋습니다. 하지만 이야기의 내용이나 문맥을 고려해서 세 가지를 혼용했습니다. 제일머슴은 부지런히 대구교동교육가족을 섬기겠다는 의미입니다. 교장은 단위 학교의 최고 관리자이지만, 학생이나 교직원이 없이는 존재 가치가 없습니다. 지금의 교장 자리는 가르치는 것에서 시작한 필자의 인생에서 잠시 머물다가 가는 자리라고 생각합니다.

끝으로, 이 책이 나오기까지 도움을 주신 많은 분들께 감사를 드립니다. 필자에게 직간접적인 도움과 살아가는 데 활력을 주는 고마운 분들입니다.

언제나 든든한 지원군인 가족들입니다. 경북 구미시 오태초등학교 교사로 근무하는 아내 이영숙입니다. 싱가포르의 마리나베이센즈 호텔에서 근무하는 아들 김광섭입니다. 서울에서 직장 생활을 하는 딸 김유정입니다. 이번 책의 표지 디자인을 도왔습니다. 우리가족은 언제나 서로를 믿고 지지해 주고 있습니다.

돌아가신 부모님(故 김달수, 임외분)께서 계셨으면 참 좋아하셨을 것입니다. 늘 아들을 믿고 지원하고 격려해 주셨습니다. 교장이 되는 것을 보고 싶어 하셨는데, 그 모습을 보지 못하고 돌아가셨습니다. 주말이면 시골집에 모여서 가족애를 나누는 누님들(김임숙, 김남순, 김홍숙)에게 고마움을 전합니다. 일 년 내내 온갖 먹거리를 재배하고 푸근하게 나누는 인정 많은 동생 김영규에게 고마움을 전합니다.

교육 삼형제인 도용환 형님과 천민필 동생에게도 감사를 드립니다. 좋은 일과 힘든 일을 서로 나누며 힘이 되어 주는 민우회 회원(송애환-박향숙, 김진오-김정옥, 이상훈-임정숙, 박경흠-이진경, 정명환-임미광, 김영호-이영숙)에게도 고마움을 전합니다. 대구교동교육가족 모든 분들께도 감사를 드립니다.

제 수업 나눔에 적극 동참해 주신 모든 분들께 감사를 드립니다. 네 시간의 수업 시간을 허락해 주신 우리 교동초의 담임 선생님들께 감사를 드립니다. 사진이나 글을 싣도록 허락해 주신 분들께도 감사를 드립니다. 지금까지 제게 좋은 가르침을 주신 선생님들께 머리 숙여 감사를 드립니다. 저와 함께 수업한 많은 제자들에게도 고마움을 전합니다. 앞서 수업에 대한 좋은 책을 발간하신 분들께도 지면을 빌어 고마움을 전합니다. 아울러 지금까지 소중

한 인연을 함께 한 분들과 이 책으로 만나서 소중한 인연을 이어
갈 분들께도 감사를 드립니다.

수업에 느낌표를 붙이는 '김영호의 수업 이야기 5' 『수업! 이젠 안
녕』에서 다시 만날 것을 약속드립니다.

2020년 2월

김영호

차 례

> **· 첫 번째 이야기 ·**
> **김 교장이 수업을 한다고**

김 교장이
수업을 한다고

영호가 지금까지 받은 수업을 돌아보았습니다.
영호가 지금까지 한 수업도 돌아보았습니다.
영호 수업의 전환점도 살펴보았습니다.

김 교장이 수업을 한다고?
용기를 내서 네 번의 수업을 했습니다.
수업의 주제는 용기와 행복, 칭찬과 사랑입니다.

학교 경영을 잘 했던 김영호 교장이 아니라,
좋은 수업을 위해서 절차탁마했던
김영호 선생님으로 기억되고 싶습니다.

김 교장이
수업을 한다고

교장 선생님 수업은 재미있어요

"교장 선생님 수업은 참 재미가 있어요."

"그래, 정말로 재미있었니?"

"예, 교장 선생님과 수업을 더 하고 싶어요."

"고맙구나. 4학년 되면 더 재미있는 수업을 해보자."

"교장 선생님, 힘드시지 않아요?"

"힘들어 보이니?"

"제가 보기에는 힘들 것 같은데요."

"그래, 조금 힘들 때도 있지만 재미있어."

"교장 선생님도 재미있어요?"

"그래, 너희들이 잘 해주니 재미도 있고 행복하기도 해."

"정말이요?"

"그렇다니까?"

"……."

2019년 12월 11일, 사랑이라는 주제로 네 번째 수업을 마친 3학년 아이들과 주고받은 이야기입니다. 아이들과 이야기를 마치고 교장실에 와서 네 번의 수업을 되돌아보았습니다. 주제는 용기, 행복, 칭찬, 사랑이었습니다. 15학반에 4시간씩이니 총 60시간입니다. 교장실에는 네 가지 주제의 수업을 한 현수막이 걸려있습니다. 현수막을 보고 있으니 지금까지 받은 수업과 직접 한 수업이 주마등처럼 지나갔습니다.

교장 선생님이 수업을 한다고

🖼 주마등에서 돌아본 영호의 수업

　필자는 2015년에 폐교된 경북 김천시 아포읍의 대신초등학교를 다녔습니다. 한글을 깨치지 못하고 입학을 해서 1, 2학년 때는 고생을 많이 했습니다. 아직도 보관하고 있는 2학년 통지표에는 양이 몇 마리 있습니다. 2학년 때 고영희 선생님의 문자 지도는 아직도 잊을 수가 없습니다. 지극정성의 사랑으로 아이들과 동행하신 선생님입니다. 가장 기억에 남는 수업은 6학년 국어시간입니다. 김명진 선생님은 한 쪽 분량의 글을 틀리지 않고 끝까지 읽기를 시켰는데, 희망한 그 누구도 성공하지 못했습니다. 마지막에 선생님께서 정확하게 읽으셨는데, 국어의 소중함을 알게 한 시간이었습니다.

　아포중학교는 십 리가 넘는 비포장길을 자전거를 타고 통학을 했습니다. 비가 오는 날은 만원버스와 차멀미에 고생한 기억도 생생합니다. 대신초등학교 4학년부터 성적이 향상되어 중학교에 입학해서도 제법 성적이 좋았습니다. 하지만 성적은 노력 여하에 따라서 널뛰기를 해서 종잡을 수가 없었습니다. 2학년 때 곽석준 선생님이 자리 배치, 교우 관계 등을 세밀하게 고려해 주셔서 360여 명 중에서 최상위권에 도달하기도 했습니다. 국어, 국사, 사회 등은 매우 우수했지만, 수학이나 과학 등은 상대적으로 점수가 낮았습니다. 1학년 때 첫 영어시간의 충격과 감동을 아직도 잊을 수가 없습니다. 스쿨(School)과 같이 스펠링과 발음기호가 따로 있다는 것을 처음 알았습니다. 유레카 같은 충격과 희열을 느낀 중학교의 영어시간이었습니다.

송설당 여사의 애국애민의 정신이 깃든 김천고등학교 3년은 기차통학과 자취의 시간이었습니다. 중학교와는 다르게 성적은 신통치가 않았습니다. 공부에 대한 애착도 별로 없었습니다. 2, 3학년 담임이셨던 전장억 선생님의 국어 수업이 아직도 기억에 생생합니다. 한학과 서예에 조예가 깊으셨던 선생님은 참 재미있는 국어 수업을 하셨습니다. 사자성어 뜻풀이, 한 번도 막힘없이 술술 외우셨던 사미인곡, 속미인곡, 독립선언문 등등은 아직도 귓가에 맴도는 듯합니다. 지금은 그리 어려운 낱말이 아니지만, 당시에는 매우 생소했던 표절(剽竊)이라는 말을 필자가 맞추었던 기억도 있습니다.

예비교사 양성기관인 대구교육대학교의 2년은 쏜살같이 흘러갔습니다. 일주일에 6시간의 예비역하사관후보(RNTC) 군사훈련과 초등학교 전 교과의 수업에 혼이 빠진 시간이었습니다. 방학에는 인근 군부대에 2주의 병영생활을 했습니다. 국어나 교육학 계열은 대부분 A학점이었지만, 수학이나 과학 등의 자연계열은 거의 D학점이었습니다. 2학년 교육실습 기간 중에 국어과 갑종수업(지금의 학교단위 수업)은 오늘의 필자를 있게 한 전환점이 되었습니다. 특히, 수업협의회에서 대구교육대학교 국어과 김문웅 교수님의 교육과정 재구성, 학습량의 적정 등의 정문일침은 지금까지 국어수업을 하는 데 디딤돌이 되었습니다.

초임인 대구매천초등학교와 대구삼영초등학교, 대구경운초등학교를 거치면서 조금씩 수업에 눈을 뜨기 시작했습니다. 경운초에 재직할 때 한국교원대학교대학원에서 초등국어교육으로 석사과정을 마쳤습니다. 신헌재 지도교수님은 가르치는 이가 기본적으로 갖춰야 할 인성이나 학문에 대한 열정 등을 몸소 실천해 보이셨습니다. 대구관음초등학교에서 수업발표대회 국어과 1등급을 받았습니다. 1998년 연구부장을 하면서 국어과 연구교사 교내외 수업 공개 준비로 밤늦게까지 불을 밝혔던 6학년 교실을 지금도 잊을 수가 없습니다. 국어수업에 대한 자신감과 자만심이 뒤섞인 시절이었습니다.

1999년 3월 1일부터 6년 동안 대구교육대학교대구부설초등학교 교사로 근무를 했습니다. 수업으로 하루를 시작하고 수업으로 하루를 마치는 날들이었습니다. 일찍 출근하고 늦게 퇴근하는 게 일상이었습니다. 성용제 교장 선생님과 동료 선생님들께 많은 것을 배웠습니다. 교생들과 함께 수업을 나누는 시간이 즐거웠습니다. 필자도 수업에서 누군가에게 롤모델이 되면 좋겠다는 생각도 들었습니다. 특히, 6학년 담임을 세 번 연속으로 하면서 아이들과 함께 교학상장의 즐거움을 느꼈습니다. 교대부초에서 6년은 수업에 대한 자신감을 가지면서 자만심은 버리고 겸손함을 배운 시간이었습니다. 그저 교대부초의 선생님이라서 행복했습니다.

2005년 3월 1일자로 교대부초를 떠났습니다. 두 학교를 거쳐서 교육전문직원이 되었습니다. 수업과 멀어지지 않기 위해 애를 썼습니다. 장학지도를 가서는 시범수업을 했습니다. 선생님들의 수업을 보는 것도 중요한 장학이었지만, 직접 수업을 보여주는 것도 좋은 장학이라는 생각을 가지고 있었습니다. 특히, 대구광역시서부교육지원청 장학사로 근무하면서 수업에 대한 연수와 지원, 장학자료

발간은 참 즐겁고 행복한 기억으로 남아있습니다. 대구태현초등학교 교감으로 전직해서는 선생님들이 수업에 전념할 수 있도록 지원했습니다. 수업이 바뀌자면 선생님의 생각이 바뀌어야 합니다. 무엇이나 하루아침에 이루어지기도 어렵지만, 하루아침에 확 바꾸는 것도 어렵습니다. 선생님들을 믿고 기다려 주었습니다. 태현초 교감으로 근무하면서 김영호의 수업 이야기 1『수업? 너를 기다리는 동안』을 출간했습니다.

10년 만에 다시 교대부초 교감이 되었습니다. 10년이면 강산이 변하는 시간이지만 그리 어색하지 않았습니다. 선생님들과 힘을 모아 수업철학이 반영된 교수·학습안을 만들었습니다. 2015년 4월 1일(수)에는 인성교육중심수업 협력학습 전국 워크숍을 개최했습니다. 전국에서 1,400여 명이 참석하는 대성황을 이루었습니다. 그때 교대부초의 비전은 '대한민국에서 수업을 가장 잘 하는 학교'이고, 철학은 '수업에서 행복을 만나다'입니다. 필자는 언제라도 어느 반이라도 자유롭게 드나들면서 좋은 수업을 위해 고민하던 시절이었습니다. 교감이라는 직위보다는 좋은 수업을 위해 모든 선생님들과 동행하는 수업친구가 되고 싶었습니다. 교대부초 교감으로 근무하면서 김영호의 수업 이야기 2『수업, 너를 만나 행복해』를 출간했습니다.

교대부초 교감 2년을 하고, 다시 대구남부교육지원청 초등교육지원과장으로 옮겼습니다. 초등학교 현장을 지원하는 역할입니다. 학교가 수업에 전념할 수 있도록 지원했습니다. 묵묵히 교학상장에 전념하는 선생님을 발굴하고, 세상에 알리는 일도 게을리 하지 않았습니다. 수업중심의 장학을 위해 장학사 연수를 강화했습니다. 직접 현장의 목소리를 듣고, 타시도의 학교를 방문해서 장학의 견문을 넓히도록 도왔습니다. 저도 수업을 직접 하고, 많은 수업 참관을 하면서 수업의 감을 잃지 않으려고 했습니다. 2018년 12월 21일 대구죽전초등학교에서 "나의 수업친구는 누구인가?"라는 주제로 워크숍을 했습니다. 필자가 6학년 1반 아이들과 수업을 하고, 정현숙 선생님이 사례 발표를 했습니다. 초등교육지원과장으로 근무하면서 김영호의 수업 이야기 3 『수업. 너 나하고 결혼해』를 출간했습니다.

영호 수업의 전환점 일곱 가지

필자는 많은 수업을 받았습니다. 그 받은 수업보다 훨씬 더 많은 수업을 했습니다. 수업은 받는 것보다 하는 것은 더 어렵습니다. 1968년부터 받은 영호의 수업은 대부분 지식 전달식의 강의 중심이었습니다. 1984년부터 시작된 영호의 수업도 한동안 지식전달 중심의 수업이었습니다. 20,000 시간 이상의 수업을 했지만, 필자가 만족하는 수업은 그리 많지 않습니다. 영호 수업에서 전환점이 된 계기가 일곱 번 있습니다.

첫 번째는 대구교육대학교 2학년 교육실습 기간 중의 국어과 갑종 수업입니다. 앞에서도 잠깐 언급되었지만, 협의회에서 김문웅 교수님의 정문일침은 아직도 좋은 수업을 위한 디딤돌입니다. 당시 수업 제재는 6.25 전쟁의 서울수복 글이었습니다. 교과서에는 중앙청에 태극기를 게양하는 사진도 실려 있었습니다. 수업의 정리 단계에서 아이들에게 손수건을 꺼내서 만세를 불러보자고 했습니다. 누구도 손수건을 꺼내는 아이가 없었습니다. 아무도 손수건을 가지고 있지 않았습니다. 잠시 어색한 시간이 흐르고 맨손으로 "대한민국 만세"를 부르는 것으로 마무리를 했습니다. 처음 수업을 할 때 전혀 생각하지도 않았고, 교수·학습안에도 없는 내용이었습니다. 1982년 7월, 당시 초등학생의 특성을 고려하지 않은 준비 부족, 학생 이해 부족 등이 초래한 즉흥적이고 무모한 발상이었습니다. 철저한 준비, 교육과정 연구, 수업의 본질 등을 되돌아보는 수업이었습니다.

두 번째는 초임지인 대구매천초등학교 1학년을 담임하던 1987년의 일입니다. 육상부 업무를 맡아서 가르치는 것에 소홀하지 않으려고 노력을 했지만, 수업이 쉽지는 않았던 시기였습니다. 10월에 장학지도를 받았습니다. 그때만 해도 장학지도를 받기 전부터 청소로 온 학교가 들썩이던 시기입니다. 그리기 수업을 했습니다. 아이들이 활동을 할 때는, 학교에 몇 대 없는 카세트 녹음기로 동요를 함께 들려주었습니다. 마지막에 박성동 장학사님이 지도 말씀을 할 때, 1학년 교실에서 미술 수업을 하는 데 음악을 함께 들려주어서 좋았다는 말씀을 하셨습니다. 그때는 별 생각 없이 그렇게 했지만, 지금 생각해보면 미술과 음악의 융합 수업시간이었습니다. 틀에 얽매이지 않는 창의적인 수업을 생각할 수 있는 계기였습니다.

세 번째는 1998년 5월 6일 대구관음초등학교 6학년 7반 국어과 연구교사 대외공개수업입니다. 읽기 영역으로 글을 읽고 요약하는 수업이었습니다. 두 가지를 두고두고 생각합니다. 그때는 학습문제(학습목표)를 파워포인트로 제시하는 게 유행이었습니다. 같은 학교의 후배에게 부탁을 해서 "뿅"하는 소리를 내며 화면에 등장하는 파워포인트로 학습문제를 제시했습니다. 문제는 그 화면을 한 시간 내내 그대로 두었다는 것입니다. 지금 한다면 당연히 칠판에 판서를 했을 것입니다. 자료의 효율성, 적시성을 생각해 볼 문제입니다. 또 하나는 교과서 글로 요약을 한 후에, 수준별 학습 및 평가의 개념으로 길이가 다른 세 가지 글을 가지고 학생들이 선택해서 요약을 하는 학습을 했습니다. 제재글 중 하나가 '속옷 없는 행복'입니다. 한 학생이 "행복은 마음먹기에 달려 있다"라고 발표를 했습니다. 100여 명에 가까운 참관자가 "와"하고 탄성을 질렀습니다. 저도 참 잘했다고 칭찬을 했습니다. 하지만 학생의 발표는 요약이 아니라 중심생각(주제)이었습니다. 국어과 내용의 본질을 정확하게 이해하지 못한 수업이었습니다. 자신감과 자만감이 뒤섞인 결과입니다. 교과의 본질에 충실한 수업, 경제적이고 실용적인 수업을 두고두고 생각하게 된 계기였습니다.

　네 번째는 1999년 4월 26일 대구교육대학교대구부설초등학교 5학년 1반의 국어과 교내공개 수업입니다. 교대부초 전입 후 처음으로 전체 교원에게 공개하는 수업이었습니다. 토의와 토론에 대한 수업을 했습니다. 토의와 토론의 개념이 지금처럼 명확한 구분이 있는 수업은 아니었습니다. 수업에는 큰 문제가 없었지만, 토의와 토론의 용어에 대한 명확한 개념 정립이 되지 않아서 옥신각신 하기도 했습니다. 교장으로 정년퇴임하신 분은 혼자서 12가지의 송곳 같은 질문을 하는 바람에 필자가 많이 당황하기도 했습니다. 교대부초의 혹독한 수업협의 문화를 직접 경험했습니다. 전공교과의 내용지식, 수업의 전문성 등을 생각하는 계기가 되었습니다. 또한, 자신감은 가지되 자만심을 버리는 겸손함과 좋은 수업을 위해 더욱 더 절차탁마하는 전환점이이었습니다.

다섯 번째는 2010년 1학기에 대구광역시서부교육지원청 장학사로 근무하면서 장학지도의 과정에서 한 수업입니다. 그때의 장학사는 장학지도를 하면서 선생님들의 수업을 보고, 흔히 지도조언이라고 말하는 평을 하는 시기였습니다. 필자도 오전에는 수업을 참관했습니다. 학급이 많은 학교는 한 반에 1~2분 정도 수업을 참관했습니다. 오후에는 고학년 한 반을 정해서 국어 수업을 했습니다. 아이들에게는 누가 수업을 하는지 비밀로 하고, 동기유발 제재글은 담임 선생님이 미리 미닫이 칠판에 적도록 부탁을 했습니다. 아이들 좌석표는 미리 받았습니다. 지도조언 시간은 지도조언이 아닌 함께 생각하는 시간이었습니다. 선생님들의 수업과 영호의 수업을 본 것을 자유롭게 이야기하고, 마지막에 간단한 부탁의 말씀을 드리는 것으로 마무리를 했습니다. 장학사도 수업을 하는 것은 너무나 당연하다고 생각했습니다. 대구대산초등학교, 대구북비산초등학교 등 8개교에서 이런 일이 있었습니다. 가르치는 직업에 종사하는 동안은 직위가 바뀌어도 수업을 해야 한다는 확고한 신념을 다지는 계기였습니다.

여섯 번째는 2011, 2012학년도 대구광역시교육청에서 장학사로 근무하면서 국어과 연구교사와 수업 나눔을 한 일입니다. 해당교과 수업발표대회 1등급에 입상을 하면, 다음해에 교내 공개와 대회 공개를 각각 1번씩 하게 됩니다. 교내 공개는 교육지원청 담당 장학사가 협의를 하고, 대외 공개는 시교육청 장학사가 담당을 합니다. 그때만 해도 수업발표대회 참가자가 많아서 1등급도 많았습니다. 필자는 수업자의 의견을 최대한 존중했습니다. 국어과의 흐름이나 시대상을 반영한 수업을 하자는 이야기를 많아 했습니다. 신간 서적을 사서 같이 읽기도 했습니다. 앞선 연구교사의 수업을 따라하지 말고, 자신만의 수업을 만들어보자는 주문을 많이 했습니다. 간혹, 자신의 연구가 아닌 앞선 연구교사의 결과를 자신의 것인 양 표설한 것은 따끔하게 나무라고 처음부터 다시 시작하게 했습니다. 대외 공개를 하기 전날 밤에 수업을 준비하는 연구교사의 교실을 사전에 아무 연락도 없이 방문을 하기도 했습니다. 편안하게 수업하자는 말과 함께 준비해 간 빵이나 늦은 저녁을 함께 먹기도 했습니다. 좋은 수업을 위해서는 직위를 떠나서 친구같이 마음을 터놓고 이야기 할 수 있는 수업친구의 필요성을 생각한 시기였습니다.

마지막은 2014년 9월 1일부터 2016년 8월 31일까지 대구교육대학교대구부설초등학교 교감으로 근무를 하면서 선생님들과 소통과 공감으로 나눈 수업입니다. 선생님들이 수업에 전념하면서 일상의 수업과 공개 수업의 간극을 좁히는 집밥 같은 수업을 실천한 것입니다. 또한, 교수·학습안에 수업철학을 반영했습니다. 이전에도 수업자의 의도나 생각 등으로 표현한 교수·학습안도 많았습니다. 교대부초 교수·학습안의 시작은 본인의 이름으로 시작(김영호 국어과 교수·학습안)합니다. 다음에는 본인의 수업철학과 간단한 설명을 덧붙이는 것입니다. 자신만의 수업 브랜드이자 수업철학이 반영된 것입니다. 이런 수업 나눔을 하기 전에 한 것이 우리 교대부초는 하나라는 공동체 의식입니다. 그때까지 조금은 남아 있던 연차문화도 정리를 했습니다. 후배는 선배를 존경하고, 선배는 후배를 사랑하는 교대부초의 학교문화를 정착하기 위해 노력했습니다. 모든 수업에 의미를 두고, 수업을 따뜻한 눈으로 보기 위한 전환점이었습니다.

🧑 영호가 수업을 하는 이유

2019년 3월 1일자로 대구광역시남부교육지원청 초등교육지원과장에서 대구교동초등학교 교장으로 전직을 하게 되었습니다. 학기 말 마무리와 2019학년도 기본 계획 및 교내 인사는 학교에 계시는 분들에게 일임을 했습니다. 필자는 2019년 3월 2일에 학교에 부임하는 것으로 약속을 하였습니다. 2019년 2월 20일 수요일에 대구교동초등학교에서 이석수 교감 선생님, 김승미 교무부장 선생님, 박동채 연구부장 선생님, 신위자 행정실장님이 남부교육지원청으로 오셨습니다. 학교의 여러 가지 자료를 잘 준비해 오셨습니다. 두 가지 부탁을 드렸습니다.

첫째는 학교장의 경영철학입니다. 대구교동교육가족이라는 공동체 의식과 수업중심 학교문화를 만들어 가자는 약속입니다. 양식[2] 을 만들어서 교감 선생님께 드려서 전 교직원과 공유를 하게 했습니다. 둘째는 전 학년 전 학반에 4시간의 수업을 할 수 있도록 시간을 확보해 달라는 것입니다. 창의적체험활동 시간을 이용해서 1학기에 2시간, 2학기에 2시간을 확보했습니다. 학년이나 필자의 사정에 따라 처음 계획한 시간이 조금 바뀌기도 했습니다.

2019년 3월 2일 대구교동초등학교에 처음 출근을 했습니다. 아침이면 교문에서 아이들을 맞이합니다. "사랑합니다"라는 인사말은 하루에도 수백 번씩 합니다. 교문에 나가지 않는 날은 아이들과 함께 맨발로 운동장을 걷거나 축구를 합니다. 교직원도 동행하고 있습니다. 수업중심 학교 문화를 만들기 위해 교-수-평-기 일체화에 온 힘을 다하고 있습니다. 아이들은 '미래를 배우며 함께 성장하는 교동 꿈자람 과정 카드'로 저마다의 꿈과 보물을 가꾸어 가고 있습니다.

교장이 수업을 한다고 하니 이런저런 소리가 많이 들렸습니다. 학반마다 4시간의 수업을 한다고 하니, 담임 선생님들은 약간 경계의 시선을 보내기도 했습니다. 동료 선후배도 기대 반 걱정 반의 시선이었습니다. 아내도 몇 가지 조심할 점을 알려주었습니다. 같이 근무를 한 장학사는 롤모델이 되어 주어서 고맙다는 말도 했습니다.

한번은 출장 중에 친한 동기와 옆자리에 앉아서 수업에 대한 이야기를 나누었습니다. 필자가 수업을 하는 데 대해서 걱정과 격려를 해주었습니다. 또한 후임 교장 선생님을 생각하는 이야기도 해

---

2) 세 번째 이야기 대구교동교육가족 이야기에 나오는 양식입니다.

주었습니다. 그 친구에게 수업을 하는 이유를 다음과 같이 설명해 주었습니다.

"내가 수업을 하는 것은 세 가지의 이유가 있다네. 먼저, 내가 수업에 대한 감을 잃지 않기 위해서지. 오랫동안 아이들을 가르쳤고, 장학사를 할 때도 선생님들 앞에서 수업을 많이 했다네. 교감을 하면서도 보결 수업에 많이 들어갔고, 장학관을 할 때도 마찬가지야. 교장이 수업을 해야 한다는 규정은 없지만, 하지 말라는 규정도 없잖아. 학교문화가 수업 중심이 되자면 내가 수업을 보는 것도 중요하지만, 직접 해 보는 것이 좋다는 생각이네. 둘째는 우리 교동의 아이들을 이해하는 데 수업보다 더 좋은 방법이 없어. 실제로 수업을 해 보면 아이들을 속속들이 이해할 수 있게 되지. 평소에는 굉장히 활발해도 막상 발표를 할 때는 주저하는 아이도 있지. 말은 잘하는데, 글로 자기 생각을 표현하는 것은 어려워하는 아이도 있지. 학부모와 상담할 때도 수업한 내용이 많은 도움을 주는 게 사실이야. 셋째는 우리 교동의 선생님을 이해하고 수업을 도와 줄 방법을 찾는 데 있다네. 선생님들을 믿고 기다려주고 있다네. 대구교동교육을 통해서 공동체의식 함양과 수업중심 학교문화를 만들어 가고 있지. 그런 중심에 수업이 있다는 생각이지. 그렇다고 교장이 수업을 잘 이해하는 것 이상으로 직접 수업을 하는 것도 좋다는 생각이야. 내가 수업을 잘 한다고 과시를 하거나 우쭐대고 싶은 마음은 하나도 없다네. 그런 마음은 이미 없어진 지 오래되었지. 선생님들이나 아이들이 수업에서 행복을 찾았으면 좋겠어."

교장 선생님이 수업을 한다고

2019년 11월 7일, 선배 교장 선생님의 전화를 받았습니다. 고학년 아이들과 담임의 사이가 틀어져서 담임 선생님이 학급 경영이 매우 힘들다고 합니다. 교장 선생님이 그 반에 수업을 하면서 아이들과 소통을 하려고 하는데, 좋은 방법이 있으면 소개해 달라고 했습니다. 마침 수업의 세 번째 주제인 '칭찬'을 마치고, 네 번째 주제인 '사랑'을 준비할 때였습니다. 전화로 몇 가지를 말씀드리고, 카톡으로 '칭찬'을 주제로 수업한 결과물 사진 네 장을 드렸습니다.

2019년 12월 20일에는 필자가 그 교장 선생님께 전화를 드렸습니다. 교장, 교감 선생님 안부를 여쭈었습니다. 교감 선생님은 교육지원청에서 같이 근무를 하신 분입니다. 교장 선생님은 교감 선생님 칭찬을 입에 침이 마르도록 하셨습니다. 마지막에 지난 번 고학년 수업한 것도 여쭈어보았습니다. 아이들을 많이 이해하고 이름도 대부분 알게 되었다고 합니다. 좋은 경험이었다고 했습니다.

🧑 영호의 절차탁마 수업

다음은 대구광역시교육청 홈페이지에 전제된 보도자료[3]입니다.

대구교동초등학교 김영호 교장은 2019년 4월부터 12월까지 전 학년 전 학반 학생들을 대상으로 학반별 4시간, 총 60시간의 소통과 공감의 수업 나눔을 했다. 김영호 교장이 직접 수업을 하고, 학반 담임교사와 다른 교원들이 수업을 참관 했다. 수업은 창의적체험활동 시간에 용기, 행복, 칭찬, 사

---

3) 보도자료를 바탕으로 다음과 같이 보도되었다. 대구신문(2020.1.7.화) 교장 선생님과 함께한 60시간(교동초 김영호 교장 소통·공감 수업 4가지 주제로 학반별 4시간씩 진행).

랑의 네 가지 주제로 학년성에 맞게 다양한 방법으로 수업을 진행했다.

첫 번째 수업은 4월과 5월에 '용기'라는 주제로 실시했다. 두려움, 이순신, 이불 등의 낱말을 유추해서 용기라는 주제를 찾았다. 그리고 '용기와 두려움은 한 이불을 덮고 잔다.'는 문장도 만들었다. 누구라도 일을 시작할 때는 용기와 두려움이 같이 있지만, 용기가 많아질수록 두려움을 줄어든다는 생각을 나누었다. 또한, 어떤 일이나 약간의 두려움을 가지는 것은 신중한 일처리를 위해서 필요하다는 의견도 있었다.

두 번째 수업은 6월과 7월에 '행복'이라는 주제로 실시했다. 왕, 신하, 중병, 속옷, 농사꾼 부부의 낱말로 이야기를 만들었다. 제재글인 '속옷 없는 행복'을 읽고 의미를 새겨 보았다. "행복은 내 마음먹기에 달려 있다."는 나름의 결론도 내렸다. 아이들이나 선생님들이나 하루 중에서 가장 비중이 큰 시간이 수업인 만큼 수업이 행복한 교실, 선생님과 아이들이 수업에서 행복을 찾자는 다짐도 했다.

세 번째 수업은 9월과 10월에 '칭찬'이라는 주제로 실시했다. 기분, 고래, 꾸중, 잘 했어라는 낱말로 칭찬이라는 주제를 찾았다. 『칭찬은 고래도 춤추게 한다』는 책 제목도 알아보고, '칭찬은 칭찬을 낳는다.'는 생각도 공유했다. 자기 자신과 선생님을 칭찬하는 글을 쓰고 발표하는 시간을 가졌다. 1, 2, 3학년은 운동장에서 맨발수업으로 진행했다. 거센 바람보다는 따뜻한 햇볕이 나그네의 외투를 벗기듯이, 꾸중보다는 칭찬을 많이 하자는 다짐으로 마무리를 했다.

네 번째 수업은 11월과 12월에 '사랑'이라는 주제로 실시했다. BTS, 교동, 인사, ♡로 '사랑'이라는 주제를 찾았다. BTS의 아이돌 노래를 듣고 함께 부르는 시간도 가졌다. 내가 사랑하는 것을 적고, 사랑하는 마음을 담아서 자신에게 편지를 쓰고 발표를 했다. "나를 사랑하는 것은 나를 믿는 것이다"고 발표하는 학생도 있었다. 이타적인 사랑도 중요하지만, 사랑의 시작은 내가 나를 사랑하는 것부터 하자고 마무리를 했다.

6학년 정현서, 최현우 학생은"교장 선생님이 수업을 해 주신다고 해서 신기했다. 교장 선생님과 수업을 하면서 자신과 친구들이 소중하다는 것을 알았다. 아침에 교문에서 '사랑합니다'라고 인사하고, 맨발축구도 함께 하시면서 수업까지 하는 교장 선생님이 좋다."라고 했다.

　박동채 교사는 "교장 선생님이 학교에 부임하시기 전인 2월에, 반마다 수업을 4시간씩 들어가게 해달라고 부탁하셨다. 수업 4시간을 보시겠다는 것이 아니라 직접 하시겠다니……. 걱정 반 기대 반으로 시작된 교장 선생님의 수업은 대개 종이 한 장, 연필 한 자루를 가지고 진행되었다. 아이들과 눈을 맞추고 생각을 나누며 40분이라는 시간을 오롯이 채우셨다. 그리고 그렇게 모인 4시간의 수업에는 하나의 큰 흐름, 김영호의 수업철학이 있었다. 수업철학이 가진 힘을 충분히 느낄 수 있었던 행복한 시간이었다."라고 했다.

　김영호 교장은 "60시간의 수업을 마치니 많은 것을 알게 되었다. 처음 시작할 때는 힘들었지만, 하면 할수록 학생들의 변화를 확인하는 시간이 되어서 행복했다. 선생님과 학생들이 수업에서 행복을 찾으면 좋겠다. 다음 해에도 다양한 주제로 학생들과 소통과 공감을 할 수 있는 수업을 위해 더욱 더 절차탁마하겠다."라고 다짐을 밝혔다.

'용기' 주제 수업
(2019.05.07.(화)-1학년)

'행복' 주제 수업
(2019.06.26.(수)-3학년)

'칭찬' 주제 수업
(2019.10.24.(목)-2학년)

'사랑' 주제 수업
(2019.12.06.(금)-4학년)

대구신문에 보도된 내용을 스크랩 한 2020년 1월 7일 대구광역시교육청의 보도현황을 본 지인들로부터 격려를 받았습니다. 다음은 대구남부교육지원청에서 같이 근무했고, 지금은 대구동부교육지원청에서 근무하는 임채희 장학사님이 주신 내용입니다.

교장 선생님…

오늘 보도 자료 보고
반가운 마음에 연락드립니다~

역시~
따뜻하고, 부지런하신 교장 선생님으로
활약하고 계시네요^^
시간적, 물리적, 현실적으로
정말 쉽지 않으실 텐데~
학생들을 대상으로
60시간이나 수업을 진행하시다니~
존경합니다.
교장 선생님!

항상 온화한 미소로
소통과 공감으로,
부지런한 실천으로
학생과 교사들에게
다가가시는 교장 선생님의 모습이 떠오릅니다.~

앞으로도
멋진 교직 선배님의 모습
계속 기대하겠습니다.^^

건강하시고,
행복한 기운 가득하시기를 기원합니다.

- 동부교육지원청 임채희 드림 -

용기와 두려움은
한 이불을 덮고 잔다

영호의 용기와 두려움

영호는 초등학교에 들어가기 전에 무서움이 많았다고 합니다. 특히, 검은 구두를 신은 사람을 보면 꽁무니를 뺐다고 합니다. 물론 영호는 전혀 기억하지 못하는 일입니다. 어릴 적에 그런 기억이 있어서 그런지 영호는 대신초등학교를 다니면서도 부끄러움이 많았습니다. 키는 또래의 학년에서 제일 컸지만, 약간은 어리숙하면서 착한 아이였습니다.

대신초등학교 4학년 때 주산을 배웠습니다. 지금은 아래쪽 알이 네 개지만, 그때는 아래쪽 알이 5개인 주산이었습니다. 수업이 모두 끝난 뒤에 고영희 선생님 교실에 모여서 배웠습니다. 지금의 방과후학교와 비슷한 형태인데, 별도로 수강료를 내지는 않았습니다. 주산을 직접 하지 않을 때는 양손의 엄지와 검지의 끝을 번갈아 부딪치는 연습을 했습니다. 손가락을 빨리 움직이는 데 도움이 된다고 합니다.

어느 정도 연습이 된 후에 김천에 주산 7급 시험을 치러 갔습니다. 대신역에서 기차를 타고 김천역에서 내려서 인근의 김천중앙초등학교에서 실기시험을 쳤습니다. 많이 떨리기는 했지만, 시간 안에 문제는 다 풀었습니다. 덧셈, 뺄셈, 곱셈, 나눗셈 네 가지의 문제였습니다. 시험을 마치고 다시 김천역에 와서 대신역까지 기차를 타야했습니다. 기차가 거의 유일한 교통수단이던 1970년대 초반이라 김천역에는 사람들이 아주 많이 북적댔습니다. 당시에 김천역은 경부선과 경북선이 만나는 지점이라 사람과 물건이 많은 역이었습니다.

김천역에서 잠깐 한눈을 파는 사이에 일행을 놓쳤습니다. 정신을 차려서 기차 시간을 보니 기차는 떠나고 없었습니다. 다음 기차를 타야했습니다. 선생님이 단체로 기차표를 끊어서 영호에게는 기차표가 없었습니다. 다시 기차표를 끊어야 했습니다. 기차표를 끊는데 입안에서만 맴도는 "대신"이라는 말을 매표원에게 하는 데는 큰 용기가 필요했습니다. 영호는 김천역에서 일행을 놓치고 다시 기차표를 끊기까지 두려움의 연속이었습니다. 한참을 기다려서 다음 기차를 타고 대신역에 내렸습니다. 시골 소년이었던 영호의 김천 나들이는 두려움과 용기가 씨줄과 날줄처럼 교차하는 시간이었습니다.

첫 번째 수업 주제는 용기입니다. 우리 교동의 아이들에게 자심감과 용기를 심어주고 싶었습니다. 고개를 푹 숙이고 걷는 아이들에게 어깨를 펴고 고개를 들고 걷도록 하고 싶었습니다. 4~6학년은 거의 같은 방법으로 했는데, 보도자료에 상세하게 나타나 있습니다. 3학년은 고학년과 조금 다르게 하고, 1~2학년은 완전히 다른 소통과 공감의 수업을 했습니다.

용기와 두려움은 한 이불을 덮고 잔다

2019년 4월 1일 월요일에 6학년 수업을 했습니다. 아이들과 처음 만나는 시간입니다. 매일 아침에 교문에서 아이들을 맞이해서 얼굴이 낯선 아이는 없었습니다. 하지만 영호나 아이들이나 긴장하기는 마찬가지였습니다.

초성인 'ㅇㄱ', 'ㅇㅂ', 'ㄷㄹㅇ'으로 낱말을 만들었습니다. 국어사전을 이용했습니다. 국어사전을 영어서전의 십분의 일만 사용해도 국어의 어휘력을 신장시킬 수 있다고 믿습니다. 만든 낱말에서 용기, 이불, 두려움의 세 가지 낱말을 정했습니다. 다음은 아이들이 이불, 용기, 두려움 세 가지의 낱말을 한 번씩 사용해서 만든 문장입니다.

- 오늘 아침에 자고 있는데 이불이 너무 좋아서 나가기가 두려웠지만 용기 있게 나갔다.
- 두려움이란 이불을 걷어차고 용기를 내서 밖으로 나가자.
- 용기 대신 두려움이 있어 이불 속에 들어갔다.
- 이불 속에 들어가면 두려움이 없고 용기가 생긴다.
- 두려움이 많던 사람이 이불 속에만 있다가 용기를 내서 밖으로 나와서 세상을 바꾸었다.

- 두려움은 이불 속에 넣어두고 용기 있게 생활하자.
- 이불 밖은 두려움이 있지만 용기를 내서 밖으로 나왔다.
- 두려움이 있어 이불 속에 들어갔지만 용기는 나지 않았다. 용기를 내여 이불을 떨쳐 내는 것처럼 두려움도 떨쳐 내었다.

이 과정을 마치고 "용기와 두려움을 한 이불을 덮고 잔다."는 문장을 칠판에 쓰고, 소리를 내면서 여러 번 읽고 외우게 했습니다. 용기와 두려움의 합이 100이라고 생각하고 용기와 두려움의 비율도 알아보았습니다. 85:15, 86:14, 80:20, 60:40, 75:25, 85:15 등 다양하게 분포가 되었습니다.

다음은 아이들의 수업 소감 및 교장에게 부탁하는 내용입니다.

- 오늘 수업은 아주아주 좋은 추억이 된 것 같다. 오늘같이 교장 선생님과 같이 수업을 하니까 너무너무 재미있고 즐거웠다. 다음번에도 기회가 된다면 또 공부하고 싶다.
- 교장 선생님과 수업을 하면서 잘 모르던 지식을 알게 되었고, 우리 학교의 대표인 교장 선생님과의 수업이 영광스럽다.
- 교장 선생님 축구 잘 하시고, 오늘 수업에서 알게 된 점이 많았어요.
- 교장 선생님 덕분에 저의 용기와 두려움이 몇 퍼센트인지 알게 되었어요. 앞으로도 재미있는 많은 수업과 많은 이벤트, 운동회를 많이 열어주세요.
- 이 수업을 하고 나서 용기와 두려움에 대해서 더 잘 알게 되었고, 용기를 낼수록 기분이 좋아진 것 같습니다. 교장 선생님 사랑합

니다 ♡.

○ 오늘 처음으로 교장 선생님과 수업을 해서 기분이 좋았다.

○ 용기와 두려움과 이불은 한 문장이 될 수 없는 것처럼 느꼈지만,
   신기하게도 한 문장이 되었다.

○ 축구 자주 해주세요. 수업 정말 재미있었습니다.

○ 교장 선생님이 제 앞으로 올 때는 약간 긴장했어요.

○ 이제 국어사전을 잘 찾을 수 있을 것 같다.

😊 노는 것처럼 재미있고 즐겁다

2019년 4월 10일 수요일에 5학년 수업을 했습니다. 6학년과 거의 같은 방법으로 수업을 진행했습니다. 5학년 아이들도 낯설지는 않았습니다. 하지만 6학년 하고는 조금 다른 느낌이 들었습니다. 6학년은 의젓하다는 느낌을 받았는데, 5학년은 조금 더 생동감이 넘쳤습니다.

다음은 아이들이 이불, 용기, 두려움 세 가지의 낱말을 한 번씩 사용해서 만든 문장입니다.

○ 이불은 폭신하고 용기는 두려움을 이긴다.

○ 용기는 이불에 오줌을 싸서 엄마에게 혼날까하는 두려움을 이겨
   내는 것이다.

○ 용기가 없어서 두려움에 이불 안에서 나오지 않았다.

- 용기를 내려고 했는데 두려움 때문에 이불 속으로 숨었다.
- 나는 두려움이 많지만, 용기를 내어 이불 빨래를 한다.
- 용기를 내서 이불 밖으로 나섰는데 어둡고 섬뜩해서 두려움이 느껴졌다.
- 나는 이불로 인해 두려움을 이겨내고 용기를 되찾았다.
- 나는 용기보다는 두려움이 많다는 걸 이불을 덮고 생각했다.

이 과정을 마치고 "용기와 두려움은 한 이불을 덮고 잔다."는 문장을 칠판에 쓰고, 소리를 내면서 여러 번 읽고 외우게 했습니다. 용기와 두려움의 합이 100이라고 생각하고 용기와 두려움의 비율도 알아보았습니다. 80:20, 65:35, 50:50, 70:30, 40:60, 90:10, 99.9:0.1 등 다양하게 분포가 되었습니다. 마지막으로 아이들의 수업소감 및 교장에게 부탁하는 내용입니다.

- 교장 선생님 수업 같이 해주셔서 고맙습니다. 사랑합니다.
- 교장 선생님 사랑합니다. 스트레스 받지 않고 열심히 공부하겠습니다.
- 교장 선생님 사랑합니다. 오늘은 용기와 두려움을 알았습니다.
- 교장 선생님이랑 수업을 하니까 너무 재미있었다.
- 노는 것처럼 재미있고 즐거웠습니다.
- 두려움과 이불, 용기를 배워서 좋았지만, 사랑합니다를 너무 많이 해서 힘들었다.
- 재미있는 수업을 할 수 있어서 좋았어요. 교장 선생님과 배운 수

업 기억할게요. 교장 선생님 감사하고 사랑합니다.

○ 교장 선생님 저희에게 수업을 재미있게 해주시고, 우리 학교도 지켜주셔서 감사합니다. 사랑합니다.

○ 교장 선생님 오셔서 재미있는 수업이었어요. 너무 긍정적이라 반이 훈훈하네요. 교장 선생님 사랑합니다♡~

🧑 별이 5개, 재미있고 고맙다

2019년 4월 16일 화요일에 4학년 수업을 했습니다. 6, 5학년과 거의 같은 방법으로 수업을 진행했습니다. 먼저 네 가지 부탁을 했습니다. ① 공부시간 협력하기 ② 알맞은 속도로 걷기 ③ 바른 자세로 걷기 ④ 알맞은 목소리로 말하기의 네 가지입니다.

다음은 아이들이 이불, 용기, 두려움 세 가지의 낱말을 한 번씩 사용해서 만든 문장입니다.

○ 두려움을 극복하고 용기를 내어 이불을 덮고 자자.

○ 나는 두려움이 생길 때 이불 안에 들어갔다가 나오면 용기가 생긴다.

○ 캠핑에서 자다가 이불에 오줌을 싸서 두려움에 떨고 있다가 용기를 내서 말했다.

○ 이불에 오줌을 싸서 두려움이 생겼는데, 용기 있게 엄마에게 말했다.

○ 두려움을 이불로 덮고 용기를 내자.

- 이불로 두려움을 없애고 용기를 갖자.

이 과정을 마치고 "용기와 두려움은 한 이불을 덮고 잔다."는 문장을 칠판에 쓰고, 소리를 내면서 여러 번 읽고 외우게 했습니다. 4학년은 5, 6학년과는 달리 용기와 두려움의 비율은 하지 않았습니다. 마지막으로 아이들의 수업소감 및 교장에게 부탁하는 내용입니다.

- 교장 선생님 사랑하고 재밌어요. 그리고 멋지십니다. 모둠 친구끼리 협력해서 좋았습니다.
- 항상 멋지세요!
- 오늘 공부 정말 재미있었어요.
- 별 5개, 재미있고 고맙다.
- 교장 선생님 사랑합니다♡. 오늘 저희랑 함께 즐거운 수업 감사해요! 아! 밥 맛있게 부탁해용↗
- 교장 선생님이 있어 믿음직하고 좋았습니다. 사랑합니다.
- 사랑합니다. 고맙습니다. 잘생겼어요. 공부시간 너무 재밌어요. 다음에 또 이렇게 교장 선생님과 공부하고 싶어요.

👨 3학년 삼총사 알아가기

2019년 4월 24일 수요일에 3학년 수업을 했습니다. 고학년과 다르게 받아쓰기 형태로 진행을 했습니다. ① 용기와 두려움을 한 이불을 덮고 잔다. ② 공부시간 협력하기 ③ 알맞은 속도로 걷기 ④ 바른 자세로 걷기 ⑤ 알맞은 목소리로 말하기의 다섯 가지입니다. 받아쓰기로 한 이유는 3학년 아이들이 한글을 어느 정도 정확하게 쓰는지 알아보기 위해서입니다. 다음은 틀리게 쓴 예입니다. 제일 많이 틀린 것이 '덮고'의 '덮'입니다.

- 요기와 들러운은 한 이불을 덥고 잔다.
- 알맞은 속도로 걸기
- 알마은 속도로 거기

수업을 하다가 돌발적인 변수가 생겼습니다. 한 학생이 수업을 거부하는 것이었습니다. 자기 마음대로 되지 않는다고 수업을 하지 않겠다고 했습니다. 강제로 시킨다고 될 일이 아니었습니다. 끓어오르는 화를 참고, 그 아이만 따로 앉히고 나머지 세 명으로 모둠활동을 했습니다. 평소 수업에서도 담임 선생님이 애를 먹던 아이였습니다. 한 반에 이런 아이가 세 명이나 되어서 선생님이 고충을 호소하기도 했습니다. 저는 이 아이들을 삼총사라고 불렀습니다.

이 세 명의 아이[4] 중에서 두 명의 부모와 상담을 했습니다. 교장, 교감, 담임, 학부모, 아이는 필요에 따라서 잠깐 참석을 하기도 했습니다. 한 명은 두 번이나 상담을 했습니다. 부모가 모르는 아이의 학교생활을 자세하게 설명했습니다. 학교에서 모르는 아이의

---

4) 2019.05.27.(월) 사진.

가정생활도 자세하게 들었습니다. 서로 이해하고 공감의 폭을 넓혔습니다.

2019.05.27.(월) 교장실

2019.05.28.(화) 교무실

삼총사는 교무실과 교장실에도 아주 많이 출입을 했습니다. 마음이 힘들고 공부가 어려울 때 언제나 열려 있는 교무실과 교장실이었습니다. 삼총사 학반에서 수업 참관을 많이 했습니다. 이 세 아이도 학년을 마무리 할 때에는 처음과는 아주 많이 달라졌습니다. 괄목상대라고 해도 좋을 변화입니다.

🧑 받아쓰기와 보고쓰기

2019년 5월 2일 목요일에 2학년 수업을 했습니다. 3학년과 같이 받아쓰기 형태로 진행을 했습니다. ① 공부시간 협력하기 ② 알맞은 속도로 걷기 ③ 바른 자세로 걷기 ④ 알맞은 목소리로 말하기 ⑤ 사랑합니다의 다섯 가지입니다. 받아쓰기로 한 이유는 2학년 아이들이 한글을 어느 정도 정확하게 쓰는지 알아보기 위해서입니다. 다음은 틀리게 쓴 예입니다. 제일 많이 틀린 것이 '걷기'의 '걷'입니다.

  ◦ 공부시간 협역하기
  ◦ 알맞은 속도로 것기
  ◦ 바른 자세로 것기

그리고 아이들이 영호의 얼굴도 그렸습니다.

2019년 5월 7일 화요일에는 1학년 수업을 했습니다. 1학년은 칠판에 쓴 글씨를 보고 따라쓰기를 했습니다. ① 공부시간 협력하기 ② 알맞은 속도로 걷기 ③ 바른 자세로 걷기 ④ 알맞은 목소리로 말하기 ⑤ 사랑합니다의 다섯 가지입니다. 그리고 우리학교 이름, 담임, 교감, 교장의 이름도 따라쓰기를 했습니다. 아리비아 숫자도 썼습니다. 영호의 얼굴도 그렸습니다. 생각보다 집중을 잘 해서 기특했습니다.

2019.05.02.(목) 2학년 학습지

2019.05.07.(화) 1학년 학습지

교장 선생님이 수업을 한다고

🧑 교장 선생님이 가르쳐 준 용기와 두려움

다음은 대구광역시교육청 홈페이지에 전제된 보도자료[5]와 사진입니다.

대구교동초등학교(교장 김영호)는 2019년 4월 1일(월)에 6학년 학생들을 대상으로 창의적체험활동 시간을 활용해서 소통과 공감의 수업 나눔을 했다. 김영호 교장이 직접 수업을 하고, 학반 담임교사와 다른 교원들이 수업을 참관 했다.

수업은 다음과 같이 소통과 공감의 시간으로 운영되었다.

먼저 "사랑합니다[6]"라는 인사로 수업을 시작했다. 사랑이라는 낱말을 국어사전에서 찾아서 여러 가지 뜻을 알아보면서 거부감 없이 사용할 수 있게 했다. 다음은 모둠별로 4절 도화지에 이름을 쓰고, 필요한 만큼 영역(땅따먹기의 의미)을 표시했다. 상대방을 배려하는 마음을 알 수 있는 과정이었다.

그리고 이응(ㅇ)과 기억(ㄱ)으로 시작하는 두 글자짜리 낱말을 만들었다. 국어사전에서 찾기도 했다. 그런 다음 협의를 거쳐서 가장 마음에 드는 낱말 하나를 정했다. 다음은 이응(ㅇ)과 비읍(ㅂ)으로 시작하는 낱말을 만들고 하나를 정했다. 마지막으로 디귿(ㄷ), 리을(ㄹ) 이응(ㅇ)으로 시작하는 세 글자까지 낱말을 만들고 하나를 정했다. 전체 협의를 거쳐서 '용기', '이불', '두려움'의 세 낱말이 선정되었다.

학생들은 세 낱말을 한 번씩만 사용해서 하나의 문장을 만들었다. ① 이불을 개고 두려움을 용기로 바꾸자. ② 두려움이 느껴질 때 이불에 들

---

5) 보도자료를 바탕으로 다음과 같이 보도되었다. 매일신문(2019.4.8.월) "교장 선생님과 수업 재미있어요", 대구신문(2019.4.9.화) 교장 선생님이 가르쳐 준 '용기와 두려움'
6) "사랑합니다"는 대구교동초등학교 교육가족 인사말임.

어가 숨지 말고 용기를 내서 밖으로 나와라. ③ 나는 용기 있는 아이지만 두려움이 느껴지면 이불 안에 숨는다. ④ 두려움은 이불 속에 넣어두고 용기 있게 생활하자. ⑤ 두려움이란 이불을 걷어차고 용기를 내서 밖으로 나가자 등의 문장을 만들었다.

다음은 김영호 교장이 "용기와 두려움을 한 이불을 덮고 잔다."는 문장을 칠판에 적고, 이순신 장군의 명량 해전, 학생들의 학교생활 등에서 구체적인 예를 제시하였다. 또한 용기와 두려움은 손등과 손바닥 같이 항상 같이 있다고 했다. 용기와 두려움의 합이 100이라고 전제하고 학생들의 용기지수도 알아보았다. 마지막으로 수업 소감이나 교장 선생님께 하고 싶은 말을 나누는 시간을 가졌다.

6학년 박시연 학생은 "오늘 교장 선생님이랑 수업해서 너무 재미있었습니다. 그리고 항상 아침에 인사해 주셔서 너무 감사드립니다. 덕분에 힘이 납니다. 사랑합니다"라고 했다. 최현우 학생은 "이 수업을 하고 나서부터는 용기와 두려움에 대해 더 잘 알게 되었고, 용기를 낼수록 기분이 좋아진 것 같습니다. 교장 선생님 사랑합니다."라고 했다. 김민서 학생은 "오늘 교장 선생님이랑 수업을 해보니깐 더욱 재미있고, 용기, 두려움, 이불을 가지고 문장을 만드니깐 재미있었습니다. 수업을 해 주셔서 감사하고, 사랑합니다. 교장 선생님과 함께 수업을 더 해보고 싶고, 체육수업을 해보고 싶습니다. 특히 축구를 하고 싶습니다."라고 했다.

김영호 교장은 수업의 목적은 "1학년에서 6학년까지 4번의 수업을 통해서 학생들과 소통과 공감의 폭을 넓혀가겠다. 또한, 담임교사는 자신의 수업에서 보지 못한 학생들의 장단점을 찾는 시간이 되기를 바란다. 그리고 이번 수업을 통해서 담임교사의 수업에 대한 고민을 알고, 학년에 맞는 수업 지원을 해서 수업중심 학교문화를 형성하겠다."고 하였다.

전체학습

모둠학습

모둠학습

모둠학습지

행복은
내 마음먹기에 달려있다

영호의 지게질 행복

　영호는 어려서부터 키가 컸습니다. 대신초등학교, 아포중학교, 김천고등학교를 다니면서 항상 제일 뒷자리에 앉았습니다. 뒷자리에 앉으면 앞자리에 앉는 것보다는 집중이 덜 할 때가 많습니다. 하지만 누가 집중하고 장난을 치는지를 두루두루 살피면서 공부를 하는 재미도 괜찮았습니다.

　영호는 키가 큰 덕분에 5학년 때부터 지게질을 했습니다. 선고께서는 영호가 5학년 때 손수 지게를 만들어 주셨습니다. 친구들이 망태를 메고 소풀을 베거나 나무를 할 때, 영호는 지게를 지고 다녔습니다. 처음에는 지게질이 서툴렀습니다. 풀이나 나무를 지게에 균형을 잡아서 올리는 게 어려웠습니다. 하지만 이내 익숙해졌습니다. 영호는 지게 덕분이 풀이나 나무를 친구들보다 갑절 이상 했습니다. 기분이 좋고 행복한 순간들이었습니다.

　제일 기억에 남는 지게질은 6학년 겨울방학 때입니다. 눈이 오는 날이 아니면 하루에 두 번씩 지게 가득 나무를 했습니다. 한 번은 오전에 지게가 뒤집히는 일이 일어났습니다. 나무를 너무 많이 쌓아서 지게를 지고 일어서자마자 균형을 잃고 넘어진 것입니다. 앞으로나 옆으로 넘어지면 크게 다치지만, 뒤로 넘어지면 나무 때문에 잘 다치지는 않습니다. 그 일이 있은 후로는 지금까지 지게질을 할 때 욕심을 내지 않습니다. 한 번에 어려우면 두 번을 하면 됩니다.

겨울에 나무를 하고 먹는 점심은 어김없이 시래깃국입니다. 밥을 시래깃국에 말아서 국물을 어느 정도 먹고, 고추장을 한 숟가락 넣고 비빕니다. 감홍시 색깔을 띠는 시래기비빔밥을 게 눈 감추듯 해치우고 다시 지게를 지고 산으로 향합니다. 그 점심을 먹는 순간은 왕후장상의 진수성찬 못지않은 맛있고 행복한 순간이었습니다. 밥, 시래깃국, 고추장이 전부인 점심인데도 말입니다. 그때의 식습관 때문인지 지금도 그 어떤 음식보다도 시래깃국에 밥을 말아서 국물을 먼저 먹고, 고추장을 넣고 비벼 먹는 것을 좋아합니다. 초등학교 6학년 때만큼의 행복감은 없지만, 가난했지만 행복했던 시절의 향수를 떠올리기에 딱 어울리는 음식입니다.

두 번째 수업 주제는 행복입니다. 우리 교동의 아이들은 행복감이 충만한 아이도 많지만, 그렇지 않은 아이도 제법 있습니다. 아이들의 행복지수를 높여주면 좋겠다는 생각을 했습니다. 4~6학년은 거의 같은 방법으로 칭찬 수업을 했습니다. 1~3학년은 교장의 부탁을 받아쓰기 하거나 칠판에 적어주고 설명을 했습니다. 4~6학년의 전체적인 수업 진행은 보도자료에 상세하게 나타나 있습니다.

🧑 교장 선생님은 행복하십니까

2019년 6월 3일 월요일에 6학년 수업을 했습니다. 4월에 첫 번째 주제인 용기로 수업에 이어 두 번째 수업입니다. 아이들의 반응도 처음보다 훨씬 적극적이었습니다. 눈에 익은 아이들도 많습니다. 수업을 마치면서 아이들에게 교장에서 질문하고 싶은 것과 소감을 적어보게 했습니다. 다음은 아이들의 질문입니다.

- 어떻게 교장 선생님이 되셨나요?
- 왜 옷에 하트(♡)를 붙이세요?
- 왜 아침 등교시간에 교문 앞에서 청소를 하시나요?
- 키가 몇 센티미터이세요?
- 동물 중에 무엇을 좋아하십니까?
- 교장실에 놀러 가도 되나요?
- 솔직하게 교장 선생님의 행복지수는?
- 정확히 몇 살입니까?
- 요리 잘 하시나요?
- 운전면허 언제 따셨습니까?
- 어렸을 때 공부를 잘했어요?
- 학교에서 일하신 지 몇 년 되셨죠?
- 사랑합니다를 언제부터 하셨어요?
- 교장 선생님의 최애 음식은 무엇이십니까?

시작을 할 때는 왕, 신하, 농사꾼 부부, 중병, 속옷의 여섯 가지 낱말로 직접 이야기를 꾸미고 발표를 했습니다. 제목이 없는 제재 글을 읽고 제목 붙이기를 한 다음, 원작의 제목인 '속옷 없는 행복'으로 주제를 찾았습니다. 그리고 아이들 개개인의 행복을 지수를 알아보았습니다. 100점 만점에 수업 시간인 지금의 행복지수와 평소의 행복지수의 평균을 알아보았습니다. 다음은 수업 시간의 행복지수와 그 이유입니다.

- 99점 재미있는 공부하고 있어서
- 100점 학교에서 수업하는 게 재미있어서
- 85점 공부를 하고 있어서
- 101점 나는 행복합니다
- 99점 힘들어도 행복하다
- 90점 교장 선생님과 친구들과 함께 공부해서
- 99.9점 재미있고 좋은 수업이었다
- 90점 내 삶이어서
- 60점 소변이 마려워서
- 100점 불행할 일이 없기 때문에

다음은 6학년 학습지입니다.

2019.06.03. 6학년 행복수업

🧑 잘생긴 교장 선생님의 부탁

2019년 6월 26일 수요일에 3학년 세 학급의 수업을 했습니다. 우리 학교에서 제일 힘든 아이들이 많은 학년입니다. 교장실에도 몇 번이나 온 아이도 있습니다. 4월 24일 수요일에 처음 수업할 때보다는 아이들의 태도가 많이 좋아져서 기분이 좋았습니다. 고학년하고는 아주 다르게 수업을 진행했습니다.

먼저 학습지에 사랑합니다를 적고, 날짜와 학반 이름을 적었습니다. 그리고 교장의 부탁 네 가지를 따라 적고, 자기 평가를 해보았습니다. 잘 하면 ○, 조금 부족하면 △표시를 했습니다. ① 공부 시간 협력하기 ( ) ② 알맞은 속도로 걷기 ( ) ③ 바른 자세로 걷기 ( ) ④ 알맞은 목소리로 말하기의 네 가지입니다.

다음은 자신이 생각하는 잘 하는 것과 노력해야 할 것을 적게 했습니다. 마지막에는 교장, 교감의 칭찬도 하게 했습니다. 다음은 스스로 적은 잘 하는 것과 노력해야 할 것입니다.

- 공부를 잘 한다. 우유를 흘리지 않고 먹는다. 공피하기를 잘 한다. 공부가 힘들어도 노력한다.
- 아침에 학교에 일찍 온다. 국어 시간에 집중을 잘 한다. 밥을 골고루 잘 먹는다. 수학 시간에 집중을 잘 안한다.
- 복도에서 뛰지 않는다. 친구들이랑 놀 때 잘 싸우지 않는다. 나는 반칙을 잘 하지 않는다. 합기도에서 힘들어도 계속 노력한다.
- 고운말을 쓴다. 친구를 도와준다. 물건을 잘 빌려준다. 일찍 일어나야 한다.
- 피아노를 잘 칩니다. 친구를 도와준다. 친구에게 욕을 쓰지 않는다. 게임을 적당히 해야 한다.
- 나는 친구를 잘 도와준다. 편식을 잘 하지 않는다. 공부를 많이 하기. 밥 많이 먹기. 운동 많이 하기
- 나는 그림을 잘 그린다. 나는 오빠랑 사이좋게 지낸다. 나는 엄마 말을 잘 듣는다. 아침 일찍 일어나기.

다음은 교장에 대한 칭찬입니다.

- 잘생겼습니다. 키가 큽니다. 산타 할아버지 목소리입니다.
- 키가 크다. 잘생기셨다. 만나면 사랑합니다라고 인사한다.
- 키가 크다. 잘생겼다. 사랑합니다를 많이 한다
- 잘생겼다. 키 크다. 청소를 잘 한다. 인사를 잘 한다. 하트를 좋아한다.
- 잘생겼다. 축구를 잘 한다. 키 크다.

○ 키가 큽니다. 잘생겼습니다. 사랑합니다를 많이 하신다. 똑똑합니다.

○ 키가 크다. 목소리가 크다. 잘생겼다.

○ 키가 크시다. 자상하시다. 멋있다. 수업을 잘 하신다. 학생들에게 착하다.

○ 잘생겼다. 착하다. 키가 크시다.

○ 키가 크시다. 멋있다. 똑똑하시다. 마음씨가 좋습니다.

다음은 3학년 학습지입니다.

2019.06.23. 3학년 수업

🧑 대구교동교육가족의 행복지수는

다음은 대구광역시교육청 홈페이지에 전제된 보도자료[7]와 사진입니다.

---

7) 보도자료를 바탕으로 다음과 같이 보도되었다. 대구신문(2019.6.13.목) '소통·공감 최우선' 교장 선생님 수업.

대구교동초등학교(교장 김영호)는 2019년 6월 3일(월)에 6학년을 3개 반 학생들과 3시간 동안 '행복'을 주제로 수업 나눔을 했다. 김영호 교장이 직접 수업을 하고, 학반 담임교사와 다른 교원들이 참관 했다.

수업은 학생들과 함께 만들어 가는 소통과 공감의 시간으로 운영되었다.

먼저 "사랑합니다"라는 인사로 수업을 시작했다. 다음은 모둠별로 4절 도화지에 개인별 이름과 '사랑합니다'를 썼다. 이어서 대구교동교육가족 구성원이 함께 사랑하다는 의미를 담아서 담임과 교감, 교장의 이름도 썼다.

그리고 '왕', '신하', '농사꾼 부부', '중병', '속옷', '행복'의 여섯 가지 낱말을 쓰고, 간단한 이야기를 꾸미는 활동을 했다. 학생들의 다양하고 창의적인 생각을 알아볼 수 있는 활동이었다. 이어서 김영호 교장은 원작의 내용을 학생들과 문답식으로 소개한 뒤에 유인물을 나누어 주고 확인하게 하였다. 학생들은 묵독 및 돌려 읽기를 하면서 내용을 익혔다.

속옷 없는 행복[8]

학생들은 '속옷 없는 부부', '속옷을 찾아라', '그것만 있었더라도', '전설의 속옷을 찾아서', '농사꾼의 행복 속옷' 등의 창의적인 제목을 붙였다. 원제목은 '속옷 없는 행복'이다. 글의 주제는 '행복은 마음먹기에 달려 있다', '가난해도 행복할 수 있다', '행복은 가난해도 얻을 수 있는 보물이다', '행복하게 살자'등의 생각으로 정리를 했다.

마지막으로 학생들의 행복지수를 알아보았다. 55점(공부, 학원, 친구 관계 때문에 힘이 든다). 85점(행복한 일도 있지만, 짜증나고 화나고 우울할 때도 있다). 87점(부모님의 사랑 등 모두 행복한데, 내가 아직 부족한 것 같은 스트레스). 90점(교장 선생님과 친구들과 함께 공부해서). 95점(사는 게 즐거워서) 100점

---

8) 정채봉·류시화 엮음, 『작은 이야기 1』, 샘터, 1997, p.139.

(지금은 매우 행복하다)

　　김영호 교장은"4월과 5월에 전 학반을 대상으로 '용기'라는 주제로 첫 번째 수업을 했고, 6월과 7월에는 '행복'이라는 주제로 두 번째 수업을 하는 첫날이다. 선생님과 학생이 수업에서 용기와 행복을 찾았으면 좋겠다. 또한, 담임교사는 자신의 수업에서 보지 못한 학생들의 장단점을 찾는 시간이 되기를 바란다. 그리고 이번 수업을 통해서 담임교사의 수업에 대한 고민을 알고, 학년에 맞는 수업 지원을 해서 수업중심 학교문화를 형성하겠다."고 하였다.

웃음으로 시작하는 수업　　　　　　　　모둠학습 엿보기

제목 찾기　　　　　　　　　　　　생각이 궁금해

칭찬은
칭찬을 낳는다

🧑 오래된 칭찬의 기억

선고(先考)께서는 살아계실 때 칭찬에 좀 인색하셨습니다. 필자가 학교에 다닐 때 제법 좋은 성적표를 받아도 그저 무덤덤하셨습니다. 농작물 씨앗을 뿌리기 위해 괭이로 골을 만들 때는 당신의 기준으로 평가를 했습니다. 골을 반듯하게 똑바로 만들 수 없느냐는 것입니다. 필자가 보기에는 그만하면 씨앗을 넣는데, 아무 문제가 없어도 박한 평가를 했습니다. 반대로 어머니는 아주 좋아하시면서 잘했다 잘했다를 연발하시곤 했습니다. 교장이 되고, 그때보다 괭이질을 더 잘해도 더 이상 칭찬이나 나무람을 해주실 분이 없으니 서운할 때가 많습니다.

대신초등학교 6학년 때는 선생님께 칭찬을 일정 횟수 이상 들으면 상을 받는 제도가 있었습니다. 칭찬의 기준은 선행, 청소, 학습결과 등 모든 학교생활이 해당되었습니다. 한 번 칭찬을 받을 때마다 종이로 된 작은 표를 받은 기억이 납니다. 칭찬을 받기 위해서 칭찬 받을 일을 찾아서 했던 기억이 나기도 합니다. 억지춘향격으로 칭찬을 받는 경우도 있었지만, 좋은 습관 형성을 위해서 괜찮은 방법이기도 합니다. 하지만 필자는 졸업할 때까지 상을 받지는 못했습니다.

세 번째 수업 주제는 칭찬입니다. 우리 교동의 아이들은 자신감이 충만한 아이도 많지만, 그렇지 않은 아이도 제법 있습니다. 필자도 칭찬보다는 나무람을 할 때가 더 많습니다. 교육적인 나무람도 필요하지만, 대부분 칭찬이 나무람보다는 훨씬 교육적인 효과가 있습니다. 3~6학년은 거의 같은 방법으로 칭찬 수업을 했습니다. 1~2학년 주제를 찾는 것부터 학년성에 맞게 수업을 했습니다. 전체적인 수업 진행은 보도자료에 상세하게 나타나 있습니다. 수업을 마치고 필자도 나무람 대신 칭찬을 하는 데 인색하지 않게 되었습니다.

🧑 나를, 우리 선생님을 칭찬합니다

2019년 9월 23일 월요일에 6학년 수업을 했습니다. 2학기 상담주간도 끝이 난 후입니다. 교문이나 급식실 등 교내외에서 늘 보는 아이들이라 낯이 익습니다. 대부분의 아이들 이름도 기억을 하고 있어서 수업 진행도 훨씬 수월했습니다. 어느 수업이나 마찬가지로 아이들과 눈을 맞추고 사랑합니다라는 인사로 시작합니다. 조금 흐트러진다 싶으면 이내 사랑합니다로 눈맞춤을 합니다.아이들이 잘 따라합니다. 다음은 6학년 아이들이 자기 자신과 담임 선생님을 칭찬한 내용입니다. 모두 10가지 이상씩 기록을 했는데, 첫 번째로 기록한 내용입니다.

먼저, 자기 자신을 칭찬한 내용입니다.

- 아주 예쁩니다
- 너무 이뻐
- 공부를 열심히 한다
- 긍정적으로 생각한다
- 숙제를 빨리 한다
- 칭찬을 잘 해
- 게임을 잘 한다
- 나는 계단을 이용해
- 착함
- 일찍 일어남
- 공부 잘 함
- 친구가 많다
- 태권도 잘 함
- 나는 축구를 잘 해
- 나는 인사를 잘 한다
- 축구를 잘 합니다
- 운동을 잘 한다
- 우쿨렐라를 잘 한다

- 인사를 잘 한다
- 공부 열심
- 공부를 열심히 합니다
- 예쁩니다
- 활발합니다
- 나는 잘생겼다
- 인성이 착하다
- 덕질이 뛰어나다
- 활발하다
- 운동을 잘 한다
- 꾸미기를 잘 한다
- 나는 공부를 잘 한다
- 수학을 잘 한다
- 남김 없이 다 먹는다
- 나쁜 말을 안 쓴다
- 아침에 일찍 온다
- 나는 몸이 건강하다
- 나는 리듬 게임을 잘 해
- 나는 똑똑하다
- 숙제를 잘 해감
- 나는 잘 웃는다
- 노래를 잘 한다
- 운동을 잘 한다

교장 선생님이 수업을 한다고

- 책을 많이 읽습니다
- 나는 달리기가 빠릅니다
- 나는 잘 놉니다
- 나는 공부를 잘 합니다(수학)
- 나는 공부를 잘 합니다
- 그림을 열심히 그립니다
- 거짓말을 잘 안 합니다
- 수학을 잘 한다
- 공부를 잘 합니다
- 공부 잘 하고
- 옷을 잘입니다
- 게임을 잘 합니다
- 잘생겼습니다
- 글씨체가 멋짐
- 나는 과학을 잘 한다
- 미술 잘 함
- 운동을 매일 꾸준히 합니다
- 땅콩반을 위해 노력한다
- 운동을 잘 합니다
- 가리지 않고 잘 먹음
- 친구를 잘 도와줍니다
- 나는 그림을 잘 그립니다
- 시도를 잘 함

- 나쁜 말을 안 쓴다
- 책을 잘 읽어요

다음은 담임 선생님을 칭찬한 내용입니다.

- 착합니다
- 착하시다
- 이쁘십니다
- 선생님은 유머스럽다
- 패션이 남다릅니다
- 이쁘십니다
- 옷을 잘 입습니다
- 이쁩니다
- 예쁘십니다
- 착합니다.
- 아이를 잘 가르칩니다
- 재미있다
- 노래를 잘 불러요
- 수업을 재미있게 잘 하신다
- 샘은 날씬하다
- 정말 예쁘십니다
- 거짓말을 안 하신다
- 이쁘십니다

- 이쁘십니다
- 패션 유행이 대단하십니다
- 예쁩니다
- 공부를 잘 가르쳐 주신다
- 건강하시다
- 노래를 잘 해요
- 재미있다
- 수업을 잘 하신다
- 우리 선생님 재미있으시다
- 키가 큽니다
- 예쁘십니다
- 뭐든지 열심히 하는 노력파
- 예쁘시다
- PPT를 잘 만드심
- 예쁘시다
- 성격이 고우시다
- 재밌음
- 공부를 잘 가르쳐 주신다
- 급식에서 맛있는 거 나올 때 준다
- 재미있다
- 꼼꼼합니다
- 키가 큽니다
- 우리를 잘 지도하십니다

- 깔끔합니다
- 젊습니다
- 수업시간에 PPT자료로 수업을 해 주신다
- 정상적으로 이상함
- 잘생겼다
- 선생님은 재미있다
- 공부를 잘 가르친다
- 공부를 잘 하신다
- 공부를 잘 가르쳐 주신다
- 웃김
- 예쁘다
- PPT를 잘 만드신다
- 나를 칭찬합니다
- 성질을 안 낸다
- 예쁘시다
- 자료조사를 잘 하신다
- 책임감이 크시다
- 착하시다
- PPT를 잘 만드심
- 되도록 화를 내시지 않는다
- 부지런하시다
- 착하시다
- 피피티를 잘 만든다

- 우리를 잘 가르쳐 주신다
- 수업을 잘 가르친다
- PPT를 잘 만든다

🧑 나는 박수를 잘 친다

2019년 10월 1일 화요일에 5학년 수업을 했습니다. 국군의 날입니다. 5학년 수업은 6학년하고는 약간 다른 분위기가 느껴집니다. 6학년은 차분한데, 5학년은 약간 들떠 있다는 느낌이 들었습니다. 다음은 5학년 아이들이 자기 자신과 담임 선생님을 칭찬한 내용입니다. 첫 번째로 기록한 내용입니다.

먼저, 자기 자신을 칭찬한 내용입니다.

- 난 예쁩니다
- 난 잘생겼다
- 난 잘생겼습니다
- 잘생겼습니다
- 나는 멋지다
- 나는 귀엽습니다
- 이쁜 것!
- 귀여움
- 잘생김

- 예쁘다
- 난 이쁘다
- 나는 인사를 잘 합니다
- 나는 인사를 잘 합니다
- 나는 친구를 도와준다
- 나는 친구를 도와줍니다
- 나는 친구를 도와줍니다
- 나는 친구를 도와줍니다
- 착하다
- 착하다
- 박수를 잘 친다
- 나는 편집을 잘 합니다
- 공부를 잘 합니다
- 나는 공부를 좀 잘 한다
- 미술을 잘 합니다
- 예체능을 잘 한다
- 나는 그림을 잘 그려
- 그림 잘 그림
- 머리를 잘 묶는다
- 나는 게임을 잘 한다
- 나는 라면을 잘 끓인다
- 나는 그림을 잘 그릴려고 노력한다
- 축구를 잘 한다

- 글씨를 잘 쓴다
- 난 게임을 잘 합니다
- 잠을 잘 잔다
- 밥을 잘 먹게 되었다
- 운동을 잘 한다
- 운동을 잘 한다
- 나는 잘 놉니다
- 개그가 많다
- 낙서

다음은 담임 선생님을 칭찬한 내용입니다.

- 똑똑합니다
- 공부를 잘 합니다
- 착하십니다
- 이쁩니다
- 수업을 잘 가르친다
- 공부를 잘 알려 줍니다
- 공부를 잘 가르쳐 주신다
- 착하시다
- 똑똑하시다
- 학생을 잘 가르치신다
- 영리하다

- 착하다
- 공부를 잘 합니다
- 착합니다
- 공부를 잘 합니다
- 선생님은 상냥하다
- 우리의 의견을 존중합니다
- 공부를 잘 가르칩니다
- 자상합니다
- 재밌습니다
- 공부를 잘 한다
- 공부를 잘 가르칩니다
- 정말 똑똑합니다
- 수업을 잘 가르쳐 주십니다
- 잘 가르치십니다
- 공부를 잘 하신다
- 착하다
- 예쁘다
- 착하다
- 착하다
- 착하다
- 공부를 잘 가르쳐 주신다
- 설명을 잘 합니다
- 농담을 잘 하십니다

교장 선생님이 수업을 한다고

- 이해를 잘 하게 설명해 준다
- 공부를 잘 한다
- 공부를 잘 한다
- 공부를 잘 가르쳐 주신다
- 잘 가르치심
- 착하시다
- 잘 가르치심

다음은 5학년 학습 결과물입니다.

👤 나는 학교에 매일 온다

2019년 10월 8일 화요일에 4학년 수업을 했습니다. 6학년, 5학년과 같은 방법으로 수업을 진행했습니다. 다음은 4학년 아이들이 자기 자신과 담임 선생님을 칭찬한 내용입니다. 첫 번째로 기록한 내용입니다.

먼저, 자기 자신을 칭찬한 내용입니다.

- 인사를 잘함
- 나는 인사를 잘 한다
- 나는 끈을 잘 푼다
- 나는 학교에 매일 온다
- 그림을 잘 그린다
- 축구를 잘 한다
- 잘 먹는다
- 축구를 잘 한다
- 그림을 잘 그린다
- 색칠을 잘 한다
- 달리기를 잘 한다
- 그림을 잘 그립니다
- 달리기를 잘 한다
- 수영 연습을 꾸준히 한다
- 머리숱이 많다
- 친구를 도와준다
- 나는 문제 없다
- 색종이를 잘 접는다
- 달리기를 잘함
- 나는 물건을 아낀다
- 줄넘기를 잘 한다

- 공부를 잘 할려고 노력한다
- 달리기를 잘 한다
- 나는 그림을 잘 그린다
- 줄넘기를 잘함
- 그림을 잘 그린다
- 마무리를 잘 한다
- 달리기를 잘 한다
- 인사를 잘 한다
- 나는 장난기가 있다
- 나는 먹는 걸 잘 한다
- 나는 축구를 잘 한다
- 나는 축구를 잘 한다
- 나는 맨발축구를 잘 한다
- 나는 맨발로 뭐든 한다

다음은 담임 선생님을 칭찬한 내용입니다.

- 잘 가르친다
- 옷을 잘 입는다
- 잘 가르쳐 준다
- 키가 크다
- 키가 크다
- 샘은 피리를 잘 분다

- 키가 크다
- 운동을 잘 한다
- 축구를 잘 한다
- 키가 크다
- 키가 크다
- 공부를 잘 한다
- 옷을 잘 입는다
- 키가 크다
- 카리스마가 있다
- 인내심이 강하다
- 화장을 잘 한다
- 키 크다
- 멋지다
- 키가 크시다
- 인내심이 많으시다
- 옷을 잘 입는다
- 키가 크시다
- 키가 크다
- 똑똑하시다
- 우리에게 공부를 가르쳐 주신다
- 예쁘다
- 키가 크다
- 잘 챙겨주신다

교장 선생님이 수업을 한다고

- 옷을 잘 입는다
- 키가 크다
- 날씬하다
- 예쁘다
- 성격이 좋다
- 칭찬할 것이 많다

다음은 4학년 학습 결과물입니다.

🧑 자신감과 자존감을 높이는 칭찬 수업

다음은 대구광역시교육청 홈페이지에 전제된 보도자료[9]입니다.

대구교동초등학교(교장 김영호)는 2019년 9월 23일(월)에 6학년 학생들을 대상으로 창의적체험활동 시간을 활용해서 소통과 공감의 수업 나

---

9) 보도자료를 바탕으로 대구신문(2019.10.8.화) "나를, 친구를, 선생님을 칭찬합니다".로 보도되었다.

눔을 했다. 김영호 교장이 직접 수업을 하고, 학반 담임교사와 다른 교원들이 수업을 참관 했다. 이번 수업은 1학기에 용기, 행복이라는 주제로 수업을 한데 이어 칭찬이라는 주제로 진행했다.

수업은 다음과 같이 소통과 공감의 칭찬 시간으로 운영되었다.

먼저 "사랑합니다"라는 인사로 수업을 시작했다. 학생 개인별로 학습지 중간에 주제가 들어갈 둥근 원을 그렸다. '기분', '고래', '꾸중', '잘 했어'의 네 가지 낱말을 차례로 제시하고 칭찬이라는 주제를 찾았다.

다음은 '나를 칭찬합니다' 시간을 가졌다. 자기가 생각하는 자신의 장점을 중심으로 다섯 가지 이상을 적었다. 그리고 시계 반대 방향으로 학습지를 돌리면서 친구를 칭찬하는 말을 적었다. 희망하는 학생 중심으로 발표를 하여 자신과 친구의 장점을 생각하는 시간이 되었다.

다음은 '우리 선생님 칭찬' 시간을 가졌다. 학생 개인별로 5가지 이상을 적고, 시계 반대 방향으로 학습지를 돌리면서 선생님을 칭찬하는 글을 적었다. 모둠별로 1명씩 발표를 한 뒤에 희망과 추천을 받아서 많은 학생이 발표를 하였다.

김민서 학생은 자신 칭찬 16가지, 선생님 칭찬 30가지나 하는 열정을 보이기도 했다. 전윤서 학생은 "칭찬하는 시간을 가지면서 스스로를 돌아보게 되었고, 담임 선생님이 얼마나 애쓰시는 지를 생각하게 되었다."고 했다. 학생들의 칭찬을 받은 장문기 선생님은 "힘든 월요일인데 아이들의 칭찬을 받으니 엔돌핀이 생겨서 기분 좋은 하루가 될 것 같다."고 하였다.

김영호 교장은"학생들이 자신을 칭찬하면서 자신감과 자존감을 높였으면 좋겠다. 담임 선생님을 칭찬하면서 선생님의 노고를 알고 학생과 선생님 사이에 소통과 공감의 폭을 더욱 넓히는 시간이 된 것 같다. 다른 학년 수업에서도 칭찬이 칭찬을 낳는 소통과 공감의 수업을 하겠다."고 하였다.

6학년 수업을 마치고

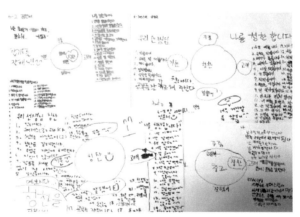

칭찬 학습지

나를 사랑하는 것은
나를 믿는 것이다

🧑 사랑은 사랑을 낳는다

네 번째 수업 주제는 사랑입니다. 모든 사람들에게 너무나 익숙한 말이지만, 사랑한다는 말을 쉽게 꺼내는 것이 쑥스러운 것도 사실입니다. 우리 학교 인사말이 "사랑합니다"입니다. 그전부터 인사말로 사용했지만, 몇몇 선생님들만 사용을 했다고 합니다. 모든 대구교동교육가족이 사용할 수 있도록 확산시키는 게 우선이었습니다.

먼저, 교문에서 아이들을 맞을 때 "사랑합니다"를 사용합니다. 처음에는 이름표에 커다란 ♡ 모양을 붙였습니다. 교문이나 학교 어디서나 아이들을 만나면 두 손을 머리에 대고 하트 모양을 그리면서 큰소리로 "사랑합니다"를 외쳤습니다. 처음에는 아이들이 어색해 했습니다. 하지만 매일 반복되니 아이들도 같이 손동작을 하면서 "사랑합니다"인사말을 합니다.

다음은 양복, 비옷, 가방, 휴대폰 등에 반짝이는 ♡ 모양을 붙였습니다. 어떤 옷에는 여러 개를 붙였습니다. 어떤 양복에는 너무 오래 ♡ 반짝이를 붙여 놓아서 끈끈이가 양복에 붙어서 세탁을 다시 하는 촌극을 겪기도 했습니다. 반팔 티셔츠 5개에 인사말을 새겨서 요일마다 다른 색을 입기도 했습니다. 월요일은 분홍색, 화요일은 검은색, 수요일은 파란색, 목요일은 노란색, 금요일은 붉은색입니다.

교직원들과 소통과 공감의 장인 '대구교동교육'시리즈에는 처음과 끝에는 "사랑합니다"를 고정으로 넣었습니다. 교직원 협의를 시작할 때와 마칠 때는 교직원과 필자와 눈을 맞추면서 인사를 하고, 옆에 앉은 동료와 눈을 맞추며 인사를 합니다. 인사말을 당연히 "사랑합니다"입니다.

아이들과 수업을 할 때는 "사랑합니다"의 사용 횟수가 아주 많습니다. 아이들은 수업을 참관하는 선생님, 담임 선생님, 교감 선생님, 필자(교장 선생님)과 인사를 합니다. 아이들끼리도 합니다. 반드시 눈을 맞추고 합니다. 집중이 잘 되지 않을 때도 필자는 사랑합니다를 말합니다. 모든 아이들이 필자와 눈맞춤을 할 때까지 사랑합니다는 계속 됩니다.

👦 화장은 늦게 해

2019년 11월 18일 월요일에 6학년 수업을 했습니다. 아이들이 의젓했습니다. 표정도 밝았습니다. 중학교 입학원서 작성도 끝났고, 졸업사진첩 사진도 다 찍었습니다. TBC '꿈꾸는 운동장 두두두

촬영도 다 끝난 월요일입니다. 글을 쓰고, 친구와 생각을 나누고 함께 웃고 하는 사이에 수업이 끝났습니다. 다음은 아이들이 자기 자신에게 쓴 편지 내용입니다.

○○이에게. 일단 너는 너무 예쁘고 귀엽고 깜찍해. 그리고 공부도 은근히 잘하고 자신감이 넘쳐. 또, 네가 좋아하는 것은 정말 잘해. 또, 너무 착하고. 난 그런 널 아주 칭찬해. 물론 6년 동안 좋지 않은 일도 많았겠지만, 지금은 정말 행복해 보여서 좋아. 그리고 친구들이 힘들게 하더라도 넌 성격도 좋고 긍정적이어서 이겨낼 수 있어. 넌 뭐든지 잘 하니까. 누가 뭐래도 신경 쓰지 말고 항상 웃는 얼굴로 지냈으면 좋겠고, 남은 6학년 생활 잘 해서 중학교도 잘 보내자.

6학년의 나에게. 난 솔직히 공부도 잘 하지는 않고 예쁘지도 않지만, 춤도 잘 추고, 노래도 잘 부르고, 달리기, 먹는 거, 노는 것, 요리, 게임 등 잘 하는 곳도 많아. 중학교 공부가 초등학교 랑 엄청 다르다고 하던데……. 너무 중학교 생활이 걱정된다. 비록 집이 멀어서 전학을 가진 하지만, 거기서도 새로운 친구들과 잘 지낼 수 있겠지? 아, 그리고 이건 나의 미래에 대한 얘기인데 화장을 최대한 늦게 해! 빨리하면 이 좋은 피부 다 망가진다! 그리고 친구들과 싸우지 말고 사이좋게 잘 지내고, 중학교 때는 글씨체가 예뻐지면 좋겠어. 그리고 부모님 속 섞이지 말고, 앞으로도 지금처럼 효도 잘 하고, 파이팅!

다음은 교장이 자신에게 쓴 편지 내용입니다.

사랑하는 영호야! 대구교동초등학교 생활은 어때? 응, 아주 재미있어. 그래, 교장 역할은 잘 하고 있니? 그래 열심히 하고 있어. 아침 일찍 출근한다고 하던데? 응. 7시 전후에 학교에 도착해. 그래, 그렇게 빨리 출근하자면 힘들지 않니? 응, 예전부터 습관이 되어서 괜찮아. 교동초 아이들과 선생님들께 잘 해주고 있니? 물론이지. 열심히 하고 있지만, 더 잘 해야겠지. 6학년 아이들이 참 괜찮다고 했잖아. 그래, 정말로 좋아. 다른 학년 아이들에게 모범도 보이고, 공부하는 태도도 아주 좋아. 영호야, 네가 다시 초등학교 6학년으로 되돌아갈 수만 있다면 무엇을 어떻게 하고 싶니? 응 다시 6학년으로 되돌아갈 수만 있다면 친구들과 축구를 마음껏 하고 싶어. 실제 6학년 때도 축구를 많이 하긴 했지만, 그래도 욕심이 생기네. 하지만, 다시 6학년이 될 수는 없으니 우리 교동초 6학년 아이들이 초등학교 생활을 잘 마무리 할 수 있도록 도와주고 싶어. 영호야 사랑한다.

🧑 노력해서 도전해 보는 거야

2019년 12월 6일 금요일에 4학년 수업을 했습니다. 이전의 6학년, 5학년과 같은 방법으로 진행을 했습니다. 주제인 '사랑'을 어렵지 않게 찾았습니다. 다음은 아이들이 자신에게 쓴 편지 내용입니다.

나에게. 안녕? 나야. 공부가 부족해도 포기하지 않고, 최선을 다한 것이 너무 고마워. 못한다고 난 되지 않는다고 생각하지 말고 노력과 최선을 다하는 것이 중요하니깐 실망하지 말고 불행한 생각은 버리도록 해. 항상 잘 하는 것도 칭찬해 줘. 공부가 다가 아니어도 조금이라도 노력해서 도전해 보는 거야. 마래의 나야. 파이팅 해.

○○에게. 안녕? ○○야 나는 과거의 ○○가 그린 만화 잘 읽었어. 언제나 나에게 작은 위로가 되는 책이야. 나는 네가 힘든 일이 있어도 잘 버텨주면 과거의 나와 너도 행복할거야. 나는 말이지 나를 사랑해. 너도 나와 같은 맘이길 바래. 과거의 ○○가.

다음은 교장이 자신에게 쓴 편지 내용입니다.

사랑하는 영호에게! 영호야, 오늘 아침에 몹시 추웠지? 그래, 이번 겨울 들어서 가장 추운 것 같아. 오늘 아침에는 뭐 했니? 아침에 교문에 나가서 비질을 하고 사랑합니다 인사말을 하면서 아이들을 맞이했어. 추운데 힘들지는 않았니? 교문에 나가기 전에 교장실에 있을까 교문에 나갈까 잠시 갈등을 했어. 그렇지만 나갔다 오니 기분이 좋았어. 오늘 4학년 수업을 한다고 했잖아. 그래, 1교시에 4학년 1반 수업을 하고 있어. 아이들은 어떠니? 오늘이 네 번째인데 점점 좋아져서 기분이 좋아. 기억에 남는 친구가 있니? 응, ○○라는 아이인데, 동생인 ○○, ○○이가 모두 우리 학교에 다고 있어. 영호야 힘내라.

👦 다 네 덕분이야

2019년 12월 11일 수요일에 3학년 수업을 했습니다. 주제를 찾기 전에 받아쓰기와 셈하기를 했습니다. 받아쓰기는 이전에 공부한 3가지 주제와 이전 시간의 주제인 사랑입니다. ① 용기 ② 행복 ③

칭찬 ④ ○○입니다. 3번까지만 받아쓰기를 하고, 4번은 주제를 찾은 다음에 적었습니다. 수학 문제는 다음과 같습니다. ① 23×3= ② 80×4=   . 아이들의 쓰기와 셈하기의 기초와 기본을 알아보기 위해 한 것입니다.

그리고 방탄소년단의 아이돌 노래를 들려주니 신나게 따라하고 춤까지 추는 아이도 있었습니다. 방탄소년단에 대해 몇 가지 퀴즈도 풀었습니다. ① 방탄소년단은 모두 몇 명입니까? ② 방탄소년단 남자와 여자의 비율은 몇 대 몇 입니까? ③ 방탄 소년단의 펜 클럽 이름은 무엇입니까? 등입니다. 그리고 방탄소년단의 유엔 연설 내용을 중심으로 나를 사랑하자는 의미를 알아보았습니다. 다음은 아이들이 자신에게 쓴 편지입니다.

내가 나에게. 안녕? 난 너야! 매일 나의 무게를 견뎌주고 걸어줘서 참 고마워. 매일 내가 살 수 있는 것도 다 네 덕분이야. 네가 태어나줘서 정말 고마워. 너 정말 힘들었지? 내가 참 부족하지만, 네가 도와줘서 살 수 있던 거니까. 내가 이 학교에서 행복해지고 정말 좋아. 앞으로도 잘 지내보자. 정말 고마워.

안녕. 나는 너야. 네가 항상 내 곁에 있어줘서 고마워. 내가 슬플 때나 힘들 때 좋은 때 네가 나랑 같이 있어 나는 참 좋아. 내가 행복하거나 기분 좋은 일이 있으면 그건 다 네 덕분이야. 항상 고마워. 그럼, 안녕.

○○이에게. 안녕? 나는 너야. 내가 항상 웃고 싶을 때도 울고 싶을 때도 내 감정을 나타내 줘서 고마워. 내가 어디서든 웃게 해줘. 그리고 또 내 마음대로 움직여줘서 고마워.

다음은 교장이 자신에게 쓴 편지입니다.

영호야. 잘 지내니? 그래, 잘 지내고 있어. 지금 뭐 하는데? 3학년 3반 수업하고 있어. 수업을 한다고? 어떤 수업을 하는데? '사랑'이라는 주제로 수업을 하고 있어. 구체적으로 이야기를 해 줄 수 있니? 그래, 사랑하는 마을을 담아서 내가 나에게 편지를 쓰고 발표하는 공부를 하고 있어. 그렇구나. 영호야, 너는 사랑이 뭐라고 생각하니? 응, 쉬운 질문은 아니네. 사랑은 사랑이지. 사람이거나 물건이거나 간에 좋아하는 것, 아끼는 것, 더 잘해 주고 싶은 것 등등의 마음이 아닐까? 배가 고프지는 않니? 오늘 3학년 3시간째 수업이라 조금 배가 고프기도 해. 이번 시간 마치면 점심시간이니 괜찮아. 아침에는 몇 시에 학교에 오니? 응, 7시 전후로 학교에 도착해. 그렇게 빨리…….

🧑 우리 조금만 더 힘내자

2019년 12월 17일 화요일에 2학년 수업을 했습니다. 3학년과 마찬가지로 주제를 찾기 전에 받아쓰기와 셈하기를 했습니다. 받아쓰기는 3학년과 같이 이전에 공부한 3가지 주제와 이번 시간의 주제인 사랑입니다. ① 용기 ② 행복 ③ 칭찬 ④ ○○입니다. 3번까지만 받아쓰기를 하고, 4번은 주제를 찾은 다음에 적었습니다. 수학 문제는 다음과 같습니다. 아주 쉬운 문제입니다. 어려운 문제를 내달라고 아우성을 치는 아이도 있습니다. ① 2+2=   ② 0+0= ③ 9×0= ④ 22+22=   입니다. 1~2학년군에서 읽기와 쓰기 셈하기의 기초학습와 기본학습이 제대로 정착되지 않으면 학년이 올라갈

수록 학습결손이 누적이 됩니다.

주제를 찾을 때는 BTS 대신에 방탄소년단이라고 적고, 나머지 교동, 인사, ♡는 다른 학년과 같게 제시했습니다. 아이돌 노래를 들려주니 생각보다 많은 아이들이 알고 있었습니다. 퀴즈도 3학년과 같이 풀어보았습니다. 내가 사랑하는 것을 적고, 나 자신에 사랑하는 마음을 담아서 간단한 편지를 썼습니다. 자기 생각은 글로 표현하는 게 힘든 아이들이 많았습니다. 쓴 내용을 한꺼번에 2번씩 읽은 다음에 희망하는 아이를 중심으로 발표를 했습니다. 아이들 발표 중간에 담임 선생님도 발표를 했습니다. 다음은 아이들 편지 내용입니다.

사랑하는 ○○아. 좋은 학교에서 좋은 걸 배우고, 벌써 방학이야. 우리 조금만 더 힘내자. 파이팅.

○○아. 너는 잘 하고 있어. 돌봄, 학원, 합창단까지 모두 잘하고 있어. 좋은 습관 가지자.

내가 나한테 쓰는 편지. ○○아. 너는 못하는 것도 있지만, 넌 노력하면 뭐든지 할 수 있을 거야. 난 너를 응원할게.

나는 피구를 잘하고 게임을 좋아하고 달리기가 빠릅니다. 축구도 좋아합니다. 저는 농구를 못해서 농구를 열심히 해야 할 것입니다.

귀여운 ○○아. 웃는 모습이 너무 예뻐. 즐겁게 학교 다니고 친구들과 친하게 지내.

다음은 교장이 자신에게 쓴 편지입니다.

사랑하는 영호야! 잘 지내지? 그래, 잘 있어. 오늘 아침은 먹었니? 응, 미역국 먹었어. 누구와 먹었는데? 아침은 늘 혼자 먹어. 학교 와서는 뭐 했는데? 교문에서 비질을 하고, 아이들을 맞이했어. 아침에 맨발축구를 한다더니? 응, 일 주일에 두세 번은 교문에 나오고, 나머지 두세 번은 운동장에서 맨발축구를 해. 겨울인데 맨발축구가 가능해? 응, 가을까지는 모두가 맨발로 축구를 했는데, 겨울에는 아이들은 운동화를 신고 나만 맨발로 축구를 해. 오늘 아침에 교문에서 본 아이들 중에 기억에 남는 친구가 있니? 응, 3학년 ○○이야. 교실에 들어갔다가 다시 나오더니 빗자루를 들고 여기저기를 쓸었어. 내가 다 쓸어서 할 것은 없었는데 하고 싶었던 모양이야. 그리고 운동장에서 나하고 같이 청소를 했어. 교장실에 와서는 사탕을 하나 먹고 내가 물건을 들고 나가는데 문을 열어 주었어. 아이가 많이 달라진 것 같아서 기분이 좋았어……

🧑 나는 나를 사랑합니다

다음은 대구광역시교육청 홈페이지에 전제된 보도자료[10]입니다.

대구교동초등학교(교장 김영호)는 2019년 11월 18일(월)에 6학년 학생들을 대상으로 창의적체험활동 시간을 활용해서 소통과 공감의 수업 나눔을

---

10) 보도자료를 바탕으로 다음과 같이 보도되었다. 대구신문(2019.11.26.화) "스스로를 믿어봐" …내게 보낸 편지.

했다. 김영호 교장이 직접 수업을 하고, 학반 담임교사와 다른 교원들이 수업을 참관 했다. 이번 수업은 1학기에 '용기', '행복'이라는 주제와 2학기 '칭찬'이라는 주제에 이어 '사랑'이라는 주제로 네 번째 수업을 진행했다.

수업은 다음과 같이 소통과 공감의 사랑 시간으로 운영되었다.

먼저 "사랑합니다"라는 인사로 수업을 시작했다. 학생 개인별로 학습지 중간에 주제가 들어갈 둥근 원을 그렸다. 'BTS[11]', '교동', '인사', '♡'의 네 가지를 차례로 제시하고 '사랑'이라는 주제를 찾았다.

다음은 '내가 사랑하는 것'을 적고 발표했다. 내가 사랑하는 것으로는 나, 선생님, 부모님, 휴대폰, 애완견, 친구, 우리학교 등 다양하게 나왔다. 그리고 내가 사랑하는 것 중에서 '나'를 선택해서 편지를 쓰는 시간을 가졌다.

다음은 자신의 학습지를 들고 교실의 희망하는 장소에서 발표하는 시간을 가졌다. 발표는 시계 앞, 출입문 앞, 담임 선생님 앞, 친구 앞, 참관 선생님 앞, 혼자 등 다양한 장소와 형태로 한꺼번에 이루어졌다.

이어서 희망하는 학생부터 한 명씩 발표를 하고, 발표를 한 친구는 다음 발표 친구를 추천하는 방법으로 자신에게 쓴 편지를 발표했다. 발표 중간에 김영호 교장도 자신에게 쓴 편지를 학생들에게 들려주었다.

이○○ 학생은 " 안녕! ○○야. 지금 네 삶을 만족해? 항상 내 자신을 별로 좋아하지 않았어. 울기만 잘 하고, 할 수 있는 거, 잘 하는 게 없어서 항상 속상해 했어. 하지만 지금은 아니야. 언젠가는 내 자신이 좋을 때가 생길 거라고 믿고 내 자신을 사랑하려고! 울음도 참아보고 위로도 해 줄 수 있는 내가 될게. 그러니 내 자신을 지켜봐 줘. 안녕. 중학교 생활도 열심히 하자! ○○가."라고 발표를 해서 많은 학생들의 공감을 얻었다.

김영호 교장은 "영호야! 교동초 생활은 즐겁니? 아침 일찍 출근한다고 들었는데 몇 시 경에 학교에 도착하니? <…중략…> 네가 다시 6학년으로 되돌아간다면 무엇을 하고 싶니? 응, 내가 다시 초등학교 6학년으로 돌아갈 수는 없으니, 우리 교동초 6학년 학생들이 초등학교 생활을 잘

---

11) 방탄소년단의 유엔연설 중 'LoveMyself, LoveYourself' 인용.

마무리 할 수 있도록 도와주어야겠다. 사랑한다 영호야."라는 편지글로
학생들과 생각을 나누었다.

학생 편지 발표

교장 편지 발표

학생 혼자(짝) 발표

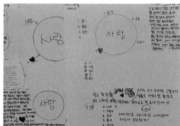

학생 학습지

김 교장이
수업만 한다고

학교 구석구석을 돌아보았습니다.
교육가족의 면면도 살펴보았습니다.
좋은 수업을 위한 기초도 다졌습니다.

김 교장이 수업만 한다고?
교장은 수업 외에도 살필 일이 많습니다.
아이들, 학부모, 교직원, 지역주민, 학교시설······.

수업 이외의 다른 것들도,
결국은 좋은 수업을 위한 디딤돌입니다.
그런 디딤돌 같은 교장으로 기억되고 싶습니다.

교·수·평·기 일체화

학반에서 알아서 했어요

"2018학년도에는 우리학교는 학생 평가를 어떻게 했어요?"

"학반에서 알아서 했습니다."

"일제식 지필평가는 하지 않았지요?"

"예, 과정중심 평가를 했습니다."

"구체적으로 말씀해 주신다면?"

"과정이 잘 나타나는 성취기준으로 평가를 했습니다."

"학년군별 성취기준을 다 평가를 했는가요?"

"아니요, 과정이 잘 나타날 수 있는 것을 몇 가지 골라서 했습니다."

2019년 3월 초순에 우리 교동의 선생님과 주고받은 내용입니다. 학반에서 교과마다 과정이 잘 나타날 수 있는 성취기준을 골라서 평가를 하고 결과를 가정으로 피드백을 했다는 내용입니다. 영호가 생각하고 있던 개정교육과정의 과정중심평가와는 다른 점이 있었습니다. 모든 성취기준을 평가하지 않느냐가 제일 큰 문제였습니다. 영호는 당연히 모든 성취기준을 과정중심으로 평가한다고 생각하고 있었습니다.

　인근 학교의 교장 또는 교감 선생님께 과정중심 평가를 알아보았습니다. 다른 교육지원청 소속의 학교에도 알아보았습니다. 대부분 우리 교동의 2018학년도와 비슷하게 하고 있었습니다. 즉, 예전의 수행평가 형태입니다. 통화한 스무 개가 넘는 학교 중에서 남대구초등학교만 모든 성취기준을 과정중심으로 평가하고 있었습니다.

🧑 수업은 언제 합니까

　"올해 우리 학교는 학년군별 모든 성취기준을 과정중심으로 평가를 합니다. 대신 수업(교육과정-수업-평가-기록을 포함하는 의미의 수업)에 전념할 수 있도록 전시나 행사는 꼭 필요한 것만 합니다."

　영호의 결론입니다. 그리고 남대구초등학교의 과정중심평가 파일을 전부 받았습니다. 파일은 전 선생님께 공유가 되었습니다. 교감 선생님, 연구부장 선생님은 걱정이 많았습니다. 선생님들의 생각이 어떨지 모른다는 것입니다. 당장 이런 저런 말들이 많았습니다. "평가를 다 하면 수업은 언제 하느냐", "모든 성취기준이 과정이 잘 나타나느냐", "전에는 그렇게 하지 않았다", "직전 학교에서도 그렇게 하지 않았다", "교장 별나다" 등등의 말이 직간접으로 들여왔습니다.

　학교 교육활동 중에는 서로 양보하고 타협을 할 수 있는 것이 많습니다. 하지만 양보와 타협을 해서는 안 되는 것도 있습니다. 학년군별로 정해진 시수와 성취기준의 평가입니다. 일제식 지필시험이 있을 때는 평가문항을 작성할 때, 교육과정의 성취기준에 근거해서 출제를 합니다. 지금은 일제식 지필고사는 하지 않습니다. 성취기준의 평가는 양보나 타협의 대상이 아닙니다. 특히, 우리 교동초와 같이 어렵고 힘든 아이들이 많은 학교에서는 성취기준 하나하나를 소중하게 생각하고 평가해야 한다는 게 영호의 생각이었습니다.

이런저런 말들이 많았지만, 시작도 하기 전에 포기할 수는 없었습니다. 2019년 3월 12일 월요일에 전국적으로 교육과정에서 명성이 자자한 남대구초등학교의 안영자 교장 선생님을 강사로 모셨습니다. 사전에 모든 성취기준을 평가해야하는 당위성을 강조해 달라고 부탁을 드렸습니다. 교육과정 문해력, 교육과정 시수, 과정중심평가 등을 구체적인 예를 들어서 자세하게 강의를 해주셨습니다. 명불허전의 강의였습니다. 선생님들의 생각도 조금씩 변하기 시작했습니다.

그래도 선생님들의 생각이 다 바뀐 것은 아니었습니다. 기다렸습니다. 남대구초등학교에서 사용하는 것을 우리 학교 실정에 맞게 바꾸자는 의견이 나왔습니다. 모든 성취기준을 평가한다는 전제로 어떤 것이라도 자유롭게 의견을 나누었습니다. 3월이 지났습니다. 모든 성취기준을 평가하는 것으로 결론이 났습니다. 모든 아이들에게 한 권씩 돌아가는 책자를 만들기로 했습니다. '미래를 배우며 함께 성장하는 교동 꿈자람 과정 카드'로 합의가 되었습니다.

학년별로 표지색을 달리해서 우리 교동의 모든 아이들에게 한 권씩 나누었습니다. 2019년 4월 중순입니다.

🧑 꿈자람은 절차탁마의 보물이다

늦었다고 생각할 때가 가장 빠른 법입니다. 먼저, 아이들의 배움 다짐을 적고 가정으로 공유를 했습니다. 1학년은 집에서 부모님과 상의해서 부모님이 적었습니다. 세 가지 다짐을 적은 반도 있습니다. 부모님들도 사랑을 가득 담은 격려글을 적었습니다.

선생님과 아이들은 함께 꿈자람의 보물을 채워갔습니다. 성취기준에 미도달이 많은 힘든 아이도 있었습니다. 하지만 선생님의 사랑과 열정으로 도달로 바꾸어 갔습니다. 아이들도 선생님의 열정에 노력으로 보답을 했습니다. 1학기에는 종합 의견과 학교장의 글을 실어서 가정으로 드렸습니다. 부모님은 긍지와 자부심을 가지고 선생님과 아이들을 격려했습니다. 여름방학이 시작하기 전에 다시 거두어서 2학기 준비를 했습니다.

배움다짐 및 학부모 격려(2학년)

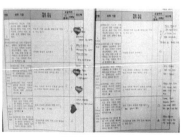

4학년 사회(담임)

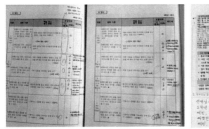

4학년 영어(교과전담)　　　　　　1학기 종합 및 학부모 의견(2학년)

🧑 꿈자람은 대구교동교육가족의 정성이다

영호는 꿈자람 과정 카드가 옥(玉)을 만드는 과정인 절차탁마라고 생각했습니다. 영호도 자주 꿈자람 카드에 대한 강조를 했습니다. 다음은 '미래를 배우며 함께 성장하는 교동 꿈자람 과정 카드'의 중요성을 강조한 대구교동교육의 내용입니다. 세 번째 이야기인 대구교동교육가족 이야기와 중복이 되기는 하지만, 교-수-평-기의 일체화와 이야기의 일관성을 위해서 꿈자람에 해당하는 내용만 싣습니다.

　교육과정-수업-평가-기록의 일체화를 위한 '미래를 배우며 함께 성장하는 교동 꿈자람 과정 카드'입니다. 우리 대구교동의 모든 교육활동이 녹아드는 보물입니다. 우리 아이들의 '나의 배움 다짐'을 기록하는 곳도 있습니다. 선생님의 수업철학이 있듯이, 우리 아이들도 배움의 마음가짐을 생각하고 기록하는 것도 의미가 클 것입니다. 교육과정의 모든 성취기준이 들어 있습니다. 우리 아이들이 꿈이 자라서 영그는 곳이기를 기

대합니다. 그 동안의 노고에 진심으로 감사를 드립니다.[12]

　　'대구교동교육-9-스승의 기도'에서 [교육과정-수업-평가-기록의 일체화를 위한 '미래를 배우며 함께 성장하는 교동 꿈자람 과정 카드']를 안내 드렸습니다. 아이들과 선생님의 보물입니다. 우리 대구교동교육가족 모든 분들께 부탁 겸 당부를 드립니다.

　　수업 시간에는 수업 이외의 다른 일(흔히 말하는 자습, 아이들 심부름시키기, 컴퓨터 작업, 기안, 메신저 발송, 수업을 늦게 시작, 수업을 일찍 마치기 등등)은 절대로 하시면 안 됩니다. 한 번 지나간 수업 시간은 되돌아오지 않습니다. 다른 일은 조금 늦어도 괜찮습니다.

　　살아가면서 누군가에게 신뢰를 얻기는 무척이나 어렵습니다. 하지만 신뢰를 잃는 것은 한 순간입니다. 신뢰를 얻는 것도, 신뢰를 잃는 것도 다 우리의 몫입니다. 우리가 하기 나름입니다. 우리의 수업권과 교권은 우리 스스로 지켜야 합니다. 수업권을 침해하거나 교권을 침해하는 외부의 어떠한 시도도 용납하지 않겠습니다.

　　우리 대구교동교육가족 모두가 교-수-평-기의 일체화를 위해서 힘을 모아 주실 것을 다시 한 번 당부를 드립니다. 교-수-평-기에서 수업은 바로 현상(現象)입니다. 교육과정이 빙산의 보이지 않는 부분이라면, 수업은 빙산의 보이는 부분입니다. 신뢰를 얻고 잃는 것 모두가 수업에서 시작해서 수업에서 끝이 납니다.[13]

　　교동 꿈자람 카드는 우리의 자존심입니다. 자존심에 어울리는 교-수-평-기의 일체화가 이루어져야 합니다. 과정중심의 평가는 학생배움중심 수업이 되어야 합니다. 과정이 잘 나타나는 학습방법이 필요합니다. 그 시작과 끝은 눈맞춤입니다. 선생님과 아이의 눈맞춤입니다. 함께 수업을 참관하고 수업에 대한 생각을 나누는 방법은 무엇일지 함께 진지하게 고

---

12)　대구교동교육-9(2019.04.17. 스승의 기도).
13)　대구교동교육-10(2019.04.22. 선생님의 노래).

민해 보아야겠습니다.

기초와 기본은 될 때까지 해야 합니다. 수업시간에는 꿈자람 카드를 활용해서 기초와 기본교육이 확실하게 이우러져야 합니다. 때를 놓치면 몇 배의 힘이 듭니다. 생활교육도 다르지 않습니다. 기본적인 생활교육은 학반의 수업에서 이루어져야 합니다. 학교 안에서는 내 반 네 반 가려서는 생활교육이 어렵습니다. 함께 해야 합니다. 지극정성의 교육적인 지도로도 어려우면 학부모와 생각을 나누어야 합니다. 그 생각을 나누는 자리에 교장과 교감도 함께 하겠습니다. 우리 아이들이 어제와 오늘이 다르고, 오늘이 내일과 다른 것은 우리 대구교동교육가족이 함께 하기 때문입니다.[14)]

"농작물은 농부의 발자국 소리를 듣고 자란다."고 합니다. 농부의 발자국 소리는 바로 손길입니다. 그 손길은 사랑이고 정성입니다. '중용 23장 치곡'편에 지극한 정성 즉, 지극정성이라는 말이 나옵니다. 세상의 어떤 일이나 지극정성이면 좋은 결실을 맺을 수 있습니다. 우리 대구교동교육가족의 지극정성은 농부의 발자국 소리와 같습니다. 우리 아이들은 그저 어른으로 성장하는 것이 아닙니다. 대구교동교육가족의 지극정성으로 우리 교동의 아이들은 시나브로 어른이 되어 갑니다.

'미래를 배우며 함께 성장하는 교동 꿈자람 과정 카드'는 우리 대구교동교육의 보물입니다. 우리 교동의 아이 한 명 한 명의 꿈이 영글어가는 보물창고입니다. 지금 그 보물창고에 보물이 가득차지 않아도 걱정할 것 없습니다. 우리에게는 어제와 오늘의 '시간'이라는 보물도 있었지만, 내일이라는 '시간'의 보물도 기다리고 있습니다. 어제와 오늘까지 지극정성을 다 해도 꿈자람이 조금 더딜 수도 있습니다. 하지만 우리교동교육가

---

14)   대구교동교육-25(2019.06.18. 함께 가는 길).

족이 지금까지와 같은 지극정성을 계속하면 내일은 달라질 것입니다. 아프리카 속담에 "한 아이를 키우는 데 온 마을이 나선다."고 합니다. 마찬가지로 우리 대구교동의 아이들을 키우는 데는 우리 대구교동교육가족 모두의 지극정성이 필요합니다. 그것은 믿음과 기다림의 보물이기도 합니다.

시인의 보물 상자에는 만물상도 있고 보물 상자도 있습니다. 어쩌면 시인의 만물상이 보물 상자이고, 보물 상자가 만물상인지도 모르겠습니다. 우리 교동의 아이들에게는 '교동 꿈자람 과정 카드'가 만물상이자 보물 상자(창고)입니다. 꿈자람 카드의 학년(학년군)별 성취기준은 만물상이자 보물상자(창고)입니다. 성취기준 하나하나는 각각의 만물상을 구성하는 값진 보물입니다. 하지만 꿈자람 카드를 그냥 두어서는 만물상도 아니고 보물도 아닙니다. 아이들은 배움의 열정과 선생님은 지극정성 가르침이 동행할 때 만물상이 되고 보물도 됩니다.[15]

오늘부터 2학기 학부모 상담 주간입니다. 대면상담이거나 전화상담이거나 아니면 상담을 신청하지 않은 부모도 있을 것입니다. 상담에 앞서 우리 아이들은 보물인 '미래를 배우며 함께 성장하는 교동 꿈자람 과정 카드'를 꼼꼼히 살펴보시면 좋겠습니다. 1학기의 과정평가 결과와 학부모님의 말씀은 무엇인지 등등입니다. 실제 홍길동 학부모와 상담을 할 때는 홍길동의 보물을 잘 활용하시면 좋겠습니다. 그리고 학부모님의 말씀을 공감하면서 경청해 주시리라 믿습니다.[16]

불광불급(不狂不及)이라는 말이 있습니다. 미치지 않으면 미치지 못한다는 뜻입니다. 즉, 미쳐야 미친다는 뜻입니다. 여기서 미친다는 것은 집

---

15) 대구교동교육-30(2019.07.15. 보물).
16) 대구교동교육-33(2019.09.02. 아침&얼굴).

중, 정열, 열정, 사랑, 노력 등등의 의미입니다. 우리 대구교동의 아이들이 '교동 꿈자람 과정 카드'라는 보물을 가꾸는 데는 많은 것이 필요하고, 많은 이들의 정성이 모아져야 합니다. 힘든 아이도 있습니다. 아주 힘든 아이도 있습니다. 다 우리 교동의 아이입니다. 이 아이들이 할 수 있을 때까지, 할 때까지 함께 하는 대구교동교육가족이기를 소망합니다. 김치맛이 하루아침에 생기는 것이 아니듯 우리 교동의 아이들도 믿고 기다림의 시간이 필요합니다. 교동 꿈자람 과정 카드는 대구교동교육가족의 지극정성입니다.[17]

평가 담당 선생님이 '2019. 초등 교육과정 성취수준 진단평가 실시 계획' 안내를 하셨습니다. 자세하게 안내를 하셨지만, 다시 부탁의 말씀을 드립니다. 문항 선정, 실시 시간, 채점, 결과는 공명정대하게 처리를 하셔야 합니다. 채점을 해서 아이들이 틀린 문제는 우리 교동의 보물인 '교동 꿈자람 과정 카드'의 성취기준의 도달 여부와도 확인을 부탁드립니다. 피드백 차원에서 전체 문항을 다시 한 번 풀어본다거나, 개별 학생별 지도 등을 통해서 학습부진이 생기기 않도록 지극정성의 사랑을 부탁드립니다.[18]

2019학년도를 마무리하는 날입니다. 그 동안 우리 교동의 아이들을 위해 애써 주신 대구교동교육가족 모든 분들께 감사를 드립니다. 오늘 종업식과 졸업식을 마치면 겨울방학이 시작됩니다. 3월이 되면 6학년은 새로운 학교급인 중학교로 진학합니다. 1학년에서 5학년까지는 한 학년씩 진급해서 2학년에서 6학년이 됩니다. 물론 새로운 가족인 1학년도 입학하게 됩니다.
'미래를 배우며 함께 성장하는 교동 꿈자람 과정 카드'는 우리 교동 아

---

17) 대구교동교육-55(2019.12.03. 영호네 김장 프로젝트).
18) 대구교동교육-61(2019.12.19. 뿌리가 깊은 나무는).

이들의 1년의 노력의 흔적입니다. 그 흔적을 남기기 위해 우리 아이들이 많은 노력을 했습니다. 선생님들은 사랑과 정성으로 그 흔적에 힘을 더했습니다. 기분 좋은 흔적도 있습니다. 더러 힘들었던 흔적도 있습니다. 힘들었던 흔적을 기분 좋은 흔적으로 바꾼 것도 있습니다. 그런 하나하나의 흔적을 잘 살펴보시기 바랍니다. 그 흔적은 한 명 한 명 아이의 소중한 역사입니다.

이름 모르는 들꽃도 꽃을 피우기까지 많은 과정을 거칩니다. 돌보는 이 없지만 비와 햇볕이 자라는 데 힘을 더합니다. 종종 바람이 불어서 뿌리를 좀 더 단단하게 내리도록 시험을 하기도 합니다. 가끔은 지나가는 새소리가 친구가 되어 주기도 합니다. 그렇게 꽃을 피워도 누구 하나 보는 이가 없을 때도 있습니다. 하지만 들꽃은 외롭거나 서운하지 않습니다. 다시 씨를 땅에 뿌리고 다음을 기약하는 들풀도 있습니다. 그렇게 들꽃은 해마마 새로운 역사를 만들어 갑니다.

우리 교동의 아이들은 많은 관심과 사랑을 받으면서 자신만의 꿈을 만들어가고 있습니다. 첫 번째는 한 명 한 명 아이의 하고자 하는 의지입니다. 여기에 학부모님들의 관심과 헌신이 더해집니다. 또한, 우리 교동의 선생님들이 교학상장의 힘을 더합니다. 힘들 때도 있습니다. 참 힘들 때도 있습니다. 가끔은 멈추고 싶을 때도 있습니다. 하지만 멈출 수 없습니다. 멈추어서는 안 됩니다. 교동 꿈자람은 소중한 보물이기 때문입니다. 우리는 대구교동교육가족이기 때문입니다.[19]

우리 대구교동교육은 수업중심 학교문화입니다. 여기서 수업은 교육과정-수업-평가-기록의 일체화를 포함하는 내용입니다. 전시성, 일회성 행사는 지양(止揚)하고 모든 활동은 수업에 녹아냅니다. [미래를 배우며 함께 성장하는 교동 꿈자람 과정 카드] 우리 아이들의 보물입니다. 학교의 중심은 수

---

19)   대구교동교육-65(2020.01.10. 꿈자람 보물).

업입니다. 좋은 수업을 위한 역사용 역량, 수업철학 역량, 수업행복 역량, 수업문 역량을 생각해 봅니다. 우리 교동의 좋은 수업을 위해서 동행하며 모든 지원을 아끼지 않겠습니다.[20](2010.01.10. 대구교동교육가족)

🧑 힘들었지만 알찬 수업을 위한 디딤돌

다음은 대구광역시교육청 홈페이지에 실린 보도자료[21]입니다.

대구교동초등학교(교장 김영호)는 2019년 7월 15일(월)부터 2019학년도 1학기 교육활동을 마무리하면서 '미래를 배우며 함께 성장하는 교동 꿈자람 과정 카드'를 학생 전체의 가정으로 피드백을 한다.

대구교동초는 교-수-평-기의 일체화의 과정중심평가를 위해 교동 꿈자람 과정 카드를 제작하여 학생들의 학습의 과정 및 결과를 모두 평가하고 있다. 또한, 학습 과정과 개인의 성취도를 바탕으로 학생 개개인의 부족함을 채우기 위해 꾸준히 피드백하고 우수한 점은 더욱 발전시키기 위해 노력하고 있다.

1학기를 마무리하며 한 학기 동안의 배움을 꾸준히 기록한 꿈자람 과정 카드를 가정으로 피드백 한 내용은 다음과 같다. 가정에서는 꿈자람 과정 카드를 확인하고 자녀의 배움 정도를 파악하여 가정에서도 연계지도를 하도록 한다. 미도달한 성취기준에 대한 피드백을 자녀와 함께 확인하고, 학생 자신의 부족한 부분을 채우기 위해 스스로 학습할 수 있도록 격려하는 부탁을 하고 있다.1학기에 도달하지 못한 부족한 부분들은 2학기에도 꾸준히 채워나갈 수 있도록 상세하게 안내하고 있다.

---

20) 대구교동교육-66(2020.01.10. 대구교동교육가족).
21) 보도자료를 바탕으로 다음과 같이 보도되었다. 대구신문(2019.7.23.화) 교동초의 보물 '꿈자람 과정 카드'.

○○○ 교사는 "교사의 입장에서 피드백 작성에 너무 많은 시간과 에너지가 소모되어 힘들었지만, 단위시간 수업을 준비할 때, 교수·학습자료와 더불어 구체적인 평가 계획과 방법까지 체계적으로 계획하게 되어 알찬 수업을 할 수 있었다."고 하였다.

김영호 교장은 꿈자람 과정 카드의 담임 의견 다음 쪽에 '보물'이라는 제목으로 감사의 내용을 추가했다. "우리 교동의 아이들에게는 '교동 꿈자람 과정 카드'가 만물상이자 보물 상자(창고)입니다. 꿈자람 카드의 학년(학년군)별 성취기준은 만물상이자 보물상자(창고)입니다. 성취기준 하나하나는 각각의 만물상을 구성하는 값진 보물입니다. 하지만 꿈자람 카드를 그냥 두어서는 만물상도 아니고 보물도 아닙니다. 아이들은 배움의 열정과 선생님은 지극정성 가르침이 동행할 때 만물상이 되고 보물도 됩니다."

김영호 교장은 "교육과정-수업-평가-기록의 일체화에 애쓴 대구교동교육가족 모든 분들께 감사를 드린다. 꿈자람 과정 카드를 더욱 발전시켜서 진정한 대구교동교육의 보물이 되도록 힘을 모으겠다."고 하였다.

학년별 표지

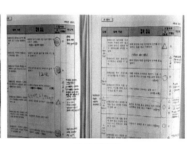

교사 피드백

맨발교육

영호의 맨발 추억

영호는 대신초등학교를 다닐 때부터 축구를 좋아했습니다. 기억에 남는 축구는 대부분 6학년 때의 일입니다. 6학년 5월 무렵에 가로 5미터 세로 2미터의 초등학생용 정식 축구골대가 운동장에 설치되었습니다. 그전에는 가로 3미터 세로 2미터인 핸드볼골대가 있었습니다. 정식 축구골대는 동서로 설치가 되고, 핸드볼골대는 남북으로 자리를 잡았습니다. 그때 설치한 축구골대는 폐교된 지금도 운동장을 지키고 있습니다.

대신초등학교에는 축구공이 단 하나만 있었습니다. 주로 공부시간과 일과가 끝난 후에 사용하는 공입니다. 아침시간, 쉬는 시간, 점심 시간에는 고무로 된 간이 축구공을 사용했습니다. 간이 축구공은 겉이 가죽이 아니고, 고무로 되어 있어서 공이 자주 터지는 단점도 있었습니다.

비가 오는 날에는 맨발로 축구를 했습니다. 고무신이나 운동화를 신고 축구를 하는 것보다 편했습니다. 간이축구공이라 발이 아프지도 않았습니다. 물이 있는 곳에서는 쭉~ 미끄러지기도 좋았습니다. 축구가 끝나고 발을 씻기도 아주 편했습니다. 그런 날이면 하굣길도 종종 맨발이었습니다. 물웅덩이가 징검다리 마냥 늘어서고 버스는 하루에 서너 번 다니는 길이니 맨발이 더 편했습니다.

대구경운초등학교에 근무하던 1993학년도에 청소년단체 합동 여름야영을 속리산으로 갔습니다. 위탁형 야영이라 시간 여유가 있어서 하루는 선배 선생님 두 분과 속리산 정상을 오르기로 했습니다. 중간쯤 가니 덥고 땀이 너무 많이 나서 모두 신발을 벗어서 가게에 맡기고 맨발로 걸었습니다. 문장대 정상에 오르니, 맨발은 우리 일행 세 사람뿐이었습니다.

1999학년도부터 대구교육대학교대구부설초등학교에 근무하면서 맨발로 생활하는 때가 많았습니다. 교생실습 기간이나 외부 인사가 학교를 방문하는 날이 아니면, 출근과 동시에 양말을 벗어서 텔레비전 뒤에 두고 맨발로 하루를 보냈습니다. 교실 바닥이 카펫이라서 맨발이 훨씬 편했습니다. 겨울에도 늘 맨발이었습니다.

우리 대구교동초등학교는 교직원 몇 분이 맨발걷기를 했습니다. 어려서부터 맨발에 익숙한 영호도 선생님들과 함께 맨발걷기를 했습니다. 아침이면 쇠갈퀴를 들고 운동장을 고르고 돌을 주웠습니다. 그러다가 맨발축구를 하기도 합니다. 우리 학교의 맨발교육은 전체적이고 획일적인 것이 아니라 선생님이나 아이들의 자발적이고 선택적인 활동입니다. 맨발교육은 맨발수업, 맨발축구, 맨발놀이를 포함하는 내용입니다.

🧑 자연과 만나는 맨발수업

우리 학교는 놀이터 부근에 모래가 많습니다. 2019학년도에도 두 번이나 모래를 넣었습니다. 운동장의 흙도 상태가 좋습니다. 돌멩이나 못 등의 맨발에 위험이 될 만한 것은 매일 아침 제거를 했습니다. 운동장에서 미술 수업을 하거나 즐거운생활 시간에 축구를 하기도 합니다. 모래가 많은 놀이터도 훌륭한 학습장입니다.

다음은 3학년 미술교과 전담을 하는 박동채 선생님의 맨발수업 소감입니다.

아이들과 맨발로 흙을 밟으면서 땅에 그림을 그렸습니다.

맨몸으로 자연을 만나서인지 서로 마음이 열리고 편안한 분위기에서 교감할 수 있었습니다. 처음에 흙을 맨발로 밟기 싫어 운동장 가장자리에서 어슬렁거리던 아이들도 하나, 둘 씩 안으로 들어왔습니다. 엉덩이에 흙이 묻을까 엉거주춤하던 녀석들도, 손에 흙이 묻을까 막대기로 끄적이던 녀석들도. 점점 마음이 열리고 편안한 자세를 취하며 그림을 그리기 시작했습니다. 바닥에 털썩 앉거나 자신의 그림 옆에 누워 보기도 했고, 도구가 오히려 불편하다면서 두 손으로 굵직굵직한 선들을 그려 손톱 밑에 흙이 새까맣게 끼기도 했습니다. 땅에 그림을 그린다는 것은 정말 원초적인 행위이기에 즐거움을 줍니다. 하얀 도화지는 더러워질까 망칠 두려움이 앞서 지우기를 반복하고 망설이게 만드는데 흙이란 화지는 과감한 그림을 그리게 합니다. 틀려도 다시 그 위에 그릴 수 있습니다. 경계선도 없으니 무한하게 확장됩니다. 서로의 그림이 만나서 또 하나의 그림으로 연결되기도 했습니다. 아이들은 이 과정이 즐겁다고 했습니다. 미술에 대한 두려움, 경계심 모두 떨쳐버릴 수 있는 좋은 시간이었습니다.

몇몇 아이들을 활동을 끌어들이기까지 시간이 다소 걸렸습니다. 이 아이들의 경우 더러워서, 발이 아파서, 흙을 만지는 것을 싫어서 하기 싫다고 합니다. 기질적으로 예민하고 더러운 것을 싫어하는 아이들에게는 맨발을 강요하지 않았고 친구들이 즐거워하는 모습을 보여주면서 활동에 참여할 때까지 기다렸습니다. 모든 아이들이 결국 활동에 즐겁게 참여하게 되었습니다. 그렇게 된 것은 다른 친구들의 격려와 지지, 그리고 즐거워하는 모습 덕분이었습니다.[22]

2019.6.19. 3학년(교과전담)　　　　　2019.9.18. 1학년(담임)

2019.10.8. 3학년(교과전담)　　　　　2019.10.23. 2학년(교장)

22)　대구교동초등학교 교사 박동채의 미술 수업(2019.06.19.).

　　교장 선생님이 수업을 한다고

🏃 교장 선생님, 축구해요

아이들이 처음부터 맨발축구를 하기는 어렵습니다. 축구를 하기 전에 맨발로 운동장을 두 바퀴 정도 걷게 합니다. 그리고 준비운동을 합니다. 편을 가르고 축구를 합니다. 시작 시간은 일정하지 않습니다. 7시 20분에 교장실 문을 두드리면서 "교장 선생님, 축구해요"하는 아이도 있습니다. 마치는 시간은 8시 30분 정도입니다. 수요일은 평소보다 10분 정도 일찍 마칩니다. 중간에 모여서 함께 "사랑합니다"로 마무리를 합니다.

처음에는 맨발걷기를 하는 여자 교직원들과 맨발축구를 했습니다. 영호가 어느 날 축구를 하자고 제안을 했습니다. 맨발걷기만 하다가 맨발축구를 하니 발바닥의 자극 강도나 운동량은 훨씬 많다고 합니다. 영호는 혼자 편을 하고, 여자 교직원들이 한 편이 됩니다. 지금까지 일곱 번의 시합을 했습니다. 처음에는 영호가 이기다가 여자 교직원들이 고정 골키퍼를 세우는 등의 전략을 짜고부터는 지는 일이 많아졌습니다. 전적은 영호가 3승 4패로 여자 교직원들이 한 경기를 앞서고 있습니다.

영호와 여자 교직원들이 맨발축구를 하는 것을 보고, 걷기를 하던 아이들이 축구를 하자고 졸랐습니다. 모든 아이들이 아침에 운동장을 몇 바퀴씩 걷고 교실로 들어가던 때였습니다. 아이들의 제안에 승낙을 하면서 교장 선생님과 축구를 할 때는 맨발로만 해야 한다는 조건을 걸었습니다. 처음에 아이들은 조금 힘들어 했습니다. 맨발걷기가 습관이 되지 않은 상태에서 달리고 공을 차야하니 쉽지가 않았습니다. 하지만 시나브로 아이들도 적응이 되었습니다.

맨발축구를 하는 아이들은 2학년이 제일 많습니다. 3학년과 4학년을 합하면 2학년만큼 됩니다. 영호는 2학년 편을 하고, 3, 4학년이 한편이 됩니다. 몇몇 아이는 개인기가 아주 우수합니다. 적을 때는 10명이 되지 않습니다. 많을 때는 20명 가까이 됩니다. 여자아이도 2~3명이 참여를 합니다. 영호가 교문에 나갈 때는 아이들끼리 합니다. 겨울이 되자 아이들은 맨발축구를 하기가 어렵습니다. 영호는 맨발로 하고 아이들은 운동화를 신거나 양말을 신고 축구를 합니다.

맨발축구를 하면서 가장 걱정이 되는 것이 아이들이 다치는 것입니다. 다행이 지금까지 크게 다친 아이는 없습니다. 맨발로 뛰다보니 운동화를 신었을 때보다는 조금 느릴 수밖에 없습니다. 축구공을 찰 때도 조심을 해야 합니다. 간혹 서로 부딪혀서 엄살을 부릴 때도 영호는 모른 척 합니다. 그러면 조금 있다가 일어납니다. 그때 영호가 가서 어디 아프거나 다친 데가 없느냐고 물어봅니다.

축구를 하면서 두 번째 강조하는 것이 서로 협력하는 것입니다. 개인기가 좋은 아이는 골을 넣을 욕심에 너무 오래 공을 몰고 갑니다. 패스도 잘 하지 않습니다. 그래서 축구를 시작할 때와 마칠 때에 패스를 자주 하고, 혼자 너무 오래 공을 몰지 않도록 당부를 합니다. 축구는 혼자 하는 경기가 아니고, 팀보다 위대한 선수는 없다는 이야기도 합니다.

2019.9.23.

2019.9.24.

2019.9.25.

2019.10.1.

🧒 비 오는 날의 맨발놀이

초임교사 시절부터 몇 학교를 거치는 동안에 비가 오는 날이면 운동장에 아이들이 노는 것을 금지한 학교가 많았습니다. 비가 그치고 운동장의 흙이 말랐을 때, 표면이 울퉁불퉁해서 정리하기가 어렵다는 이유에서입니다. 학교 시설 운용이 학생 중심이 아니라 관리 중심의 한 단면입니다.

우리 대구교동초등학교에서는 그럴 일은 없습니다. 비가 올 때도 마음대로 운동장을 사용합니다. 간혹 우산 없이 비를 그대로 맞는 아이가 있으면, 아이의 건강을 위해서 약간의 제지를 하기도 합니다.

비가 그치면 영호는 쇠갈퀴로 운동장을 고르는 것이 중요한 일과입니다. 운동장은 교실과 같은 학습공간입니다. 아이들이 공부를 할 때 학습공간에 마음껏 활동을 할 수 있어야 합니다. 쾌적한 학습공간을 만드는 것도 교장의 역할 중의 하나입니다.

놀이터의 모래도 마찬가집니다. 모래를 넉넉하게 넣었습니다. 모래를 넣으면 평평하게 해야 한다는 선입관을 가지고 있습니다. 교동의 놀이터 모래밭에는 높고 낮은 산들이 많습니다. 아이들의 훌륭한 놀이 공간입니다. 영호는 가끔씩 하트(♡) 모양을 만들거나 글자를 새기기도 합니다. 아이들의 발길에 이내 흔적을 찾을 수도 없습니다. 걱정할 것 없습니다. 다시 새로운 하트나 글자를 만들면 됩니다.

2019.6.29.

2019.8.23.

2019.9.2.

2019.10.2.

🧑 꿈꾸는 운동장 두두두

2019년 10월 8일에 TBC 텔레비전 프로그램인 '꿈꾸는 운동장 두두두' 학교 소개 영상 촬영을 했습니다. 꿈꾸는 운동장 두두두는 일요일 아침에 방송되는 초등학생 발야구 시합과 해당 학교 소개 영상으로 꾸며진 프로그램입니다. 2019학년도를 시작하기 전에 교육과정에 포함되지는 않았지만, 선생님들의 도움으로 신청을 했습니다.

담당 선생님이 공정하게 6학년 남녀 발야구 선수를 뽑았습니다. 4, 5학년을 포함할까 생각도 했지만, 졸업을 앞둔 6학년에게 기회를 주기로 했습니다. 선수들은 아침시간, 점심시간에 체육관이나 운동장에서 많은 연습을 했습니다. 본 경기를 앞두고 5학년과 발야구시합을 해서 10대 0으로 이기기도 했습니다. 남자 두 명은 킥이 아주 좋아서 시합에서 홈런을 찰 것이라는 느낌이 들기도 했습니다.

학교 소개 영상은 박동채 연구부장 선생님을 중심으로 계획을 작성했습니다. 교장의 학교 소개와 맨발축구, 2학년과 3학년, 6학년의 수업을 촬영하기로 했습니다. 필자는 학교 소개를 원고를 작성하고 완전히 외웠습니다. 맨발축구는 아침에 맨발축구를 하는 아이들을 미리 정해 두었습니다.

촬영일 아침에 모래밭이 '두'자를 세 군데에 양각으로 만들었습니다. 모래가 많아서 큰 어려움 없이 하트 모양도 몇 군데에 만들었습니다. 학교 소개는 '미래를 배우며 함께 성장하는 교장 꿈자람 과정 카드'를 손에 들고 교훈석 앞에서 맨발로 촬영을 했습니다. 촬영 복장은 검은색 체육복 바지와 검은색 긴팔 티셔츠 위에 사랑합니다가 새겨진 붉은색 짧은 티를 입었습니다. 방송 촬영용 원고 내용은 다음과 같습니다.

사랑합니다. (아이들과 함께 머리 위로 하트 모양)

우리 대구교동초등학교는 1998.3.1. 개교하여'바르게 슬기롭게 건강하게'를 교훈으로 276명의 학생과 43명의 교직원이 함께 생활하는 '즐거움이 넘치고 꿈이 있는 학교'입니다.

우리는 모두가 대구교동교육가족입니다. 학생, 학부모, 교직원 모두가 소중한 구성원이자 동등한 인격체입니다. 그 중에서 학생을 가장 먼저 생각하고 소중하게 대하고 있습니다.

우리 교동초는 수업중심 학교문화를 만들어가고 있습니다. 수업은 교육과정-수업-평가-기록의 일체화를 의미합니다. 우리 교동초의 모든 학생들이 '미래를 배우며 함께 성장하는 교동 꿈자람 과정 카드'로 자신만의 꿈과 보물을 가꾸어(만들어) 가고 있습니다.

오늘 발야구 시합을 하는 우리 교동초 선수들과 팔달초의 선수들 모두가 이기고 지는 것을 떠나서 정정당당하게 안전하고 행복한 시간이 되기를 소망합니다.

우리 대구교동초등학교 선수들 파이팅 (아이들도 같이)

사랑합니다. (아이들과 함께 머리 위로 하트 모양)

원고를 잘 외운 덕분에 학교 소개를 한 번 만에 마쳤습니다. 조금 긴장이 되기도 했지만, 별 실수 없이 촬영을 했습니다. 그리고 아이들과 맨발축구를 10여 분 정도 하면서 촬영을 했습니다. 아이들은 평소보다 더 적극적이었습니다. 세 분 선생님의 수업 촬영도 무사히 마쳤습니다.

교장 선생님이 수업을 한다고

우리 대구교동초등학교와 대구팔달초등학교의 발야구 시합은 2019년 10월 18일 금요일에 팔달초에서 촬영을 했습니다. 아침부터 비가 오락가락해서 걱정이 되었습니다. 오후 들어 비가 잦아들기는 했지만, 비가 완전히 그치지는 않았습니다.

대구팔달초에서 하는 경기라서 우리 선수들이 많이 긴장을 한 것 같았습니다. 연습을 할 때는 표시가 나지 않았는데, 막상 시합을 시작하니 긴장한 모습이 역력했습니다. 1회에 홈런 두 방을 허용하면서 4실점을 했습니다. 학교에서는 홈런볼을 뻥뻥 찼던 두 친구도 제대로 공을 차지 못했습니다.

우리 응원단의 열띤 응원에 힘입어 선전했으나, 2 대 5로 게임이 끝났습니다. 경기가 끝나고 우리 아이들을 격려해 주었습니다. 우리 아이들이 살아가면서 초등학교의 좋은 추억으로 기억될 것으로 생각합니다. 2019년 11월 10일 일요일 아침에 TBC 텔레비전에서 방송이 되었습니다.

'두두두' 모래글자

맨발수업(3학년 미술)

맨발축구 맨발 학교소개

🧒 몸도 마음도 건강해지는 교동초 맨발교육

다음은 대구광역시교육청 홈페이지에 실린 보도자료[23]입니다.

    대구교동초등학교(교장 김영호)는 2019학년도 1학기부터 학생활동중심의 맨발교육을 실시하고 있다. 맨발교육은 사제동행 맨발걷기 및 맨발축구, 교직원 맨발축구, 맨발놀이, 맨발수업 등 다양하게 이루어지고 있다.
    사제동행 맨발축구는 아침에 교장 선생님과 아이들이 편을 나누어서 한다. 학년 구분이 없으며 대상도 일정하지 않다. 맨발축구를 희망하는 학생은 운동장을 맨발로 두세 바퀴 걷고 축구를 한다. 경기 시간은 10분에서 20분 정도이다. 맨발경기의 특성을 감안해서 패스 중심의 협력축구를 하는 데 중점을 두어 부상 없이 경기를 마칠 수 있다. 경기를 마치면 둥글게 모여서 "사랑합니다"는 인사로 마무리를 한다.
    교직원 맨발축구는 교장 선생님과 교직원 간의 경기이다. 7시부터 맨발

---

23)   보도자료를 바탕으로 다음과 같이 보도되었다. 대구일보(2019.8.29.목.) 신발벗고 운동장서 수업 대구교동초 '맨발교육' 눈길, 대구신문(2019.9.5.목.) 교동초 유행 '맨발로 뛰어놀기', 매일신문(2019.9.9.월) 몸도 마음도 건강해지는 교동초교의 '맨발 교육'.

걷기를 하다가 5명 이상이 모이면 맨발축구를 한다. 경시 시간은 10분 이내로 승패를 떠나서 소통과 협력으로 이루어진다. 교직원 간 축구를 하고, 사제동행 축구를 하기도 한다. 또는 요일별로 사제동행 축구와 교직원 간 축구를 하기도 한다. 맨발축구는 8시 30분 이전에 마무리를 한다.

맨발놀이는 쉬는 시간이나 점심시간에 희망 학생들이 참여한다. 맨발놀이는 모래밭에서 개미집 짓기와 모래성 쌓기, 운동장에서는 맨발걷기와 달리기, 비가 내린 뒤에 운동장에서 물길 만들기 등이 있다. 저학년은 사제동행 맨발놀이를 적극 권장하고 있다.

맨발수업은 과학, 체육, 미술 등 운동장에서 수업이 가능한 과목이나 융합수업시간에 이루어진다. 미술의 그리기 수업은 빈 음료수 병에 물을 채워서 운동장에 그림을 그린다. 한 반 학생 모두가 소통과 공감, 협력으로 하나의 그림을 완성해 가는 미술과 체육의 융합 맨발수업이다.

2학년의 전○○ 학생은 "교장 선생님과 하는 맨발축구 시간이 기다려져서 학교 오는 게 너무 즐겁다"라고 했다. 미술 수업을 한 박동채 교사는 "땅에 그림을 그린다는 것은 정말 원초적인 행위이기에 즐거움을 준다. 하얀 도화지는 더러워질까 망칠까 두려움이 앞서 지우기를 반복하고 망설이게 만드는 데 흙이란 화지는 과감한 그림을 그리게 한다. 틀려도 다시 그 위에 그릴 수 있다. 경계선도 없으니 무한하게 확장된다. 서로의 그림이 만나서 또 하나의 그림으로 연결되기도 했다. 아이들은 이 과정이 즐겁다고 했다. 미술에 대한 두려움, 경계심 모두 떨쳐버릴 수 있는 좋은 시간이었다."고 하였다.

김영호 교장은"맨발교육은 흙과 뇌가 대화하는 시간이다. 맨발교육에 적합한 흙과 발씻기 시설 등을 갖추고 교육과정과 연계해서 맨발교육을 내실 있게 운영하겠다. 맨발교육으로 대구교동교육가족 모두가 건강하고 행복하기를 소망한다."고 하였다.

맨발축구

맨발축구

맨발놀이

맨발수업

👤 85년생 김지영을 만나다

  1985년생 김지영은 대구장동초등학교 4학년 3반 담임 선생님입니다. 대구교대 동기인 김추자 교장 선생님의 추천과 부탁으로 김지영 선생님과 이야기를 나누었습니다.

  2019년 11월 19일 화요일, 가을겨울에서 겨울겨울로 접어드는 날이었습니다. 그리 춥지는 않지만 바람이 많이 불어서 운동장 곳곳에 낙엽이 흩날리는 날이기도 했습니다.

  김지영 선생님과 우리 학교 교장실에서 마주보고 앉았습니다. 차를 마시면서 편안하게 이야기를 나누었습니다. 먼저, 김영호의 수업 이야기 세 권[24]을 드렸습니다. 서로 편안하게 질문과 답을 하기로 약속을 하고, 영호가 먼저 김지영 선생님께 여섯 가지 질문을 드렸습니다.

---

24) 김영호, 『수업? 너를 기다리는 동안』, 북랩, 2014.
     김영호, 『수업, 너를 만나 행복해』, 북랩, 2016.
     김영호, 『수업. 너 나하고 결혼해』, 북랩, 2018.

🖼 아이들이 행복했으면 좋겠어요

김영호   김지영 선생님은 아이들을 어떤 생각으로 가르치고 있는
가요?

김지영   아이들이 행복했으면 좋겠어요. 아이들이 학교에 오고
싶도록 하고 싶어요. 그러자면 수업이 재미있어야 한다고
생각합니다. 아이들의 반응을 중요하게 생각하고 있어
요.

김영호   평상시의 수업은 어떤가요? 특히 국어과는?

김지영   국어의 읽기 영역은 내용을 확인하는 데 어려움이 있어
요. 정답이 정해져 있는 것이라서 아이들이 지겨워하기
도 하고요. 그래서 질문 만들기 등의 방법도 사용하고 있
어요. 정답이 정해져 있지 않은 발표, 모둠학습 등을 많
이 하고 있어요.

김영호   본인 수업에 얼마나 만족을 하는가요?

김지영   제 수업이 가끔씩 재미있을 때가 있어요. 학생의 기발한
질문, 학생 상호간의 진지한 대화 등이 있을 때는 기분이
좋아요. 1학년을 할 대 아이들이 화분의 시든 식물을 보

고 생물이다 아니다 등의 논쟁을 벌였어요. 아이들끼리 그런 논쟁을 하면서 식물의 개념을 찾아가는 것을 보고 기분이 아주 좋았어요.

김영호　　김지영 선생님은 수업의 만점을 100점이라고 했을 때, 오늘 수업은 몇 점이나 될 것 같아요.

김지영　　오늘은 65점 정도 될 것 같아요. 교과전담 시간 없이 6시간을 했는데, 수업 준비가 소홀해서 좋은 점수를 주기가 어려워요.

김영호　　한국교원대학교에서 교육심리로 석사를 마쳤지요.

김지영　　대학원 공부를 하기 전에 이런 의문이 들었어요. 교대의 공부가 스스로 하는 공부가 아닌 고등학교의 연장선 같은 공부, 예를 들어 조별 발표를 하면 발표로 끝이 나는 거예요. 발표 후의 피드백이 전혀 없었어요. 그래서 비판적 사고를 가지고 스스로 공부를 하고 싶었어요. 어려운 일이었지만 재미있게 공부를 하고 과정을 마친 것 같아요.

김영호　　북경국제학교에 근무를 하셨지요? 우리나라와 비교해 본다면?

김지영　예 2년 동안 근무하면서 4학년과 6학년을 담임 했어요. 학생들의 분위기는 우리나라와 많이 달랐어요. 아이들이 많이 놀 수 있는 환경이고 실제로 많이 놀았어요. 학원이 없으니 방과 후는 선생님들이 담당을 했는데, 인기가 있는 과정은 많은 학생들이 참여를 했어요. 선생님들의 분위기는 학생들의 분위기와는 조금 달리 그리 좋지는 않았어요. 교장 선생님은 학생을 그냥 순수하게 학생으로 보는 게 아니라 금전적인 문제와 관련을 짓는다는 인상을 받았어요.

이렇게 여섯 가지 질문과 답이 오갔습니다. 상대방이 이야기를 하는 중에도 자연스럽게 끼어들기도 하고, 부연 설명을 하기도 했습니다. 이번에는 김지영 선생님이 여섯 가지 질문을 하고, 영호가 답을 했습니다.

🧑 수업의 기본은 무엇인가요

김지영　교장 선생님이 국어과를 선택하게 된 동기가 있으신가요?

김영호　먼저 초등학교 6학년 김명진 선생님과의 일화가 있어요. 국어 시간에 한 쪽 정도의 지문을 틀리지 않고 읽기를 했어요. 여러 친구들이 도전을 했지만, 모두가 끝까지 틀리지 않고 읽지를 못했어요. 결국 선생님이 읽는 것으로 국어 시간을 마쳤어요. 아이들을 가르치면서도 가끔 사용하는 방법인데, 우리의 국어를 바르게 읽는 것도 굉장히 중요한 일이라고 생각해요. 중학교 시절에는 별다른 기억이 없어요. 김천고등학교 2, 3학년 담임이셨던 전장억 선생님이 기억나네요. 국어 선생님이셨는데, 사미인곡, 독립선언서 등을 하나도 막힘없이 줄줄 외우셨던 분이에요. 좋은 시나 문구를 외우는 것도 좋은 것 같아요. 그리고 대구교대 다닐 때 김문웅 교수님 생각이 납니다. 2학년 때 대구중앙초등학교로 교육실습을 나갔어요. 당시에 국어과 갑종수업(지금의 학교단위 수업)을 했어요. 희망 교생이 4명이었는데 제비뽑기로 제가 수업을 하게 되었어요. 먼저 초안을 작성하고 손숙희 선생님의 지도를 받고, 마지막에 교대에 찾아가서 김문웅 선생님의 지로를 받았어요. 많은 가르침을 주셨는데 고치지 않고 그냥 수업을 했어요. 그때는 16절지 시험지에 볼펜으로 작성을 해서 다시 쓴다는 게 힘이 들기도 했고 귀찮다는 생각이 들어서 고치지 않은 것 같아요. 수업을 마치고 많은 칭찬을 들었어요. 마지막에 김문웅 교수님이 총평을 해주셨어요. 칭찬은 앞에 사람들이 했기 때문에 칭찬은 하지 않겠다는 게 첫 말씀이었어요. 그 뒤에 10여 분간 수업에 대한 혹평과 국어수업을 어떻게 하면 좋을지를 말씀하셨어요. 당시에는 기분이 굉장히 나빴어요. 하지만 지금 제가 국어를 이만큼 하게 된 것은 그 때 김문웅 교수님의 말씀 덕분이라고 생각합니다. 그리고 한국교원대학교 대학원에서 초등국어교육을 전공하면서 신헌재 교수님의 가르침을 잊을 수가 없어요. 서울교대를 나오시고 초등학교 선생님을 거쳐 교원대에 근무를 하셨는데, 초등국어의 대부 또는 정신적인 지주였습니다.

김지영 교장 선생님이 수업발표대회 때 하신 국어과 수업은 어땠어요?

김영호 1997년에 처음 국어과 수업발표대회에 나갔는데, 운이 좋게도 한 번 만에 1등급을 받고, 다음에 국어과 연구교사가 되었어요. 읽기 영역인데 글을 읽고 문장의 내용을 간추리는 활동을 했어요. 아이들의 독해력 신장을 위해서 읽기자료를 별도로 만들기도 하고, 낱말공부 자료를 만들기도 했어요. 당시에는 2차 심사는 2가지 교과 수업을 했어요. 국어과와 과학과인데, 과학과에 얽힌 이야기도 많아요. 수업을 마치고 교장실에서 심사자와 수업자 간에 간단한 대화 시간이 있었어요. 서효섭 장학사님이 "이론과 실제의 상호작용이 중요하다. 이론의 뒷받침 없는 수업, 이론은 있고 실제 수업이 안 되는 그런 수업이 아니라 이론과 실제가 잘 어우러지는 그런 수업이 필요하다."라는 말씀을 아직도 기억하고 있어요.

김지영　　수업의 기본은 무엇이라고 생각하시는지요?

김영호　　이것은 제 세 번째 책[25])에 나오는 내용을 답변을 드릴게
　　　　　요. 저는 이 책에서 선생님의 수업 역량을 네 가지로 정
　　　　　리를 했어요. 첫째는 역사용 역량입니다. 역사용은 역지
　　　　　사지, 사랑, 용기의 첫글자입니다. 역사용은 관계입니다.
　　　　　선생님과 학생, 학생과 학생 간에 어떤 관계를 맺느냐의
　　　　　문제이지요. 학생들과 관계를 잘 맺는 분 중에 대구현풍
　　　　　초등학교 정현숙 선생님을 들고 싶어요. 지난해는 대구
　　　　　죽전초등학교 6학년 담임을 하셨어요. 지금까지 정현숙
　　　　　선생님의 수업을 세 번 보았는데, 아이들이 우리 선생님
　　　　　의 수업을 도와줘야겠다는 눈빛을 볼 수가 있어요. 먼저
　　　　　선생님이 아이들에게 다가간 덕분이겠지요. 둘째는 수업
　　　　　철학입니다. 선생님들이 방법적인 것을 생각하기 전에 나
　　　　　는 어떤 생각으로 학생들을 가르치는지 생각을 했으면
　　　　　좋겠어요. 셋째는 수업행복 역량입니다. 선생님이 제일
　　　　　많이 하는 게 수업입니다. 선생님들이 수업에서 행복을
　　　　　찾았으면 좋겠어요. 넷째는 수업문 역량입니다. 수업문
　　　　　은 언제라도 누구에게라도 내 수업을 보여주는 것을 뜻
　　　　　합니다. 참 어려운 일이지요. 이렇게 하자면 많은 수업친
　　　　　구가 필요합니다. 교장, 교감 선생님이 수업친구가 될 수

25)　김영호, 『수업. 너 나하고 결혼해』, 북랩, 2018.

도 있어요. 이게 부담스러우면 동학년 선생님이나 마음이 잘 통하는 선생님과 관계를 맺으면 되겠지요.

김지영   책이 많은데, 특별히 기억에 남는 책이 있는가요?

김영호   (책장으로 자리를 옮겨서) 처음에는 국어과에 대한 책을 많이 샀어요. 그 뒤에는 수업이론이나 일반적인 수업에 대한 책을 샀어요. 그러면서 인문학 책도 꾸준히 구입을 했어요. 신영복 교수님의 『감옥으로부터의 사색』이 기억이 남아요. 인간의 내면을 솔직담백하게 잘 표현했다는 생각이 들어요. 그리고 『담론』의 내용도 강의 때 많이 인용하고 있어요.

김지영   열정이 넘치시는 것 같은데, 그 에너지의 원천은?

김영호   저는 제가 하고 싶은 것은 열심히 해요. 그렇지만 살아가면서 하고 싶지 않아도 해야 될 일도 많지요. 시골에서 자라서 어려부터 일찍 일어나는 것은 습관이 되어 있어요. 학교에 7시 전후에 출근을 합니다. 학교를 한 바퀴 둘러보고 교문에도 나가고 아이들과 맨발 축구를 하기도 합니다. 제가 생각해도 부지런한 것 같아요. 지금 생각하면 김천고등학교 다닐 때 공부를 좀 열심히 했으면 좋았을 걸 하는 생각은 가끔씩 하기도 합니다. 아포중학교 다닐 때 이런 일도 있었어요. 2학년 첫 시험에서 반에서 7등을 했어요. 곽석준 담임 선생님이 뒷자리에 있던 저를 앞자리로 옮기게 했어요. 다음 중간고사에서는 반에서 1등을 하고, 전교에서 2등을 했어요. 남녀 공학이었는데 남자 3반, 여자 3반으로 360명 정도 되었어요. 그 때 1등은 곽○○이라는 여학생이 한 것으로 기억을 해요. 공부에 집중을 하느냐에 따라서 성적이 널뛰기를 했어요. 아쉽기는 하지만 인생이 널뛰기인데, 그리 연연할 필요는 없다고 생각합니다.

김지영 퇴직 후에는 무엇을 하실 생각이에요?

김영호 먼저 고향 마을의 이장을 하는 거예요. 물론 하실 분이 있으면 투표까지 하면서 할 생각은 없어요. 선배 교장 선생님 중에도 저와 같은 꿈을 가진 분이 있어요. 지금 고향 마을은 84가구인데, 이장을 뽑을 때는 투표를 해야 할 만큼 인기가 있는 직업이기도 해요. 물론 마을에 따라서는 이장 후보가 없어서 혼자 몇 십년을 하는 곳도 있어요. 둘째는 퇴직 후에는 돈이 되는 책을 출판하는 바람이 있어요. 사실 지금까지의 책은 출판비만 나와도 별 문제가 없어요. 돈을 보고 책을 내는 것은 아니니까요. 물론 수업에 대한 이론을 정립하고, 강의를 할 때는 다른 사람의 생각을 말 할 필요 없이 제 책의 내용을 말하면 되는 좋은 점도 있어요. 셋째는 후배들에게 도움을 줄 수 있는 방법을 고민 중입니다. 그렇다고 어떤 단체에 속하거나 책을 팔러 다니거나 하는 일은 없을 것입니다.

🙍 하지만 국어수업은 어렵습니다

김지영 선생님의 여섯 가지 질문과 제 답변이 끝이 났습니다. 어느새 밖은 개와 늑대의 시간이 되었습니다. 다시 영호가 김지영 선생님께 질문을 드렸습니다.

김영호　　수업발표대회에 참가한 이유는 무엇인가요?

김지영　　제가 학교에 다닐 때 기억이 납니다. 각본의 수업, 보여주는 수업, 아이를 위한 것이 아니라 선생님을 위한 수업, 교실에 누군가 오는 날이면 이런 수업이었습니다. 그래서 그런 수업에 대한 나쁜 이미지가 있었습니다. 하지만 선생님이 되어서는 수업에 대한 관심이 많았습니다. 마침 우리학교에 수석 선생님과 교장 선생님의 권유가 있어서 수업발표대회에 참가하게 되었습니다. 저도 해보자는 생각을 가지고 있었고, 누군가 도와줄 때 해야 한다는 생각도 있었습니다. 수업 그 자체에 대한 매력이 있었습니다. 승진이나 등급에 관심을 가진 것은 아닙니다. 처음

도전하는 것이라 주제를 잡기가 어려웠습니다. 결국 제가 공부한 내용으로 귀결이 되었습니다. 어느 퇴근길에는 내가 관심 있는 것을 공부하면서 아이들을 가르칠 수 있는 게 너무나 좋았습니다. 상보다 내가 하고 싶은 수업을 하고 싶습니다. 보여주기 식의 수업이 아니라 아이들에게 도움을 주는 수업을 하고 싶습니다. 결국은 제 자신의 공부가 되고 자기계발이라는 생각입니다.

김영호   김지영 선생님 자신은 국어과에 대한 폭과 깊이는 어느 정도라고 생각하세요?

김지영   원래 국어를 좋아했어요. 책읽기를 좋아합니다. 하지만 국어수업은 어렵습니다. 아이들이 지겨워하기도 합니다. 교무부장님과 교장 선생님이 국어과 연구교사인데 많이 배우고 싶습니다. 이번에도 주제 설정이 되지 않으니 교장 선생님께 가지를 못했습니다. 다 준비를 해서 가야한다고 생각하니 오늘 내일 하다가 결국은 가지를 못했습니다. 앞으로 국어과에 대한 많은 공부가 필요하다고 생각합니다.

김영호   앞으로도 국어과를 계속할 생각인가요?

김지영   국어과는 국어과로 끝나는 게 아니라 다른 교과의 밑바탕이 된다고 생각합니다. 그래서 국어과를 도구교과라고 하겠지요. 앞으로도 국어과를 계속하겠습니다.

김영호   계속해서 국어과에 도전한다면 준비해야 할 것은 무엇이라고 생각하는가요?

김지영   올해는 탐색 단계라고 생각합니다. 더 많이 준비하고 잘 준비해서 도전하겠습니다.

김영호   시작이 반입니다. 국어과의 어떤 영역을 하더라도 총체적 언어교육 관점을 잘 생각하시면 좋겠습니다. 선생님의 공부가 아이들을 가르치는 데 도움이 되고 아이들의 배움이 일어납니다. 바로 교학상장이지요. 시작 한 것 될 때까지 해 봅시다. 저는 억지를 권하지는 않지만, 하고자 하는 선생님은 끝까지 도와줍니다. 김지영 선생님을 응원합니다.

네 가지 질문과 답이 끝났습니다. 다시 편안하게 몇 가지 질문과 답이 계속되었습니다. 그리고 제가 김지영 선생님의 수업을 본 것과 일반적인 수업에 대한 이야기를 중구난방 식으로 이야기를 했습니다.

가장 중요한 것은 관계 형성

김지영   수업을 할 때 어떤 점을 염두에 두면 좀 더 좋은 수업을
         할 수 있을까요?

김영호   세 가지를 잘 기억하고 있으면 좋을 것 같아요. 존·경·합이
         라고 하면 좀 더 기억하기 좋겠네요. 첫 번째는 존경합이
         에요. 선생님과 학생들 사이에, 그리고 학생과 학생 사이에
         존경합이 있으면 좋을 것 같아요. 선생님이 학생을 존경한
         다는 표현이 조금 어색하다면 존중합으로 바꾸어도 좋겠
         네요. 서로 존중하는 마음이 기본이 되어야 합니다. 그걸
         바탕으로 잘 들어주어야겠지요. 두 번째는 경청입니다. 이
         야기 하는 사람의 말을 잘 듣는 것은 무엇보다 중요합니
         다. 수업시간 중에 사용할 수 있는 팁을 드리면 교사의 동
         선에 대한 고려에요. 수업 중에 교사의 동선을 잘 고려하
         면 학생들의 듣는 태도 및 집중도를 좀 더 높일 수 있어요.
         종종 학생들은 발표하는 학생과 교사를 번갈아 보느라 시
         선이 분산되는 경우가 있어요. 이때, 교사가 발표하는 학
         생 옆에 서게 되면 시선의 분산 문제는 자연스럽게 해결이
         됩니다. 학생들은 발표하는 사람의 말을 좀 더 집중해서
         잘 듣게 되고요. 그 이후 발표자는 학생들끼리 추천하여
         선택할 수 있습니다. 세 번째는 합의인데요. 협력이라고 해
         도 좋을 것 같아요. 한 모둠에서 3:1로 의견이 갈릴 때 한

명이 나머지 세 명의 의견을 따라 주는 게 합의인데, 이러한 태도를 기르는 것이 매우 중요합니다. 학년 초부터 아이들과 약속을 통해 지켜야 할 규칙을 정하고, 이러한 과정을 통해 학생들이 자연스럽게 합의하는 과정을 기르는 것도 좋은 방법이 될 수 있습니다.

김지영　수업 발표 대회를 준비하는 선생님들에게 조언을 해 주신다면 어떤 점을 이야기 해 주시고 싶으신가요?

김영호　우선 가장 중요한 것은 학생들과의 관계 형성입니다. 이것이 되어 있지 않으면 아무리 훌륭한 수업 기술을 가지고 있다 하더라고 수업이 제대로 이루어지기는 힘들어요. 교사가 말로 "너희들을 사랑한다. 너희들에게 관심이 있다"이야기 하는 것이 아니라 행동으로 보여주면 됩니다. 말 이전에 관계 형성이 무엇보다도 중요한 거예요. 수업을 볼 때 단순히 교사의 수업 기술만을 보는 게 아니라 평소에 얼마나 학생들과 소통을 하였고 좋은 관계를 형성하였는지, 그러한 레포를 바탕으로 한 상태에서 진정한 배움이 일어나고 있는지를 보는 겁니다. 사실 기법은 크게 중요하진 않아요. 물론 이 말이 국어과에 대한 폭이나 깊이가 중요하지 않다는 말은 아니에요. 이것도 중요하지만, 그전에 학생들과의 관계 형성이 먼저 되어 있어야 한다는 거예요. 좋은 수업을 위해선 교과목에 대한 지식의 넓이와 깊이 또한 중요합니다. 이런 것들을 보고서에 어떻게 잘 나타낼 것인가도 고민해 보아야겠지요. 그렇게 보고서에 나타난 것을 수업을 통해서 교사의 역량과 깊이를 보여줄 수 있어야 합니다. 보고서 이야기가 나와서 드리는 말씀인데, 참고문헌은 반드시 작성해야 해요. 그리고 저는 교수·학습안에도 각주를 넣으라고 하는데, 각주도 많이 활용하면 좋아요. 마지막으로 앞에서도 이야기 했지만 교장, 교감선생님께 많이 여쭈어 보세요. 교장 선생님들은 찾아가서 물어보고 질문하면 좋아합니다. 잘 가르쳐 줍니다. 남은 시간 동안 교장 선생님께 수업도 많이 봐 달라고 부탁을 하세요. 수업에 대한 이야기를 많이 들을수록 수업력이 키워집니다. 그러면 자연스럽게 수업문 역량도 기를 수 있을 거예요. 그러니 어려워 말고 교장 선생님께 많이 부탁드리고 귀찮게 하세요.

김지영   여러 가지 좋은 말씀 감사합니다. 더 여쭤 보고 싶은 게 많지만 오늘은 시간이 많이 늦어서 다음 기회에 더 여쭤 보겠습니다

3시 45분에 시작한 게 어느새 6시가 훌쩍 넘어 있었습니다. 못다한 이야기는 다음을 위해서 남겨두기로 했습니다. 밖은 이미 개와 늑대의 시간이 지나 있었습니다. 김지영 선생님을 교문 앞까지 배웅했습니다. 외투를 걸치지 않은 틈새를 비집고 들어오는 밤바

람이 차가웠습니다. 하지만 마음만은 그 어느 때보다도 따뜻했습니다. 이렇게 85년생 김지영과 첫 수업 이야기가 끝났습니다.

🧑 여섯 수업친구의 이야기

2019년 11월 28일 목요일, 가을 낙엽이 운동장 곳곳에 흩날리는 겨울로 접어드는 날이었습니다. 교동초 교장실에 수업친구들이 모였습니다. 3시 30부터 모이기 시작했는데, 이대현 선생님은 인근 학교에 강의를 하고 4시 30분에 합류를 했습니다.

수업친구 면면은 다음과 같습니다.

대구교동초등학교의 김영호입니다. 국어과에 관심이 많고, 최근에는 수업 전반에 대한 생각을 정리중입니다. 같은 학교의 박동채 선생님은 미술과에 관심이 많습니다. 남대구초등학교의 손광수 선생님은 국어과에 열심이십니다. 같은 학교의 이대현 선생님은 과학과에 빠져 있습니다. 대구신서초등학교의 김성환 선생님과 대구장동초등학교의 김지영 선생님은 국어과 수업을 좋아하십니다. 모든 수업친구들이 수업에 관심이 많고, 좋아하는 교과의 수업발표대회에 입상을 한 경력이 있습니다.

이대현 선생님이 합류하기 전에 수업 이야기를 시작했습니다. 친한 친구에게 이야기 하듯이 격식 없이 편안하게 진행을 했습니다. 먼저 자신이 생각하는 수업과 수업발표대회에 대한 생각을 나누었습니다. 미리 파일을 드리고 생각을 정리해서 기록한 것을 중심으로 이야기를 나누었습니다. 수업친구의 이야기 중간이나 끝에 질의응답이 이어지기도 했습니다.

🧑 수업을 잘 하는 교사 - 손광수

남대구초등학교 손광수 선생님의 이야기입니다.

수업발표대회를 넘어 수업이 있다고 생각합니다. 수업은 우아하고, 물흐르듯 매끄러우면 잘 하는 것이라고 생각했습니다. 하지만 평소 우리의 수업은 그렇지 않습니다. 오히려 진흙탕 싸움처럼 거칠고, 정신없고, 계획대로 흘러가기보다 그 상황에 따라 시시때때로 변해갑니다. 그러한 과정에서 많이 배웁니다. "아!"하는 소리가 터져 나옵니다. 신규장학 때 제가 생각한 대답이 학생 입에서 나오지 않아서 수업을 망쳤다고 생각했던 적도 있습니다. 교사의 의도대로 수업이 흘러가 성취기준에 도달한 것처럼 보일 때도 있지만, 사실 자세히 들여다보면 잘 짜인 한 편의 연극처럼, 그저 알고 있는 것을 말하고 있는 것에 불과할지도 모릅니다.

수업발표대회 준비는 상당히 어려웠습니다. 생각해야 할 것이 너무나도 많았습니다. 프로젝트는 자연스러운가, 발문은 체계적이고 확산적인가, 정리는 어떻게 할 것인가, 자료는 어떻게 투입할 것인가, 어느 영역으로 할 것인가, 협력학습이 어떻게 빛을 발할 것인가, 수업의 형태는, 모둠의 형태는, 발표는……그것을 40분 안에 보여주는 것이 참- 채웠다가 비워내고, 다시 채웠다가 비워내기를 반복했습니다. 그 과정이 수업 전날, 아니 당일 날 아침까지도 반복되었습니다.

프로젝트를 30차시에 맞춰서 짜는 것도, 심사기준표에 맞추어 수업을 고쳐나가는 것도 쉽지 않았습니다. 심사 날에도 가장 고민했던 것은 학생 개개인에 대한 피드백이었습니다. 마침 9월 초에 대외공개수업을 해 볼 수 있었는데, 그 때 수업의 주안점은 '과연 사람들이 많아도 내가 평소 수업처럼 학생들과 소통할 수 있는가'였습니다. 그 날 수업을 통해 공개수업에서도 피드백을 '하는 척'하지 않고, 정말 그 아이가 수업을 해 나갈 수 있게 발문하고 도와주는 것이 가능하다고 판단했습니다.

수업발표대회 이상의 수업을, 평소에 남대구에서 하고 있다고 생각합니다. 심사에서 40분 동안 보여준 것보다 제가 1년, 아니 2년의 시간동안 했던 많은 수업들이 더 가치 있다고 생각합니다. 그래서 어쩌면 40분을 보여주는 것은 별 것 아니라고 느낀 것 같습니다. 국어수업보다 더 멋진 사회수업도 있었고, 사회수업보다 더 환상적인 미술수업도 있었습니다. 어떤 날은 소름이 끼칠 정도로 많은 배움이 일어나는 수학을 가르치고 배웠습니다. 보여주기 위해 수업을 연구하기보다, 잘 가르치기 위해 노력한 시간들이 저에게는 더 귀중합니다.

물론 대회가 제게 남겨준 것들도 많습니다. 그 중 최고는 바로 '정교함'입니다. 판서는 어떻게 할지, 텍스트는 어떻게 제시할지, 발문은 어떻게 할지- 진흙탕 같은 평소 수업에서는 생각하기 어려운 정교함이 수업을 한 단계 더 나아가게 만들어 주었습니다. 조금은 전문적으로, 베테랑의 향기를 아주 살짝 맡아보았습니다.

제가 생각하는 좋은 수업은, '한 두 시간 수업을 하고 나면 학생도 교사도 파김치가 되어 잠시 쉬는 시간이 필요할 정도의 몰입이 있는 과정'입니다. 또 이러한 과정에서는 정신적·신체적 피로감이 있지만, 쉬는 시간 따위는 아랑곳하지 않고 자신이 고민하던 내용을 성공하고 완성할 때까지 수행하는 힘을 가진 것이라고도 생각합니다. 놀이가 그러하듯, 그런 수업을 재미와 보람이 있습니다. 매끄러운 수업에서 그런 느낌을 받기는 참 어렵습니다.

김영호 교장선생님의 말을 인용하자면, 저는 지금쯤 아마 40점 혹은 50점 정도의 교사일 것입니다. 하지만 스스로 부족한 것을 알고 있다는 것, 나아가야 하는 방향을 알고 있다는 것이 저의 강한 무기입니다. 잘하는 교사가 되고 싶습니다. 후배들에게 가르쳐 줄 것이 있는 선배가 되고 싶습니다. 높은 사람, 유명한 사람보다 정말로 수업을 잘하는 교사. 수업은, 교사는 그런 것이라는 생각으로 오늘도 수업을 했습니다.

🙍 시간 가는 줄 모르는 수업 - 김지영

다음은 대구장동초등학교 김지영 선생님의 이야기입니다.

제가 하고 싶은 수업은 아이들이 즐거워하면서 시간 가는 줄 모르는 수업이면 좋겠어요. 그 가운데 깊이 있는 배움이 생겼으면 좋겠고요. 즐겁기만 한 수업도 가능하고, 배움이 생기는 수업도 가능하지만, 그 두 개가 함께 이루어지는 수업은 저는 아직 참 힘들더라고요. 아이들 스스로 생각도 많이 할 수 있고, 당연한 이야기가 아닌 나 자신의 이야기와 생각을 편하게 이야기 할 수 있는 수업이면 좋겠어요.

수업 발표 대회 참가하면서 노력한 점도 많았어요. 올해는 탐색 기간이었어요. 그래서 제일 어려웠던 거 같기도 하고, 많이 답답하기도 하고, 또 많이 배울 수 있었던 시간이었던 거 같아요. 평소에 관심 있던 분야와 국어과를 연결 하는 것도 어려웠고요. 그림책, 질문, 토의, 협력, 비판적 사고, 창의적 사고 이런 것들을 국어과의 어느 영역에서 어떻게 풀어낼 것인지 고민하는 데 많은 시간을 썼던 거 같아요. 덕분에 논문이나 관련된 책들을 많이 읽을 수 있어서 좋았습니다.

그 중에서 그림책을 좋아해서 아이들과 그림책 만들기를 프로젝트로 하게 되었고, 그림 읽기에 좀 더 많은 시간을 할애 했었는데, 시간이 부족해서 그림 읽기를 충분히 하지 못해 아쉬웠어요. 아이들과 함께 그림책을 읽고 그림을 읽어 나가는 시간이 참 즐거웠습니다.

저는 이번 대회에 처음 나온 거라 궁금한 점이 많아요. 수업친구와 이런 이야기를 나누고 싶어요.

- 처음에 수업 발표대회에 나가게 된 계기는?
- 주제 선정 이유?
- 좋은 등급을 받게 된 결정적 이유(본인 생각)?
- 수업 준비하면서 가장 힘들었던 것은?
- 수업 준비하면서 가장 보람 있었던 일은?
- 어떤 선생님이 되고 싶은가?
- 자신이 선택한 과목 외에 흥미 있는 과목은?
- 자신이 선택한 과목의 매력은?
- 수업과 관련하여 추천해 주고 싶은 책이나 논문은?
- 교장 선생님과의 인연은 어떻게 시작되었나?

수업은 과정 - 박동채

다음은 대구교동초등학교 박동채 선생님의 이야기입니다.

박동채의 수업이야기를 시작하며

나에게 수업은, 과정

나는 수업이 아이들과 함께 소통해서 만들어지는 것이라고 생각한다. 나의 말이 아이들의 눈과 귀를 통해 들어가고 그들의 마음을 움직여야 한다. 아이들의 마음이 동해서 생각을 떠올리고 때로는 그 생각이 바뀌며 행하게 되는 것이 수업이다. 그래서 교실 속 수업은 삶 그 자체이다. 종이 울리고 다시 울릴 때까지의 시간을 벗어난 무한한 연속성의 과정이다.

수업이 나아갈 길, 행복을 찾아서

선생님인 나는 교실에서 어떤 삶을 살지 방향을 정해야 한다. 나의 방향이 아이들의 삶에 큰 영향을 미칠 것이기 때문이다. 그래서 내가 어떤 선생님이 될 것인지 어떤 수업을 할 것인지 고민은 계속 되어 왔다. 그 동안의 과정을 통해 어렴풋이 깨달은 점이 있다면 우리가 함께 하는 수업으로 인해 나와 아이들이 모두 '행복'해야 한다는 것이다. 그 방법은 매 순간 바뀌어 왔지만, 수업에 임하는 나의 마음은 '행복'이다.

아이들이 수업 속에서 '행복'하기 위해 나는 무엇을 할 수 있을까? 재미있는 자료를 준비하여 흥미를 일깨우거나 아이들 눈높이에 맞는 내용들을 보여주는 등 여러 방법이 있을 것이다. 하지만 요즘의 나는 이러한 자료를 준비하는 시간을 오히려 줄이게 되었다. 그리고 함께 '행복'하기 위해 눈을 맞춘다. 아이들의 이야기를 들어준다. 아이들에게 눈길을 한 번 더 준다. 눈을 맞추고 이야기하는 것은 마음을 맞추는 것과 같다. 그래서 화려한 밥상은 아니지만 먹으면 든든해지는 따뜻한 집밥 같은 수업을 준비한다. 아이들의 삶 속에 있는 내용들을 끌어내고 이러한 과정에서 자연스럽게 배움이 일어나기를 기다린다.

아이들이 자연스러운 배움, 마음 맞추기 등은 수업이 한 방향으로 흘러가게 만들어 주는 중요한 요소라 생각한다. 함께 배를 탈 때 우리가 나아갈 방향을 알고 모두가 최선을 다해 노를 젓는 것이 얼마나 중요한가. 아무리 혼자 잘하는 사람이라도 내 옆에 다른 사람들이 최선을 다하지 않으면 나도 열심히 하고 싶지 않아짐을 우리는 알고 있다. 천천히 가되 모두가 한 방향을 향해 마음을 모으고 소중한 걸음을 내딛어야 하는 것이 수업이라 생각한다.

2019년 수업 이야기

2019년에 있었던 2번의 프로젝트 과정을 돌이켜보면 롤러코스터를 타는 기분이었다. 첫 번째 프로젝트 때 나는 마음대로 되지 않은 아이들의 행동에 크게 좌절했다. 처음으로 교과를 하고 프로젝트 수업을 하면서 아이들과 나의 마음이 아직 합쳐지지 않음을 뼈저리게 느꼈다. 성공적이지 않은 수업이었으나, 그 또한 과정이었고 그 과정에서 나는 배움을 얻었다. 아이들의 결과물이 뛰어나지 않았으나 아이들에게도 배움은 일어났다.

두 번째 프로젝트는 오히려 담담하게 진행했다. 나의 반 아이들은 아니지만 아이들과 틈틈이 신뢰를 쌓았고 눈을 맞추었다. 때로는 시간이 너무 부족해서 속상하기도 했다. 아이들과 더 많이 만나고 싶었지만 힘들었다. 그래서 우리에게 주어진 시간을 더욱 더 소중하게 여기고 썼던 것 같다. 그래서인지 아이들도 프로젝트가 진행될수록 프로젝트의 끝이 다가옴을 알고 있었던 것 같다. 심지어 몇몇 아이들이 수업 심사 직전 시간에 이야기를 나누는데 갑자기 눈물을 흘렸다.

"선생님, 이제 프로젝트 거의 끝나가지요? 안 끝났으면 좋겠어요. 계속 하고 싶어요."

나는 다른 사람들이 울 때 따라 우는 버릇이 있다. 눈물이 나는 것을 겨우 참고 아이들을 달래고 즐겁게 수업을 하자며 다짐을 했다.

아이들과 함께 한 행복한 시간들이었다. 내가 그들에게 특별한 것을 준 것이 있냐고 묻는다면 나는 아무런 대답을 할 수가 없다. 내가 한 것은 아이들과 똑같은 눈높이에서 노를 저은 것이리라. 힘들어 하는 아이가 있다면 다가가서 이야기를 들어 준 것이다. 다그치지 않았고 공감하고 들어주었다. 두 번째 수업을 준비하는 과정에서 나는 참 행복했다. 마치고 나서도 다음 프로젝트는 무엇이냐고 다시 프로젝트 수업을 하자며 조르는 통에 더욱 행복했다. 즐거운 수업의 추억이 하나 더 생겼다.

박동채의 수업이야기를 마무리하며

<u>수업에 대한 고민</u>

첫 번째, 수업에 힘을 주고 빼는 것.

예전에는 주어진 시간 안에 잘 짜여 진 하나의 영화 한 편을 만드는 것이 수업이라 생각했다. 하지만 프로젝트 수업을 하면서 나 자신이 부끄러운 느낌이 들어 그런 수업을 피하게 된다. 지난 시간에 계속 했던 것을 또 하는 것인데 동기유발을 하는 것이 작위적인 것 같다는 생각도 들었다. 자꾸만 힘을 빼게 되는 것 같다.

두 번째, 어떤 미술 수업을 해야 할까?

사실 미술 수업을 그만 하고 싶다는 생각이 들 때가 있다. 한 번 시작했으니 계속 해 보자는 생각으로 여기까지 왔지만 다른 수업을 더 재미있게 해보고 싶다는 마음이 들 때도 아주 많다. 특히 프로젝트 수업을 하다 보면 여러 교과목이 융합되다 보니 더욱 그러한 마음이 들었던 것 같다.

앞으로의 나를 그리며

<u>사랑을 나누다</u>

아이들의 일상에서 소소한 행복을 줄 수 있는 사람이 되고 싶다. 내가 큰 힘이 될 순 없어서 학교에 오면 나에게 보호받는다, 사랑받는다는 느낌을 받았으면 좋겠다. 아이들이 자신을 이해하고 상대방의 마음을 이해할 수 있는 착한 사람으로 자라면 좋겠다.

<u>자연과 예술과 교감하다</u>

내가 어린 시절 그랬듯이 아이들이 하루 한 번 하늘을 올려다보고 두 발로 땅을 디디며 자연과 교감하는 행복을 느끼길 바란다. 그래서 아이들과 나를 위해 자연예술교육을 꾸준히 실천하고자 한다.

🧑 이야기가 잘 통하는 선생님 - 김성환

다음은 대구신서초등학교 김성환 선생님의 이야기입니다.

제가 초등학교에 다닐 때, 교생일 때, 신규 1~2년차일 때까지 생각한 '수업을 잘 한다'라는 것은 마치 기계와 같이 한 치의 오차도 없이 짜인 수업을 실수 없이 이끌어가는 것이라고 생각했습니다. 하지만 현직에 나와 수업을 조금 더 해보니 좋은 수업이란 교사가 아주 뛰어난 기술로 학생들을 사로잡는 것 보다는 학생들이 재미있게 배울 수 있도록 최대한 지원해주는 것이라는 생각이 들었습니다.

그 전에 모시던 교장선생님께서 수업과 관련하여 자주 하시던 말씀 중에 '왜 자꾸 가르치려고 하느냐, 배우게끔 해야지.'라는 말씀이 참 인상 깊었고 아직도 마음속에 새기고 있습니다. 그래서 그 이후에는 수업에 대해 학생들과 최대한 소통하며 수업을 하려고 노력을 하고 있습니다.

이번 수업발표대회에서도 프로젝트의 많은 부분을, 수업의 많은 부분을 학생들과 함께 의논하며 진행하려고 노력했습니다. 특히 신경을 썼던 부분은 교실 속에서의 배움에 그치지 않고 배운 것을 교실 밖으로 학교 밖으로 사회로 세상으로 펼칠 수 있도록 여러 계기를 만들려고 했습니다. 학생들이 한 수업결과물, 프로젝트 결과물은 어떠한 방식으로든 전시하여 학생들이 성취감을 느낄 수 있도록 노력했습니다. 준비하는 과정에서는 귀찮아하는 학생들도 많았지만 자신의 결과물이 널리 전시되는 것을 본 학생들 거의 대부분은 뿌듯해하고 좋아했습니다. 그 모습을 보니 저도 뿌듯했습니다. 하지만 아직까지도 저는 제 욕심이 앞서서 학생들이 스스로 배우게끔 지원한다기보다는 계속 '가르치려고만'하는 교사에 더 가까운 것 같습니다.

수업발표대회를 준비하면서 어려웠던 부분은 학생들을 수업에 적극적으로 참여시키는 부분이었습니다. 어떤 선생님께서는 수업참여도는 교사가 학기 초부터 꾸준하게 훈련을 시켜야하는 부분이라고도 말씀하시고, 또 어떤 선생님께서는 수업만 재밌다면 학생들의 적극적인참여는 따라오는 것이 아니겠냐고 말씀하시기도 합니다. 종종 우수수업교사 또는 수석교사의 대외공개수업을 참관할 때면 누가 시키지 않아도 앞 다투어 적극적으로 수업에 참여하려는 모습이 참 인상 깊었습니다. 수업발표대회를 준비하며 수업 공개도 해보니 프로젝트를 잘 짜는 것보다 수업지도안을 잘 짜는 것보다 학생들 모두가 적극적으로 참여하는 수업 분위기 조성이 훨씬 더 어렵다는 생각이 들었습니다.

저는 주로 고학년 담임을 맡으며 학생들에게 대체로 이야기가 잘 통하는 좋은 선생님으로 통합니다. 하지만 그것과는 별개로 수업 때는 학생들의 집중도가 높지 못합니다. 고학년 특성상 몇몇 적극적인 학생들을 제외하고는 발표를 꺼려할 때가 많고, 자신이 조금이라도 흥미 없는 주제로 수업을 할 때는 얼굴에 지겨운 티가 많이 납니다. 모든 수업시간에 항상 바른 자세를 유지하게끔 학생들을 지도하고 연습시키는 것이 저에게 필요한 부분일까요? 아니면 그런 학생들조차도 열심히 참여하고 발표할 수 있도록 제가 수업에 대한 고민을 하는 것이 우선일까요?

다른 선생님들께서는 학생들의 적극적인 수업 참여를 위해 평소에 어떤 수업을 하시고 학생들과 어떤 대화들을 하시는지 궁금합니다.

🧑 수업 전문성 - 이대현

남대구초등학교 이대현 선생님의 이야기입니다.

첫 학교에서 늘 체육수업만 했던 기억이 납니다. 남자 선생님에 운동 좋아하는 선생님으로 학생들은 체육수업을 좋아했고, 저 또한 즐겼습니다. 어느 날 학생들은 운동부 코치처럼 저를 생각하였고, 선생님으로서 수업 전문성은 무엇인가에 대한 고민에 빠집니다. 내가 좋아하는 것이 무엇이고 무엇을 잘 할 수 있을까를 생각하기 시작하였습니다. 여러 과목을 다루는 초등학교 교사의 특성이 있긴 하지만, 한 과목이라도 남다른 전문성을 갖고 싶었습니다.

처음 시작한 것이 내가 좋아하는 과목으로 공부를 더 하고 싶었기에, 초등과학교육으로 대학원에 진학하였습니다. 지도교수님이 생각하는 과학 탐구의 방향이 너무나도 마음에 와 닿았고, 현장에서 탐구수업을 할 수 있는 방안을 생각했습니다.

과학수업이라고 하면 '실험'만을 떠올리기 쉬운데 왜 그 실험을 해야 하는지 과학적 사고를 할 수 있는 기회를 많이 주는 것이 중요하다고 생각했습니다. 즉, 과학자들이 현상을 관찰하고 과학적 의문을 떠올리며 가설을 세우고 그것을 검증하는 일련의 과정을 경험하는 것을 말합니다. 특히 발달단계상 6학년 정도에는 충분히 가능하고 중요한 부분입니다.

40분 수업에서 탐구수업모형을 적용하기란 여간해서 쉬운 일이 아닙니다. 일상의 수업이라면 당연히 80분, 120분을 연결해서 충분한 탐구를 할 수 있는 시간이 주어지지만, 여기서는 수업발표대회를 중심으로 이야기하겠습니다. 2017년 처음 수업은 가설을 세우는 데 많은 시간을 할애 했습니다. 도입부터 가설을 설정하는데 까지 20분을 할애하였습니다. 그러다 보니 검증실험은 매우 간단하면서도 쉽게 할 수 있도록 설계할 수밖에 없었습니다.

(중략[26])

즉, 기존의 탐구학습모형에서 탐색단계와 가설설정 단계를 매우 중요하게 다루었던 수업이었습니다. 학생들이 의문을 떠올리고 귀추의 과정을 통해 과학적 사고를 하는 경험의 기회를 주는 것이 제 목표였기 때문입니다. 하지만, 수업발표대회에서 심사위원의 평은 '수업 앞부분이 너

---

26) 〈탐구학습 모형 분석〉〈SS-G모형 적용〉의 표.

무 길었다'였지요.

2018년부터 프로젝트학습계획으로 수업을 심사하는 방향으로 변경되었습니다. 여전히 도입부터 가설을 설정하는 데 까지 20분을 할애하는 것을 포기하지 않고 수업을 설계하였고, 다른 점은 수업의 주제를 프로젝트학습과 연결하여 융합적인 모습을 보이기 위해 노력했다는 점입니다.

2019년 수업을 준비하면서 많은 생각의 변화를 가져오게 됩니다. 가설 설정 부분에만 치중하지 않고, 탐구수업의 전체 모습을 잘 보여주면서도 중요하게 생각하였던 과학적 의문 생성 부분을 어떻게 해야 할지를 집중적으로 고민하였습니다. 해답은 프로젝트학습에서 찾게 됩니다. 과학적 의문 생성을 수업을 시작하면서 떠올릴 것이 아니라, 프로젝트학습 자체를 과학적 의문을 해결해 나가는 방향으로 설계를 하면 되겠다는 생각을 하고, 프로젝트도입에서 많은 의문들을 떠올리고, 그 중 우리가 핵심적으로 해결해나갈 의문들을 정리하여 프로젝트학습을 학생들과 함께 설계하였습니다.

2019년 수업에서는 가설설정까지 10분으로 시간을 단축하고, 가설검증을 위한 실험설계 단계와 검증실험에서 학생들의 역할을 더 부여하였습니다. 과학적 의문을 떠올리고 가설을 설정하는 단계를 살리면서도 검증실험부분 시간이 확보가 되니, 학생들의 탐구능력을 발휘할 수 있는 시간이 더 늘어났습니다.

17년, 18년 수업 후 결과에 실망도 하였지만, 1년이 지나고 돌아보면 늘 부족한 점이 보였습니다. 지금도 부족한 점이 한 두 가지가 아니지만 수업발표대회를 통해 과학수업에 대해 많은 고민을 하고 분명 더 나은 방향으로 발전하고 있다는 것만큼은 확신합니다.

남대구초에서 3년간 프로젝트학습을 운영할 수 있었던 것도 저에게는 행운이었습니다. 수업을 준비하면서 프로젝트학습을 설계하고 운영하는 데 큰 어려움이 없었기 때문에 수업에 좀 더 집중할 수 있었던 여건도 큰 몫이었습니다.

🧑 선생님의 수업 역량 - 김영호

필자는 선생님들께 드린 편지를 중심으로 이야기를 나누었습니다. 전체적으로 같은 내용이고, 성함이나 교과 등급만 달리해서 수업친구 한 분 한 분께 드렸습니다.

> 좋은 수업을 길을 가는 ○○○ 선생님께
> 수업친구로서 좀 더 수업을 많이 한 선배로서 감사를 드립니다. 제34회 초등교사 수업발표대회 준비와 수업에 노고가 많으셨습니다. ○○과 ○등급이라 기분이 좋기도 하지만, 살짝 아쉽기도 하지요.(기분이 매우 좋으시지요) 하지만 그 아쉬움이 좀 더 좋은 수업을 할 수 있는 디딤돌이 될 것입니다.(축하를 드리며 더욱 더 정진하시길 소망합니다.)
> 좋은 수업의 길을 가는 것이 쉬운 길은 아닙니다. 누군가 먼저 간 길을 따라가는 길일 수도 있습니다. 내가 처음 가는 길일 수도 있습니다. 때로는 가시밭길이기도 합니다. 어쩌면 진창길이기도 합니다. 이런 길의 어딘가에 좋은 수업이 있을 것입니다.
> 수업친구 영호가 생각하는 수업역량입니다.

> **<선생님의 수업역량[27]>**
>
> ○ 역사용 역량: 역지사지-사랑-용기
> ○ 수업철학 역량: 나는 왜 수업을 하는가?
> ○ 수업행복 역량: 수업에서 행복을 찾자
> ○ 수업문 역량: 언제나 누구에게나 열려 있는 내 교실, 수업

---

27) 김영호, 『수업. 너 나하고 결혼해』, 북랩, 2018.

○○○ 선생님을 응원합니다.
○○○ 선생님의 좋은 수업을 응원합니다.
좋은 수업을 위한 길에 늘 함께 하겠습니다.
오늘도 참 좋은 날입니다!

지극정성의 사랑 - 정현숙

이야기 중간에 피자 2판이 교장실로 배달되어 왔습니다. 대구현풍초등학교 정현숙 선생님이 보내준 것입니다. 정현숙 선생님은 지난 해 대구죽전초등학교에 근무할 때 제33회 초등교과 수업발표대회 국어과에서 1등급을 받았습니다. 올해 대구현풍초등학교로 옮겨서 1학기에는 교내공개, 2학기에는 대외공개를 했습니다. 저는 두 번 모두 수업을 참관했습니다.

정현숙 선생님은 지극정성의 사랑으로 아이들과 동행하는 분입니다. 수업을 보고 있으면 아이들이 선생님을 도와주어야겠다는 눈빛을 볼 수 있습니다. 먼저 선생님이 아이들에게 다가가서 좋은 관계를 맺은 덕분이겠지요. 저는 수업과 관련된 이야기를 할 때면 늘 정현숙 선생님의 이야기를 합니다.

어제 정현숙 선생님이 진심이 가득 담긴 메시지를 보내왔습니다. 마침 전화를 하려던 참이라 바로 통화를 했습니다. 오늘 이런 자리가 있으니 시간이 되면 잠깐 방문을 해 주었으면 좋겠다는 이야기를 했습니다. 아쉽게도 선약이 있어서 참석은 어렵다고 했습니다. 참석하는 대신에 따뜻한 마음을 보내온 것입니다. 덕분에 저녁은 해결이 되었습니다.

안녕하십니까? 교장 선생님.

오늘 오후는 어찌 여유로운 마음으로 보내고 계신지요? 저는 오늘 오후는 노래도 듣고 자세도 좀 편하게 하면서 느긋한 마음으로 일을 하고 있습니다. 3월부터 아니 2월부터 너무 온몸에 힘을 잔뜩 주고 살아왔던 것 같습니다. 운동선수도 몸에 힘을 빼고 경기에 임해야 좋은 결과가 있다고 하는데, 제가 그동안 너무 일에 쫓겨 여유 없이 살아온 것은 아닌가? 하는 생각에 내일은 또 바빠지더라도 수요일 오후의 여유를 즐기고 있습니다.

교장 선생님.

교장 선생님 성함 세 글자만 떠올려도 마냥 기분 좋고 감사합니다. 교단에 섰던 시간보다 이제 설 수 있는 시간이 짧고, 남보다 유능하지도 돋보이지도 않는 평범한 저에게 항상 힘을 실어주셔서요. 지난 달 대외 수업 공개 끝나고도 정신없이 지내느라 먼 길 찾아와주심에 감사의 인사도 한번 드리지 못했습니다. 그래도 마음은 항상 감사해하고 있는 거 아시죠?

작년에도 그랬듯 제가 아이들 복은 참 많은가 봅니다. 올 한 해도 아이들이 저를 잘 따라주고 저의 말 한 마디에 용기도 얻고 깨달음을 얻는 다고 말해주니, 올 한 해도 노력하지 않고도 좋은 날씨, 좋은 종자 덕분에 풍년을 맞은 기분입니다.

2019년 이제 한 달 남짓 남았습니다. 교장 선생님이 그래주셨던 것처럼 저도 항상 교장 선생님께서 아이들을 사랑하시는 모습, 후배들에게 주시려는 가르침을 보며 진심으로 존경하고 응원하고 있습니다. 올 해가 가기 전에 꼭 한번 교동초등학교로 교장 선생님 뵈러 가고 싶네요. 남은 오후 시간 편안하고 여유로운 시간 보내시길 바랍니다.

현풍초에서 정현숙 올림

🧑 개와 늑대의 시간을 지나서

피자와 커피로 저녁을 해결했습니다. 교무실에서는 직접 내린 커피를 두 번이나 보내주었습니다. 수업친구들이 학교 분위기가 좋다는 말을 했습니다. 이번에는 수업친구들이 영호에게 질문을 한 가지씩 하고 제가 답변을 하는 시간입니다. 밖은 이미 개와 늑대의 시간을 한참이나 지나서 어둠이 사방에 내려앉았습니다.

박동채   미술 수업을 계속해야 할까요?(수업발표대회에 미술 교과로 계속 나가야 할까요?)

김영호   시작한 것은 끝을 봐야 하지 않을까요? 몇 번의 미술로 수업발표 대회에 참가해서 3등급 1번, 2등급 2번을 하셨는데, 다른 교과로 하기에는 아쉽지 않은가요? 만일 다른 교과로 해서 원하는 결과를 얻지 못한다면, 이것도 저것도 아닌, 두 마리 토끼를 잡는 것이 아니라 두 마리 토끼를 다 놓치는 것이 아닐까요? 물론 수업을 한 만큼 발전은 있겠지요.

이대현   수업발표대회를 준비하는 교사와 연구교사의 입장에서 드리는 질문입니다. 쉬운 수업을 재미있게 할 것이냐, 어려운 수업을 쉽게 할 것이냐의 선택의 문제가 있습니다. 어떤 것을 선택하면 좋겠습니까?

김영호   제 생각은 두 가지 다 필요하다고 생각합니다. 쉬운 수업을 재미있게 하는 것도 필요합니다. 어려운 수업을 쉽게 하는 것도 필요합니다. 이것은 수업자가 연구교사이고 아니고의 문제가 아닙니다. 쉬운 수업을 재미있게 하는 게 쉬운 일은 아닙니다. 여기서 재미라는 것의 의미를 재미 그 자체로만 생각해서는 안 되겠지요. 그 시간에 아이들이 성취기준이나 학습목표에 도달하는 것을 전제로 하는 수업입니다. 어려운 것을 쉽게 하는 것도 참 중요합니다. 연구교사라면 이 두 가지를 다 해야 하지 않을까요? 연구교사의 수업을 참관한 선생님들이 '아 저렇게 하면 나도 할 수 있겠구나'라고 생각할 수도 있고, '나는 할 수 없겠네'라는 생각을 할 수도 있습니다. 당연히 전자의 수업이 되어야겠지요. 연구교사의 수업은 어려운 것을 쉽게 하고, 쉬운 것을 재미있게 해서 일반화를 할 수 있는 수업이 되어야 한다고 생각합니다. 두 가지 다 많은 연구가 뒷받침되어야 하는 것은 당연지사겠지요.

손광수   쓰기 지도, 읽기 지도 등의 수업 이론은 어디에서 배우는 것이 좋을까요?

김영호   배움은 기본적으로 자기 자신의 의지에 달려 있다고 봅니다. 대학원에서 해당 영역을 공부하는 것도 한 방법입니다. 해당 영역의 깊이 있는 공부가 가능하겠지요. 동료

들과 함께 공부를 하는 것도 좋은 방법입니다. 먼저 공부
한 사람과 함께 공부하는 것도 방법이겠지요. 책이나 논
문 등으로 공부를 하는 방법도 있어요. 기본적으로 국어
과를 하는 분들은 많은 독서와 쓰기가 필요하다는 생각
이 듭니다. 국어과 연구교사라면 중등의 국어과 교사 못
지않은 국어과에 내용학의 공부가 되어 있어야 한다는
생각을 가지고 있습니다. 아이들에게 읽기 수업을 하면
가르치는 선생님도 독해력이 전제되어야 하고, 쓰기를 지
도한다면 어느 정도의 쓰기 능력을 가져야 하면 좋겠지
요. 가르치면서 배우는 교학상장의 개념으로 이해하시면
좋겠습니다.

김지영   장학사 시험을 치실 때 어떤 생각을 가지셨나요?

김영호   저는 장학사 시험을 세 번을 쳤습니다. 저는 항상'나는
머리가 굉장히 좋다'자신감 아니 자만심이 있었어요.두
번의 시험은 이런 자만감에 설렁설렁 공부를 한 결과 당
연히 떨어졌습니다. 세 번째는 조금 간절한 느낌이 들었
어요. 제 삶을 통틀어 가장 열심히 공부를 했어요. 가끔
은 김천고등학교를 다닐 때, 세 번째 장학사 시험을 칠
때처럼 공부를 했다면 어땠을까 하는 생각을 하기도 합
니다. 장학사를 하면서도 늘 수업에 관심을 가졌어요. 장
학지도를 가서는 선생님들의 수업을 보고, 저도 선생님들

께 한 시간의 수업을 보여드렸어요. 장학의 기본은 감시나 지시가 아닌 학교 현장에서 수업을 잘 할 수 있도록 도와주어야 한다는 생각을 가지고 그렇게 하려고 노력했어요. 대구광역시남부교육지원청에서 초등교육지원과장을 할 때는 장학사들의 장학능력 향상을 위해서 많은 노력을 했어요. 먼저, 자체 연수를 했어요. 그 전의 장학결과를 분석하고 관련 서적을 탐독하는 시간을 가졌어요. 두 번째는 대구의 초등학교 교장, 교감 선생님들을 모시고 학교에서 어떤 장학을 원하는지, 교-수-평-기 일체화는 어떻게 하는지에 대한 연수를 했어요. 세 번째는 다른 시도의 우수학교를 방문해서 수업을 참관하고 함께 협의를 하면서 배우는 시간을 가졌어요. 대구에서 느낄 수 없는 어떤 것을 경험하기도 했어요. 경북 구미의 봉곡초등학교, 세종시의 유치원, 초등학교를 방문했었어요. 마지막은 교육장, 국장이 참석하는 협의회를 열어서 최종 정리를 했어요. 이 전통은 지금도 그대로 이어지고 있어요.

김성환   저는 수업의 몰입에 대한 질문을 하고 싶습니다. 아이들이 수업에 몰입을 하지 못할 때가 있는데, 저의 학급 경영의 문제인지 아니면 수업 내용의 문제인지 알고 싶습니다.

김영호   김성환 선생님이 계시는 학교의 환경이 어렵다는 것을 알고 있습니다. 한 시간의 수업을 봤지만, 6학년 아이들이 참 잘 하고 있다는 생각이 들었습니다. 그만큼 선생님이 아이들과 관계 형성이 잘 되어 있다는 것이겠지요. 우리는 흔히 이런 선입관을 가집니다. '우리 학교는 이런저런 환경이라서 이런 것을 하기는 어렵습니다.', '우리 아이들은 이러저러해서 것은 할 수 없어요.'등의 이야기를 자주 듣습니다. 이런 학교도 이런 아이들도 할 수 있습니다. 선생님이 말 한 마디 한다고 아이들의 행동이 달라지는 않습니다. 아이들이 할 수 있을 때까지 도와주고 기다려 주는 게 우리 선생님들의 역할 아닐까요? 어느 학교나 다 힘든 점은 있습니다. 개인적으로 엄격한 것은 부드러운 것을 이길 수 없다는 생각을 가지고 있습니다. 나무람이 칭찬을 이길 수 없는 것도 마찬가지입니다. 우리 김성환 선생님은 신서초 6학년 아이들과 참 잘 하고 계십니다.

🧑 선생님의 수업철학은 무엇인가요

이번에는 제가 질문을 하고 수업친구들이 답을 하는 시간입니다. 8시가 가까워졌습니다. 영호는 다섯 분의 수업친구에게 공통적인 질문을 두 가지씩 드렸습니다.

김영호   선생님들의 수업철학은 무엇인가요? 어떤 생각으로 아이들을 가르치고 계시지요? 그리고 어느 학교나 어떤 반이나 어려운 학생이 있습니다. 이런 어려운 학생의 학습이나 생활교육은 어떻게 하고 있는지요?

박동채 저는 '스스로 배움이 일어나기'의 수업철학을 가지고 있습니다. 스스로 배움이 일어나기 위해서는 기초가 튼튼해야 한다고 생각합니다. 좋은 땅에 좋은 열매를 맺을 수 있기에 아이들이 좋은 땅을 가꾸도록 도와줍니다. 기초를 튼튼하게 만든 아이들은 그것을 가지고 무엇이든 할 수 있습니다. 미술수업을 예로 든다면 재료, 방법에 한계를 뛰어넘어 독창적인 작품을 만들게 되겠지요. 자신의 생각을 두려움 없이 표현하며 미술을 가지고 놀 수 있길 바랍니다. 예전에는 다루기 어려운 학생들과의 싸움에서 제가 이겨야 한다고 생각했습니다. 그 학생을 놓치면 학급 분위기가 엉망이 될 것이라고 생각했던 것 같습니다. 하지만 지금은 생각이 크게 바뀌었습니다. 학생에게 바꿀 것을 강요하면서 나는 바뀌지 않는 것은 이기적인 행동입니다. 그래서 문제 상황에서 눈을 마주치고 이야기를 들어줍니다. 나의 생각도 들려줍니다. 때로는 야단도 칩니다. 하지만 그것의 바탕에는 애정이 어려 있어야 하겠지요. 시간낭비인 것 같지만 계속 기다리고 보듬다보면 어려운 학생도 수월해집니다. 어쩌면 그 학생이 아니라 제가 바뀐 것일지도 모르겠습니다. 하지만 덕분에 저도 아이들도 모두 행복해집니다.

손광수 '배움을 넘어서 가르치기'의 수업철학을 가지고 있습니다. 제가 수능 공부를 할 때보다 대학생이 되어서 과외를 할 때 오히려 수능 문제가 쉽게 느껴지더라고요. 가르치려면 몇 배를 더 알아야 하니까요. 그래서 아이들이 그냥 아는 데서 그치지 않고, 다른 사람에게 자신이 알게 된 것을 설명하게 될 수 있기를 기대합니다. 그런데 요즘은 또 그 생각이 자꾸 바뀝니다. 많은 아이들을 만나보니 아이들의 능력과 상황이 모두 다르더라고요. 꼭 남보다 많이 알고, 더 잘해야 세상을 잘 살아가는 것도 아니고, 가정형편이 어렵거나 가족관계가 원만하지 못한 친구들에게 학업을 강조하는 것은 참 배부른 이야기다 싶구요. 그래서 요즘은 '세상을 조화롭게 살아갈 수 있는 능력'을 길러주고자 합니다. 가정이 불우한 아이에게 자신이 어른이 되었을 때 어떤 가정을 만들고 싶은지 물어봅니다. 그리고 그런 삶을 살아가기 위해 나는 오늘 수업시간에 무엇을 할 것인지 물어보는 것이지요. 그렇게 생각하니 수업시간이 참 아깝습니다. 잘하는 아이든, 못하는 아이든 수업 전과 수업 후가 달라야 한다는 생각이 들거든요. 그게, 각자 자기 자신을 위한 성장이 일어나게 해야 한다는 책임감이랄까요? 얼마나 잘하는 지보다 오늘 얼마만큼 자랐는지를 바라보게 됩니다.

이대현   '재미보다 탐구'의 수업철학을 가지고 있습니다. 좀 진지한 편인 저의 성향과도 밀접한 관련이 있습니다. 탐구에 대해 얼마나 이해하고 있는지는 앞으로 계속해서 고민해야 할 부분이지만, 생각하고, 토론하고, 조사하고, 글 쓰고, 발표하고, 보고서로 정리하는 등의 수업을 하면서 진지함 속에서 재미를 느끼도록 해주고 싶습니다. 그런 점에서 프로젝트학습은 이러한 것들을 잘 실현시켜 주는데 좋은 방법이 된다고 생각합니다. 긴 시간 동안 같은 주제를 탐구해 가는 과정 속에서 많은 재미를 느끼는 학생들을 보며 앞으로도 적용하고 연구해볼 생각입니다. 물론, 때로는 재미있고 흥미 있는 수업으로 학생들의 스트레스를 풀어주는 역할이 필요하다고 생각하고, 제가 더 노력해야 할 부분입니다.'

김지영   '사고하는 아이 키우기'의 수업철학을 가지고 있습니다. "당신의 죄는 '사유의 불능성', 그 중에서도 타인의 입장에서 생각하지 못하는 생각의 무능함이다." 한나 아렌트는 아이히만 재판의 보고서를 마무리하면서 이렇게 말해요. 그리고 악이란 시스템을 무비판적으로 받아들이는 것이라고 하죠. "악은 사고를 허용하지 않기(thought-defying)때문에 평범하다."다구요. 결국 사고할 능력이 없음이 결국 악을 불러온다는 거예요. 평소에 학습적인 부분에서만 학생들의 사고하지 않음에 대해서 문제의식을 가지고 있었는데 도덕적인 측면에서도 사고의 중요성이 느껴지더라고요. 그래서 학생들이 어떤 일이든 스스로 생각하고 행동하는 학생들로 자라면 좋겠다는 생각으로 수업하고 있어요. 그래서 수업을 할 때나 학급 운영을 할 때나 이 부분에 좀 더 신경을 쓰면서 수업 하고 있고 요. 좋은 질문을 하고 학생들끼리 묻고 답하는 것을 강조 하는 것도 다 이런 이유 때문이에요.

김성환 '배운 걸 충분히 활용할 수 있게 가르치기'의 수업철학을 가지고 있습니다. 교실에서 배움이 끝나기 보다는 배움을 항상 교실 밖에서 활용할 수 있도록 수업을 고민하고 있습니다. 학생들도 자신이 배우고 아는 것을 교실 밖에서 적용하고 직접 스스로 해볼 때 성취감을 느끼고 배움도 극대화 되는 것을 느꼈습니다. 상대적으로 어려운 학생들의 생활지도를 할 때는 현재까지는 최대한 대화로 공감대를 형성하는데 중점을 두고 있습니다. 저는 아직 경력도 많지 않고 상담에 대한 기술이 있는 것도 아닙니다. 하지만 비교적 젊은 나이이고 학생들과 많은 공감대를 형성할 수 있다는 이점을 살려 최대한 학생의 얘기를 많이 들어주고 친근하게 다가가려고 합니다. 처음에는 경계심을 보이던 학생들도 자신의 얘기에 귀 기울여주니 조금씩이나마 마음을 열어주었습니다. 물론 아직은 가야할 길이 멀다고 하루하루 느끼고 있습니다.

영호의 같은 질문에 대한 다섯 수업친구들의 이야기를 들었습니다. 저마다의 수업에 대한 소신을 가감 없이 밝혀주었습니다. 다시, 영호가 질문하는 시간입니다. 다섯 수업친구에게 같은 질문을 했습니다.

김영호 선생님은 앞으로 어떤 수업을 하고 싶고, 어떤 선생님이 되고 싶으신가요?

김성환 거창한 준비 없이도 학생들과 찰떡같은 호흡으로 상호작용 할 수 있고 학생들에게서 절로 배움이 샘솟는 수업을 집 밥 같은 수업을 하고 싶습니다. 물론 그런 수업을 하기 위해서는 하루아침에 이루어지는 것은 아니고 매일 매 차시 수업을 치열하게 고민하고 연구하는 과정이 필요하다고 생각합니다. 제가 지향하는 선생님의 모습은 떳떳한 선생님입니다. 첫 번째 떳떳함은 생활지도 측면입니다. 학생들에게 생활지도를 잘 하는 것도 중요하지만 그보다 중요한 것은 학생들이 본받을만한 모습을 제가 평소에 보여주는 것이라고 생각합니다. 그래야 학생들 앞에서 떳떳한 선생님이 될 수 있지 않을까요? 두 번째 떳떳함은 수업의 측면입니다. 이제 6년 정도 근무했고 앞으로도 30년 이상 교직에 머무를 텐데 제 교직 인생에서 가장 많은 시간을 할애할 수업을 그 누구보다 잘하고 싶습니다. 선생님이 수업을 잘하는 것이야말로 학생, 학부모, 동료 교사 모두에게 떳떳해질 수 있는 길이라고 생각합니다.

김지영   시간이 지날수록 어려운 질문인 거 같은데, 한 가지 확실한 건 아이들과의 수업이 재미있다는 걸, 물론 매번 그렇진 않지만 어느 순간 느끼게 되었어요. 이번에 수업 발표 대회를 준비하면서 제가 좋아하는 것을 많이 연구할 수 있고, 그렇게 연구한 것을 아이들과 함께 하면서 행복할 수 있단 생각에 선생님이라는 직업이 참 좋구나 하는 생각을 했어요. 나이가 들어도 아이들로 인해서 이런 감정을 느낄 수 있는 교사가 되고 싶어요.

이대현   올해 6학년을 3년째 하면서 3월 초에 '사랑스러운 까마귀에게 전하는 마음'이라는 주제로 국어 수업을 했었습니다. 그림책 연수를 받으며 문득 아이디어가 떠올라 시작했던 수업이었는데, 교원능력개발평가 서술문항에 학생들은 그 수업이 그렇게 좋았나 봅니다. '약간의 생각의 전환이 학생들의 마음에 오랫동안 남는 수업을 할 수도 있겠구나'라고 많이 느끼게 된 계기가 되었습니다. 앞으로도 한 학기에 한번이라도 학생들에게 오랫동안 기억에 남는 수업을 하고 싶습니다. 그런데, 아무리 좋은 수업도 학생들과의 관계가 좋지 못하면 아무 짝에도 쓸모없는 일일지도 모릅니다. 경력이 쌓일수록 더 잘 될 줄만 알았던 학생들과의 관계가 사실은 학생들과 세대차이가 점점 더 많이 나는 일인 줄을 최근에야 느낍니다. 사용하는 말, 취미, 좋아하는 행동 등이 서로 다름이 분명해 집니다. 오늘 협의를 하면서 모두가 공감하는 부분이 학생들과의 좋은 관계가 매우 중요하다는 것일 겁니다. 유튜브 세대인 지금 학생들은 일지정지(∥) 모양이 재생 버튼이라고 알고 있다는 것을 알았을 때, '아, 좀 더 이해하는 게 필요하구나'를 절실히 느꼈습니다. 어릴 적 어머니가 해 주신 된장찌개가 이제야 그립듯이, 아이들에게도 오랜 시간 후에 기억되는 수업을 하고, 한 번씩 생각나는 선생님이 되겠습니다.

손광수   즐거운 수업입니다. 아무리 좋고 유익해도 사실 사람이 즐겁지 않으면 오래 할 수 없더라고요. '즐겁다'는 것은 참 다양한 뜻을 담는 표현인 것 같습니다. 어떤 사람은 독서가 즐겁고, 어떤 사람은 여행이 즐겁고, 어떤 사람은 고난이 즐겁다고 합니다. '아는 사람은 좋아하는 사람만 못하고, 좋아하는 사람은 즐기는 사람만 못하다'는 말처럼, 과정이 어렵고 복잡하더라도 교사와 학생 모두가 즐길 수 있는 수업을 하고 싶습니다. 그리고 마찬가지로, 즐거운 선생님이 되고 싶습니다. 저도 즐겁고, 저를 보는 학생들과 동료 교사들도 즐거운 그런 선생님이요. 또 제가 받는 월급이 부끄럽지 않게 아이들이 고쳐야 할 것은 고

칠 수 있게, 즐겨야 할 것을 즐길 수 있게 그런 장을 열어
주는 따뜻한 선생님이면 더 좋겠네요.

박동채   올 해 저는 아이들이 행복하기 위한 여러 가지 것들을 찾
고 있었습니다. "너의 즐거움은 뭐니?"라고 아이들에게
물어보면 대부분이 텔레비전, 스마트폰과 같은 매체들과
관련된 것을 골랐습니다. 그것은 아이들이 세상과 소통
하는 통로이고 아이들의 시간을 빨리 지나가게 하기 때
문입니다. 하지만 그로 인한 행복은 제가 줄 수 없는 것
입니다. 그것은 때로 거짓과 같고 아이들의 생각을 죽이
며 다른 사람의 가치관을 여과 없이 받아들이게 만들기
때문입니다. 마침내 제가 찾은 행복한 수업은 '자연'입니
다. 아이들이 하늘을 한 번 더 바라보고 땅을 한 번 더
밟으면 좋겠습니다. 계절이 바뀌는 것을 온 몸으로 느끼
고 자연에서 삶의 가치를 배우길 바랍니다. 생태예술수
업을 통해 아이들의 스트레스를 줄이고 정서적으로 안정
된 환경을 제공할 것입니다. 그리고 그 아이들 곁에 나란
히 서서 눈을 마주치며 자연을 함께 느끼는 선생님이 되
고 싶습니다.

🧑 영호네 김치 같은 수업

8시가 훨씬 지나서 마무리를 했습니다. 수업친구들에게 선물을 드렸습니다. 튼튼한 에코백입니다. 천으로 만들었는데 공부하는 책이나 학습 자료를 넣기에 안성맞춤인 가성비가 좋은 가방입니다. 그리고 그 가방에 기상천외한 선물을 넣어 드렸습니다. 고향에서 직접 담근 김치입니다. "이 김치 맛 나는 그런 수업을 하세요." 라는 사족도 달았습니다.

영호네 김치는 자타가 공인하는 맛을 자랑하고 있습니다. 직접 재배한 무와 배추와 고추와 마늘이 들어갑니다. 오남매와 아내의 노동과 협력의 산물입니다. 양지바른 밭과 바람과 햇볕과 비는 김장프로젝트의 작물을 재배하기에 안성맞춤입니다. 거기에다 구입한 소금과 새우젓 및 생강을 더합니다. 이런 것들이 지극정성으로 어우러진 김치입니다. 영호네 김치는 참 맛있습니다. 영호네 김장 김치는 연인원 200여 명 이상이 맛을 봅니다. 판매는 하지 않습니다. 김치는 일 년을 준비해서 일 년 이상을 먹는 영호네 김장 프로젝트[28]의 결과물입니다. 영호네 김장은 협력과 나눔입니다. 우리 수업친구들이 김치가 기본 반찬인 집밥 같은 수업을 많은 이들에게 나누기를 소망합니다.

---

28) 상세한 내용은 세 번째 이야기, 대구교동교육-55.(2019.12.03.화) 영호네 김치 프로젝트 참조.

2019.11.28. 대구교동초등학교 교장실

김 교장의
일상

👤 김 교장의 하루

학교의 시작은 수업이고 끝도 수업입니다. 수업이 행복한 반이나 학교는 이런저런 민원이 거의 생기지 않습니다. 학교의 모든 교육 활동은 수업과 직간접적으로 연결이 되어 있습니다. 교장의 모든 역할도 수업과 직간접으로 닿아 있습니다. 교장으로 일 년은 짧은 기간이지만, 많은 것을 경험하면서 시행착오도 겪었습니다. 좋은 기억도 많지만, 다시 경험하고 싶지 않은 것도 있습니다. 개인이나 집단에 늘 좋은 일만 있으면 참 좋겠지만, 실상은 그렇지 않습니다.

영호는 아침에 7시 전후에 학교에 도착을 합니다. 교장실에 들어가기 전에 학교를 한 바퀴 둘러봅니다. 대부분 특별한 문제는 없습니다. 교장실에 들어가서 잠시 업무를 보고, 실내를 돌아봅니다. 휴대폰으로 '나는 문제 없어', '내가 만일', '향수' 등의 노래를 크게 틀고 다닙니다. 혹, 교실에 일찍 출근한 선생님이나 학생들이 놀라지 않게 하는 방법입니다. 8시를 전후해서 교문이나 운동장에 나갑니다. 수업이 없는 날은 하루에 한두 번 실내를 돌아봅니다. 운동장은 자주 나갑니다. 특별한 일이 없으면 정시에 퇴근을 하는데, 교육지원청에 근무할 때와 가장 많이 달라진 점입니다.

학생 수가 많으면 많은 대로 여러 가지 문제가 있습니다. 학생 수가 적어도 여러 가지 문제가 있기는 마찬가지입니다. 문제는 학생만의 문제, 선생님만의 문제, 학생과 선생님 간의 문제, 교직원간의 문제, 선생님과 학부모간의 문제 등 아주 다양합니다. 좋지 않은 문제는 생기기 전에 예방하는 게 제일입니다. 하지만, 예방을 해도 문제는 생깁니다. 그러나 너무 걱정할 일은 아닙니다. 문제가 있으면 답은 있는 법입니다.

교장이 할 일은 참 많습니다. 최종적으로 결재는 하는 것이 아주 많습니다. 최종 결재를 한다는 것은 그 일에 대한 책임을 진다는 의미입니다. 출장도 많습니다. 초임 교장은 멘토링 연수도 10회 이상 있습니다. 교육가족의 우리는 하나라는 공동체 의식을 갖게 하는 것은 그 무엇보다도 중요합니다. 시설이나 수목도 눈여겨봐야 합니다. 선생님들이 수업에 전념할 수 있는 환경과 분위기도 조성을 해야 합니다.

여기서는 두 번째 이야기의 다른 장에서 다룬 것은 생략합니다. 교장의 많은 역할 중에서 다음 몇 가지를 소개합니다. 학교 소나무의 전지를 했습니다. 주차장을 개방하라는 민원인 이야기도 있습니다. 교장실의 쓰임도 넣었습니다. 학교 인사말인 사랑합니다를 확산시킨 이야기도 있습니다. 학부모 상담 내용도 넣었습니다. 예술제에서 노래를 부른 내용 등도 있습니다.

🧑 실패는 좋은 스승

영호가 다닌 대신초등학교에는 느티나무가 많았습니다. 6학년 때는 가을이면 낙엽을 청소하는 게 하루의 시작이었습니다. 그때의 느티나무는 아주 커 보였습니다. 지금도 여전히 느티나무는 그 자리를 지키고 있습니다. 영호의 나이보다 훨씬 오래된 느티나무는 운동장 가장자리에 자리를 잡고 있습니다. 영호가 매일같이 축구를 하던 운동장은 잡초만 무성합니다.

교동초에서는 여러 가지 나무가 있습니다. 교목은 소나무입니다. 키가 큰 소나무도 있고, 쟁반 같다고 반송이라고 부르는 소나무도 있습니다. 일반 소나무와 달리 반송은 적절한 시기에 가지치기를 해야 합니다. 한때는 골프공이 빠지지 않을 정도로 가지와 잎을 촘촘하게 키우는 때도 있었습니다. 지금은 통풍이 잘 되도록 가지와 잎을 성글게 하기도 합니다.

4월에 반송의 전지를 했습니다. 1998년 3월 1일 개교할 때 심은 반송을 한 번도 전지를 한 흔적이 없었습니다. 가지와 잎이 빽빽해서 손도 잘 들어가지 않을 정도였습니다. 안쪽에는 죽은 가지와 잎이 꽉 찬 반송도 많았습니다. 시설지원센터나 구청에 부탁을 할까 생각하다가 직접 하기로 했습니다. 자두나무 전지 경험이 있고, 반송 재배의 실패(?)가 좋은 스승이기도 했습니다.

집에서 작업복과 모자, 전지가위, 톱을 가지고 왔습니다. 작업복은 군복인데, 십여 년 전에 아파트 엘리베이터 안에서 "현역이신가요?"라는 말을 정도로 잘 어울리는 작업복입니다. 보기에 시원하다 싶을 정도로 전지를 하고, 전지 전후에 사진을 찍어 비교도 했습니다.

대신초 느티나무(2018.5.1.)

영호 작업복

반송 전지 전(2019.4.16.)

반송 전지 후(2019.4.16.)

김 교장의 걱정거리

우리 대구교동초등학교는 예전에 나지막한 산 또는 밭이었던 곳에 지었습니다. 주변에 비해서 지대가 좀 높습니다. 옥상에 올라가면 주변 전망도 좋습니다. 많은 비가 오더라도 배수가 잘 되어서 그리 걱정하지 않아도 됩니다. 하지만 큰길 건너 있는 대구칠곡초등학교에 비해서 바람의 영향은 많이 받습니다. 평소에 학교의 수목이나 시설물 등을 잘 살펴보아야 하는 이유이기도 합니다. 아침에 출근해서 교장실에 들어가기 전에 5층 높이의 외벽에 붙인 교표와 교명을 올려다보는 게 일과이기도 합니다.

2019년 3월 20일에 서쪽 5층 외벽에 붙어 있는 대구교동초등학교 교명 중에 두 글자가 강풍에 떨어졌습니다. 우리 학교에서 바람의 영향을 가장 많이 받는 곳입니다. 다행히 아이들이나 어른들이 거의 출입을 하지 않는 곳이라 인명 피해는 없었습니다. 바로 업체에서 크레인을 설치하고 작업을 했습니다. 못을 박거나 다른 안전창치가 없이 접착제로만 붙여 두었습니다. 세 곳 모두 교명과 교표에 안전창치를 했습니다. 건물의 외벽에 초등학교의 이름을 붙여서 널리 알리는 게 그리 중요하지 않습니다. 굳이 외벽에 시계나, 교명 등을 붙인다면 안전을 제일 우선 생각해야 할 일입니다.

올해는 유난히 태풍이 잦고 비가 많이 내렸습니다. 여름 방학을 앞두고 소나기가 쏟아진 날에 본관동 동쪽의 뒤쪽 현관의 캐노피[29]에 문제가 생겼습니다. 캐노피의 물이 배수관을 타고 흐르는 것이 아니라 캐노피 사방으로 넘치는 것이었습니다. 옥상의 물이 내려오는 배수관은 캐노피 오른쪽에 설치되어 있습니다. 캐노피에서 지상으로 내려오는 배수관은 캐노피의 왼쪽에 설치되어 있습니다. 캐노피에서 지상으로 내려오는 배수관의 윗부분이 막힌 것이었습니다.

---

29) 천개(天蓋), 차양, 현관, 문턱, 창문, 니치(龕), 침대, 제단, 설교단, 능묘 등의 위쪽을 가리는 지붕처럼 돌출된 것.

긴 사다리를 놓고 사다리, 삽, 갈퀴, 빗자루를 준비했습니다. 주무관이 올라가려는 것은 말리고 영호가 올라갔습니다. 물은 영호의 무릎까지 찼습니다. 축구공, 배구공, 음료수병 등이 둥둥 떠다닙니다. 먼저 1층으로 내려가는 배수구 위에 켜켜이 쌓인 낙엽, 흙 등을 치웠습니다. 댐이라도 터진 듯 지상으로 물이 쏟아졌습니다. 물이 빠지고 캐노피 위에 쌓인 흙과 이물질을 말끔히 걷었습니다. 그리고 캐노피가 건조된 뒤에 다시 방수 작업을 했습니다. 교장은 바람도 걱정이고 비도 걱정입니다.

동쪽 뒤쪽 현관의 캐노피

서쪽 5층 외벽의 교명

🧑 공무원들은 이게 문제란 말이야

"교장이 누구야?"

"제가 교장입니다."

"지역 주민을 위해서 주차장을 개방해야 하는 것 아닙니까?"

"무슨 말씀인지는 잘 알겠습니다. 우리 학교의 지하주차장을 개방하라는 것이지요. 하지만 지하주차장이라 학교도 여러 가지 고려해야 할 것이 있으니, 충분히 검토를 한 뒤에 말씀을 드리겠습니다.

"공무원들은 이게 문제란 말이야? 말끝마다 검토, 검토, 검토 하다가 세월 다 가는 것 아닙니까? 2월에도 학교에 왔었는데 말이야."

"……"

2019년 3월 29일 금요일 오전 10시에 교장실에서 있었던 일입니다. 예순을 넘겨 보이는 나이에 해장술 기운도 약간 있어 보였습니다. 행정실장님 이야기로는 2월 말에도 밤에 학교를 방문한 적이 있다고 합니다. 교육지원청에서 많은 민원인들을 상대해 보아서 크게 놀랄 일도 당황할 일도 아니었습니다. 민원인 가운데는 소리만 지르면 상대방이 기가 꺾이고 문제가 해결된다고 착각하는 사람도 있습니다. 영호도 목소리 크기로만 한다면 누구에게도 밀리지 않을 만큼 큽니다. 하지만 교장이 소리를 지르는 순간 본질은 온 데 간 데 없고 교장이 민원인에게 소리를 지른 것만 문제가 됩니다. 참고, 참고, 참고, 참을 인(忍)해야 하는 일입니다.

민원인은 오래전에 대구광역시교육감을 역임하신 분과 동명이인입니다. 민원인이 돌아가고 여럿이 모여서 협의를 나누었습니다. 지원청이나 북구청에도 알아보았습니다. 다른 학교도 알아보았습니다. 구청의 지원을 받아서 개방을 하는 학교는 모두가 지상주차장이었습니다. 지하주차장을 개방하기는 어려웠습니다. 어느 정도 시간이 지나고 교감 선생님이 민원인에게 전화를 해서 잘 해결이 되었습니다.

🧑 교장실은 사랑방 & 카페 호~

"똑, 똑, 똑."

"예, 들어오세요."

교장실 문을 열고 3학년 아이 셋이 들어옵니다. 영호가 삼총사라고 부르는 아이들입니다. 이내 인사를 합니다.

"사랑합니다"

영호도 같이 인사를 합니다.

"3학년 1반, ○○○, ○○○, ○○○입니다."

"그래 오늘은 어쩐 일이지"

잠시 망설이다가 ○○이가 말을 합니다.

"교장 선생님, 사탕이 먹고 싶어서 왔어요."

"그래, 사탕을 하나씩 골라라. 그리고 하나 더 골라서 담임 선생님께도 드려라."

이것저것 사탕을 만지다가 하나씩 고르고, 인사를 하고는 다시 교장실을 나갑니다.

일상의 풍경입니다. 교장실에는 사탕을 종류별로 준비해 놓았습니다. 교장실은 아이들의 사랑방입니다. 공부시간에 담임 선생님께 혼이 나면 오기도 합니다. 친구와 다투었다며 고자질을 하러 오는 곳이기도 합니다. 사탕을 먹고 싶으면 오기도 합니다. 이런 모든 아이들이 나갈 때는 교장실 동쪽 벽에 붙어있는 '속옷 없는 행복'을 읽고 나가야 합니다.

교장실은 교실 절반 크기입니다. 책상에 앉아서 볼 때 왼쪽은 백두산 천지 사진이 대부분을 차지합니다. 중간에 태극기가 꽂혀 있습니다. 전임 교장 선생님의 구상입니다. 전면에는 옷장과 책장이 있습니다. 옷장에는 비옷, 체육복, 롱패딩, 양복이 있습니다. 문이 달린 책장은 다른 용도로 사용 중입니다. 오른쪽은 아이들 학습지가 붙어 있습니다.

2019년 가을겨울부터 교장실에 '카페 호~'를 한시적으로 열었습니다. '호~'는 영호의 의미도 있고, 뜨거운 차를 호호호 불어서 드시라는 의미도 있습니다. 개장은 07:30~08:30입니다. 메뉴는 칡차 또는 칡차와 돼지감자 혼합차입니다. 무인무전(無人無錢)의 특징이 있습니다. 아침 7시 30분 무렵부터 교직원은 자발적으로 맨발걷기를 합니다. 가을겨울이 되면서 영호가 준비한 것입니다.

2019.01.22. 칡 채취 및 건조 준비(경북 김천시 아포읍 대신리)

속옷 없는 행복(교장실)   2019.12.06. 칡차 준비

🧑 사랑합니다

"교장 선생님. 사랑합니다가 습관이 되었어요."

"그래, 사랑합니다가 습관이 되었다고?"

"예, 하도 많이 해서 습관이 되었어요."

2019년 12월 24일 화요일이자 다음날은 크리스마스입니다. 1학년 마지막 수업을 했습니다. 2교시에 1학년 3반 수업을 했습니다.① 방탄소년단 ② 교동 ③ 인사 ④ ♡ 네 가지로 '사랑'을 찾던 아이가 한 말입니다.

"사랑합니다"는 대구교동초등학교의 인사말입니다. 15개 학반별로 4시간씩, 총 60시간씩 수업을 하면서도 시작과 끝은 "사랑합니다"입니다. 중간중간 수업분위기가 흐트러지면 사랑입니다로 집중을 시켰습니다. 수업 참관자 한 명 한 명에게 사랑합니다로 인사를 합니다. 40분 수업 한 시간에 최소한 10번 이상의 사랑합니다를 합니다.

교문에서 아이들을 맞으면서 사랑합니다를 합니다. 양복이나 비옷 등 입고 있는 옷마다 ♡를 붙였습니다. 장갑의 앞뒤에도 붙였습니다. 가방에도 붙였습니다. 양손을 머리 위로 올려서 큰 하트를 만들기도 합니다. 아이들이 먼저 하기 전에 영호가 먼저 인사를 합니다. 인사는 나이의 문제가 아니라 먼저 상대방을 보는 사람이 하는 게 맞다는 생각입니다. 복도, 급식실, 운동장 등 어디서나 아이들을 만나면 사랑합니다로 인사를 합니다. 교직원들은 사랑합니다에 약간 멋쩍어 했습니다. 하지만 반복적인 인사에 이제 사랑합니다에 익숙합니다.

운동장 모래밭에도 가끔씩 ♡ 모양을 새깁니다. 물론 하루도 가지 않습니다. 억지로 ♡ 모양을 허무는 아이도 있습니다. 나무랄 일이 아닙니다. 내일 또 그 모양을 만들면 됩니다. 사랑이 무너지면 새롭게 만들고, 그렇게 무너지고 새롭게 만들면 더 단단한 사랑이 될 것이라는 믿음도 있습니다. 이에 아이들은 사랑합니다가 완전히 습관이 되었습니다. 급식실에서 밥을 먹다가도 손을 머리에 올리고 인사를 합니다. 교문에서 뒤돌아서서 비질을 하고 있으면 이내 사랑합니다를 들을 수 있습니다. 1학년 아이의 말처럼 사랑은 습관입니다.

2019.09.27. 놀이터 ♡   영호 가방의 ♡

영호 티셔츠의 ♡ 월: 분홍, 화: 검정, 수: 파랑, 목: 노랑, 금: 빨강

교장 선생님이 수업을 한다고

🖼 말썽쟁이에게 사랑의 사탕을

　교장이 좋은 일로 학부모와 통화를 하거나 직접 만날 일은 많지 않습니다. 학부모도 마찬가지입니다. 주로 힘든 일이나 좋지 않은 일로 학부모와 통화를 하거나 직접 만나는 일은 생각보다 많습니다. 담임 선생님이나 학부모가 학생 문제로 어려워할 때는 함께 모여서 소통과 공감을 했습니다. 교장, 교감, 담임, 학부모가 참석하고, 학생은 꼭 필요한 시간에만 잠깐 참석을 합니다. 담임 선생님은 학생 개인의 '미래를 배우며 함께 성장하는 교동 꿈자람 과정 카드'를 상담록과 함께 가지고 참석합니다. 교장이 먼저 함께 자리를 한 취지를 5분 내외로 설명을 하고 자리를 떠납니다. 교감 선생님은 끝까지 함께 할 때도 있고, 담임과 학부모가 마지막까지 남아서 소통과 공감을 합니다.

　다음은 2019년 5월 27일 월요일 아침 8시에 교장, 교감, 담임, 학부모 네 사람이 모였습니다. 다음은 필자의 이야기입니다.

　"학부모님, 오늘 아침 일찍 학교를 방문해 주셔서 고맙습니다. 오늘 이 자리는 ○○의 잘못을 따지자는 자리가 아닙니다. 늘 제가 말씀 드렸듯이 모든 교동의 아이는 우리의 아이입니다. 힘든 아이도 우리의 아이입니다. 그 힘든 아이 한 명 한 명도 소중합니다. 그 힘든 아이도 우리와 함께 갈 수 있도록 학교에서도 최선을 다하겠습니다. 아이들이 학교생활을 하다보면 친구들의 생활을 힘들게 할 수도 있습니다. 선생님을 힘들게 하는 일도 생깁니다. 아이들이나 어른의 세계에서 있을 수 있는 일입니다. 학교에서는 아이의 집에서 어떤 일이 있는지 잘 모릅니다. 집에서도 학교에서 어떤 일이 있는지 잘 모르는 경우가 많습니다. 처음부터 알았더라면 별 문제가 아닌 것도 시간이 지나면서 오해가 생길 수도 있습니다. ○○가 학교에서 잘 하는 점도 있습니다. 친구들이나 선생님을 힘들게 하는 점도 있습니다. 오늘 이 자리는 ○○를 멋진 아이로 키우기 위한 자리입니다. 담임 선생님께서는 학교에서 있었던 일을 가감 없이 자세하게 말씀해 주십시오. 부모님께서도 집에서 있었던 일을 자세하게 말씀해 주시기 바랍니다. 여기서는 무엇을 숨기고 감추지 마십시오. 솔직하게 말씀을 나누시고 ○○를 잘 키우는 데 힘을 모으는 자리가 되시길 소망합니다. 학교에서나 집에서 힘든 점이 있다면 그것을 찾고 제거하는 자리가 되면 좋겠습니다. 잘 하는 것은 더 잘 하도록 돕겠습니다."

이런 자리가 제법 있었습니다. 한 학부모는 이런 과정을 두 번 거쳤습니다. 2019년 12월 26일에는 아버지, 어머니가 함께 참석해서 많은 이야기를 나누기도 했습니다. 서로 모르던 것을 공유하고 해결 방법을 찾는 자리입니다. 이런 자리가 있으면 아이들이 달라집니다. 선생님도 달라집니다. 학부모님도 변합니다. 선생님들께도 늘 이런 말씀을 드립니다. 우리 아이들이 선생님 말 한 마디에 달라지고 할 수 있게 된다면 얼마나 좋겠습니까? 학교와 교직원의 존재 이유는 학생입니다. 학생이 없으면 교장도 교감도 선생님도 존재하지 않습니다. 우리 아이들이 할 수 있을 때까지 할 때까지 함께 해야 합니다. 학부모님들의 역할도 다르지 않습니다. 한 아이를 키우는 데는 우리 대구교동교육가족 모두의 지극정성이 필요합니다.

다음은 2019학년도 교원능력개발평가에 학부모님들이 주신 글입니다.

사랑합니다~ 교장선생님^^ 전교생을 사랑으로 보듬어 주시고, 말썽쟁이에게 사랑의 사탕을 나눠주시는 따뜻한 마음을 알게 되어 너무나 감사하게 생각합니다. 훌륭하신 교육을 바탕으로 절차탁마도 알게 되었구요. 올바른 인성을 가지고 성장하도록 지도해 주셔서 아이들도 잘 자랄 거라 믿습니다. 사랑합니다^*^

아이들 하나하나 눈을 맞추며 인사해 주시고, 비오는 날 맨발로 교통지도하시는 모습이 참 인상적이었습니다. 교동의 꿈나무들이 슈퍼맨 교장 선생님을 만나게 된 것 같아 학부모로서도 참 든든하였습니다. 늘 앞장서서 솔선수범하시는 모습 우리 교동 친구들이 많이 본받아 참 어린이가 되길 바랍니다.

옛날 엄마, 아빠들이 학교에 다닐 때는 교장 선생님이 그저 무서운 분이었었는데…. 아이가 학교에 다녀와서 교장 선생님이 말을 걸어 주셨다는 이야기를 때때로 듣고, 항상 아이들과 눈높이를 맞추어 대해 주심이 너무나 좋습니다. 앞으로도 권위보다는 사랑으로 아이들을 대해 주셨으면 합니다.

🧑 빗자루 구입비가 너무 많이 들어요

영호는 초등학교에 입학을 하기 전부터 비질을 했습니다. 주로 마당을 쓰는 게 맡은 역할이었습니다. 초등학교 고학년이 되어서는 비질을 할 일이 많아졌습니다. 대신초등학교 운동장 가장자리에 늘어선 느티나무의 낙엽을 쓰는 일, 가을걷이 후 벼타작을 할 때도 비질을 했습니다.

가장 어려운 비질은 벼타작을 할 때입니다. 벼타작은 탈곡기의 발판을 발로 밟아서 원통형의 탈곡기를 돌리면서 볏단의 벼알갱이를 훑어냅니다. 탈곡기 앞에는 벼알갱이와 볏짚 부서진 지푸라기가 함께 뒤섞여서 떨어집니다. 갈퀴로 벼알갱이와 지푸라기가 뒤섞인 것을 끌어내서 넓게 폅니다. 왕대나무빗자루의 아래를 수평으로 해서 지푸라기 쓸어냅니다. 허리도 최대한 굽혀서 빗자루질의 강도도 적절하게 해야 하는 어려움이 있습니다. 이 과정이 어설프게 하면 풍구질을 하는 데 힘이 듭니다.

1990학년도에 대구경운초등학교 5학년 6반을 담임할 때는 교문 주변의 나무가 많은 곳이 청소구역이었습니다. 늦가을부터 겨울까지 매일 낙엽을 쓸었는데, 남자 아이들이 서로 담당을 하려고 경쟁을 했습니다. 청소를 하기 전에 미리 학교 앞 분식집에 라면을 아이들 수와 영호를 더한 만큼 주문을 해 놓았습니다. 청소를 마치면 바로 분식집에서 라면을 먹던 시절이 가끔은 그립니다.

2013년 9월 1일부터 대구태현초등학교 교감으로 근무를 하면서 교문 주변을 매일 쓸었습니다. 낙엽이 문제가 아니라 담배꽁초가 너무 많아서 아이들 보기에 민망했습니다. 2014년 9월 1일부터 대구교육대학교대구부설초등학교 교감으로 근무를 하면서도 매일같이 교문 주변 비질을 하고 아이들을 맞이했습니다. 행정실에서는 빗자루 구입비가 너무 많이 든다고 비질을 대충하라는 농담을 하기도 했습니다.

2019년 3월 1일부터 대구교동초등학교 교장으로 근무를 하고 있습니다. 매일 8시 전후로 빗자루를 들고 교문으로 나갑니다. 일주

일에 2~3일은 교문에서 비질을 하고 아이들을 맞이합니다. 2~3일
은 운동장에서 아이들과 맨발축구를 합니다. 은행나무잎이 노랗
게 떨어진 날은 도로쪽으로 모아 두었습니다. 우리 교동의 아이들
이 길 가장자리의 낙엽을 감상하면서 계절의 변화를 생각하는 행
복한 등굣길이기를 바라는 마음도 있습니다.

2019.11.11. 은행낙엽 등굣길   2019.5.20. 장미 만발 등굣길

🧑 가장 기억에 남는 아이는

우리 대구교동초는 한 달에 한 번 교원협의회를 합니다. 전체 교
직원이 모이는 것은 소통과 공감의 날로 일 년에 4번 정도 됩니다.
협의회의 마지막은 주로 교장의 몫으로 돌아옵니다. 지금까지의
당부, 전달, 지시 같은 교장의 몫에서 탈피하고 싶었습니다. 교장의
이야기는 적게 하고 선생님들의 생각이나 이야기를 많이 듣는 시
간으로 했습니다.

2019년 12월 22일 월요일의 협의회는 다음과 같이 마무리를 했
습니다. 필자와 선생님들과 눈을 맞추면서 "사랑합니다"라고 인사

를 합니다. 옆 선생님과도 인사를 나눕니다.

"선생님, 우리 학교는 2020년 1월 10일에 졸업식, 종업식이 있습니다. 한 학년도 동안 노고가 많으셨습니다. 선생님에게 좋은 기억으로 남는 아이도 있고, 힘든 기억으로 남는 아이도 있습니다. 가장 기억에 남는 아이는 누구인지 그 이유도 함께 선생님들과 나누시기 바랍니다. 그리고 방학을 하면 제일 하고 싶은 일은 무엇인지도 함께 나누시기 바랍니다."

이내 선생님들은 동학년이나 이웃 학년 선생님들과 이야기꽃을 피웁니다. 웃음이 넘치고 목소리가 약간 올라가기도 합니다. 수업시간의 아이들 모습이 교차됩니다. 사실 영호의 의도는 선생님들이 이렇게 수업을 하자는 숨은 뜻도 있습니다. 5분 이상 시간이 지났습니다. 발표를 할 시간입니다. 1학년 선생님이 자신의 이야기를 들려주었습니다.

"2학기 초에 셈하기가 잘 되지 않는 아이가 있었어요. 학교에서도 꾸준히 지도하고, 집에서도 할 수 있도록 학습지를 계속 제공을 했어요. 지금은 셈하기를 곧잘 해서 기억에 남습니다. 그리고 방학을 하면 제일 하고 싶은 일은, 아침에 책 한 권 들고 카페에 가는 겁니다. 책을 읽다가 점심시간이 되면 약속을 해서 점심을 먹고, 오후도 그렇게 보내다가 저녁을 먹고, 그렇게 놀고 싶어요."

영호의 기분이 좋았습니다. 사족을 달았습니다.

"방금 굉장히 중요한 말씀을 해 주셨습니다. (함께 박수) 1학년 때 기초와 기본이 되는 읽기와 쓰기, 셈하기다 잘 되지 않으면 2학년이 되어서도 누적이 되게 됩니다. 방학 때 하시고 싶은 일도 일상의 탈피로 좋은 경험이 될 것입니다.

교과 선생님 한 분이 더 발표를 하고, 제 경험을 이야기하는 것으로 마무리를 했습니다. 이전에도 이번 협의회와 크게 다르지 않습니다. 옆이나 앞의 선생님 서로 칭찬하기, 버츄 카드에서 자신과 어울리는 덕목 세 가지를 정하고 그 이유 말하기, 사랑하는 마음을 담아서 자신에게 편지를 쓰고 발표하기, 내가 만일 ~라면 경우의 세 가지와 그 이유 쓰고 발표하기 등입니다.

🧑 향수는 영호의 어제, 오늘, 내일이다

1993년부터 한국교원대학교 대학원에 다닐 때 충북 옥천의 정지용 시인 생가를 세 번이나 방문을 했습니다. 생가를 복원하기 전입니다. 집 앞에는 향수에 나오는 실개천이 흐릅니다. 조금 떨어진 곳에는 아주 오래된 이발관도 있었습니다. 정지용은1998년에 복권이 되었습니다. 향수는 1989년에 김희갑이 작곡을 해서 서울음대 교수인 성악가 박인수와 대중가수 이동원에 의해서 세상에 널리 알려지게 되었습니다. 영호는 아이들에게 향수 노래로 시로 가르쳤습니다. 영호의 애창곡도 되었습니다. 혼자 부르기에는 어려운 노래지만, 가끔씩 어릴 적 추억에 젖기에 안성맞춤인 노래입니다.

영호도 정지용의 향수 곳곳에 묻어있는 정취를 경험하면서 어린 시절을 보냈습니다. 농사일에 고단했던 선고(先考)께서는 일찍 잠이 드셨습니다. 베개는 향수에 나오는 것과 같이 바싹 마른 짚을 잘 추려서 베개속으로 넣은 것이었습니다. 가난했지만 호롱불 밑에서 도란도란 이야기를 나누었던 5남매는 지금도 주말이면 시골집에 모여서 김씨네 추억을 되살리고 있습니다. 김장, 메주, 장담기, 팥죽하기, 강정하기 등등을 언제까지 계속할지는 모르지만, 향수를 되살리기에 모자람이 없습니다.

방과후 피아노 선생님의 도움으로 향수 반주를 녹음했습니다. 출퇴근을 하면서 듣고, 학교에서도 들었습니다. 부르면 부를수록 박자가 무척이나 까다롭고 고음도 많은 어려운 노래입니다. 피아노 반주 녹음을 들으면서 부르는 것과, 직접 피아노 반주에 맞추어서 노래는 부르는 것은 많이 달랐습니다. '괜히 노래를 한다고 했나'라고 후회도 했습니다. 혼자 노래방에 두 번을 가서 한 시간 내내 향수만 부르면서 연습을 하기도 했습니다. 영호가 목소리는 아주 크지만, 노래를 썩 잘 하는 것은 아닙니다. 하지만 우리 교동의 아이들에게 자신감을 주고 싶었습니다. 우리 교동의 아이들이 노래나 다른 무엇도 잘 하지는 못하지만, 용기를 가지고 노력하면 잘 할 수 있다는 믿음을 주고 싶었습니다.

2019년 10월 29일 화요일에 향수를 불렀습니다. '2019 교동종합 예술제 꿈·끼·행복 교육과정 발표회'의 날입니다. 1부는학급특색발표, 2부는 동아리 및 방과후 발표를 했습니다. 영호는 2부 첫 순서로 향수를 불렀습니다. 1부를 마치고 2부를 준비하는 시간에 피아노실에서 마지막 연습을 했습니다. 피아노 선생님께 영호의 노래에 맞추어 피아노 반주를 따라해 달라는 부탁을 드렸습니다. 무대에 오르자 살짝 긴장이 되었습니다. 먼저 향수에 대한 간단한 소개를 했습니다. "향수는 시인 정지용이 1927년에 발표한 시입니다. 1989년에 성악가 박인수와 대중가수 이동원이 함께 불렀습니다. 이렇게 장르가 다른 사람이 노래를 함께 부르는 것은 크로스오버라고 합니다. 부족한 노래지만 열심히 불러보겠습니다. 큰 박수를 부탁드립니다." 피아노 전주를 들으면서 마음을 가다듬었습니다. 향수는 영호의 어제고 오늘이고 내일입니다.

향수 노래 (2019.10.29.)

🧑 용행칭사의 삶

2020년 1월 10일에 2019학년도 종업식 및 졸업식을 했습니다. 석면 공사 때문에 봄방학이 없이 겨울방학을 늦게 한 것입니다. 종업식을 교감 선생님이 마무리 말씀을 하셨습니다. 졸업식에서 어떤 말을 할까 고민을 하다가 1년 동안 네 번 수업을 한 주제로 했습니다. 용행칭사, 용기와 행복, 칭찬과 사랑입니다. 다음은 졸업식에서 한 교장의 인사말입니다.

사랑합니다.

오늘 6년 동안의 형설지공을 마무리 하는 66명의 졸업생, 축하해주기 위해 참석하신 대구교동교육가족 모든 분들에 감사의 인사를 드립니다. 6학년 학생들과 네 번의 수업을 한 내용을 중심으로 말씀을 드리겠습니다. 이 말씀은 졸업생뿐만 아니라 오늘 참석하신 모든 분들께도 해당하는 내용입니다.

첫째, 용기 있는 삶입니다. 우리는 항상 용기와 두려움을 함께 가지고 생활합니다. 힘들고 어려운 일이 있더라도 두려움을 떨치고 용기를 가지고 시작하면 좋은 결실을 맺을 것입니다. 용기와 두려움은 한 이불을 덮고 잔다고 합니다.

둘째, 행복한 삶입니다. 행복은 어디에서 시작할까요? 행복은 우리 마음에서 시작합니다. 졸업생들은 공부에서 행복을 찾을 수도 있고, 운동을 하면서도 행복을 찾을 수도 있습니다. 항상 행복은 내 마음먹기에 달려 있다는 생각으로 행복한 삶을 살아가기를 소망합니다.

셋째, 칭찬하는 삶입니다. 나그네의 외투를 벗기는 것은 차가운 바람이 아니라 따스한 햇볕입니다. 자기만한 일에도 칭찬을 아끼지 말아 주십시오. 나를 칭찬하고 우리를 칭찬해 보십시오. 칭찬은 고래도 춤추게 한다고 합니다.

넷째, 사랑하는 삶입니다. 누구부터 사랑해야 할까요? 나부터 사랑하는 마음이 필요합니다. 자신을 사랑하지 않은 사람은 남도 사랑하기 어렵습니다. 오늘 참석하신 모든 분들이 세 번만 사랑합니다를 소리쳐 보겠습니다. 나는 나를 (사랑합니다-모두). 나는 우리를 (사랑합니다-모두). 우리는 대구교동교육가족 (사랑합니다-모두)

우리 대구교동교육가족 모든 분들이 늘 좋은 날이시길 빕니다. 사랑합니다.

2020년 1월 10일 금요일

대구교동초등학교장 김영호

🧑 안전하고 쾌적한 교육환경

우리 대구교동초등학교는 1998년 3월 1일 개교를 했습니다. 본 관동에 화장실 등 일부는 석면공사를 했지만, 교실과 특별실은 석면공사가 되지 않았습니다. 종업식과 졸업식을 2020년 1월 10일에 한 이유는 50여 일 동안 석면공사를 하기 위해서입니다.

행정적인 절차는 교육지원청과 협의를 하지만, 학교에서 할 일도 무척이나 많았습니다. 이사 업체에서 교실과 특별실의 모든 물건을 옮기는 것에만 사흘이 걸렸습니다. 체육관에는 교실과 특별실에서 옮긴 물건으로 가득 찼습니다. 교장실은 1층 급식실 구석으로 옮겼습니다. 교무실과 행정실은 2층 체육관 쪽으로 옮겼습니다.

석면 공사와 함께 전등을 모두 엘이디 등으로 갈아야 합니다. 처음 계획에는 냉난방기도 교체하기로 했지만, 공기가 너무 촉박해서 여름 방학에 교체하기로 했습니다. 물건을 옮기고, 청소를 하고, 비닐 보양을 하고, 석면을 제거하고, 청소하고 등등의 일정이 빠듯했습니다. 중간 중간에 학교 석면 모니터단의 점검이 계속 있었습니다.

석면공사가 마무리 되면 20여 년의 묵은 때를 완전히 벗게 됩니다. 실내 공사가 끝나면 새롭게 해야 할 일도 많습니다. 방송실 공사를 마무리 지어야 합니다. 도서관도 새롭게 작업을 해야 합니다. 특히, 저학년 교실의 교육환경을 획기적으로 바꾸어 줄 교실 리노베이션도 신청을 해서 선정이 되면 작업을 해야 합니다. 우리 대구교동교육가족이 안전하고 쾌적한 교육환경에서 행복한 생활을 할 수 있도록 차근차근 진행하겠습니다.

체육관 이삿짐(2020.01.17.)

비닐 보양 점검(2020.01.28.)

출입금지(2020.01.29.)

공기질 측정(2020.01.29.)

교장 선생님이 수업을 한다고

김 교장이
생각하는 수업은

우리는 대구교동교육가족입니다.
대구교동교육가족은 모두가 참 좋은 당신입니다.
우리는 수업중심 학교문화를 만들어가고 있습니다.

김 교장이 생각하는 수업은?
역사용 역량, 수업철학 역량, 수업행복 역량, 수업문 역량.
역지사지, 사랑, 용기는 관계 형성으로 수업의 시작입니다.

우리 대구교동교육가족을 응원합니다.
우리 대구교동교육가족의 좋은 수업을 응원합니다.
영호도 그 길을 동행하면서 더욱 더 절차탁마하겠습니다.

우리는
대구교동교육가족입니다

🧑 소통과 공감의 길

어떤 조직이나 사회도 구성원의 공감대, 즉 공동체 의식이 공유
되지 않고는 제대로 기능을 하기가 어렵습니다. 학교는 교육이라
는 전제를 기본으로 다양한 구성원이 있습니다. 학생이 있습니다.
그 학생의 보호자인 학부모가 있습니다. 학교가 속해 있는 지역사
회도 있습니다. 학교 안에는 교직원이 있습니다. 교직원도 다양한
직군으로 구성되어 있습니다. 다양한 구성원이 있는 만큼 많은 일
이 생기고 갈등도 있습니다.

병은 치료를 하는 것 보다 미리 예방하는 게 최선입니다. 그러자
면 꾸준한 운동과 좋은 식습관과 일정한 생활습관이 형성되어야 합
니다. 학교에는 크고 작은 많은 문제가 발생합니다. 미리 예방하는
것이 좋지만, 현실은 그렇지 못합니다. 쉽게 해결이 되는 문제도 있지
만, 해결이 매우 힘든 일도 많습니다. 필자는 학교의 시작은 수업이
고, 과정도 수업이고, 끝도 수업이라는 신념을 가지고 있습니다. 수
업중심 학교문화가 되어야 하는 전제이자 필연이기도 합니다.

학교에서 전체 교직원이 얼굴을 맞대고 이야기를 나누는 기회일 년에 서너 번 정도 됩니다. 직군별로 공감과 소통의 시간을 가지고 있지만, 정기적이고 자주 만나기는 어렵습니다. 선생님들의 협의 시간도 한 달에 한 번입니다. 학교라는 한 울타리 안에 있지만, 일주일에 한 번도 대화를 하지 않는 교직원도 많습니다.

🧑 소통과 공감의 방법

소통과 공감의 시대입니다. 그만큼 소통과 공감이 잘 되지 않는다는 반증이기도 합니다. 얼굴 붉힐 일이 아니라면 직접 얼굴을 맞대고 대화를 하면서 소통을 하는 게 가장 좋은 방법입니다. 학교에서 공식적인 교원 모임은 월 1회입니다. 전체 교직원의 모임은 학기별로 두 번 정도 됩니다. 학년초에 다양한 형태의 소통과 공감의 시간이 있지만, 지속성이 부족합니다.

소통과 공감의 방법을 찾아야 했습니다. 필자의 생각을 기록해서 모든 교직원과 소통하고 공감하는 방법입니다. 양방향이 아니라 일방이라는 제한이 있지만, 시나브로 소통과 공감이 조금씩 이루어지리라는 긍정적인 생각을 합니다. 그래서 일정한 양식을 만들었습니다. 태현초, 교대부초 교감과 남부교육지원청 과장으로 재직할 때 선생님들과 공유한 형식과 비슷합니다.

일 년 동안 66회 소통과 공감을 한 양식입니다.

① 머리글: 일정함(숫자만 바뀜)

② 제목

③ 인용: 시, 수필, 사진 등

④ 교동초 인사말

⑤ 본문

⑥ 응원글: 일정함

⑦ 교동초 인사말

⑧ 날짜 및 보내는 이

⑨ 각주

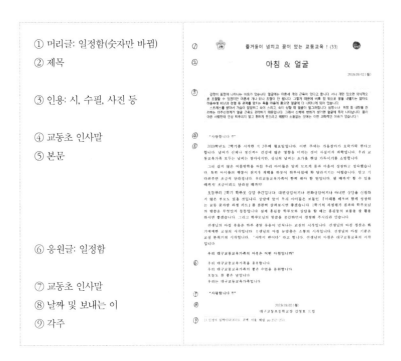

소통과 공감의 시기와 내용

공유하는 시기는 일정하지 않습니다. 내용은 시사성 있게 구성을 했습니다. 대구교동교육가족이라는 공동체 의식과 수업중심 학교문화를 만들어 가는 내용입니다. 다음은 2019학년도 동안 공유한 내용입니다. 마지막에는 전체 내용을 하나의 피디에프 파일로 공유를 했습니다.

다음은 소통한 시기와 내용의 제목입니다.

연번	일자	제목	연번	일자	제목
1	2019.03.01.(금)	대구교동교육가족 1	34	2019.09.04.(수)	맨발
2	2019.03.11.(월)	나 하나 꽃 피어	35	2019.09.09.(월)	맨발교육
3	2019.03.18.(월)	풀꽃	36	2019.09.10.(화)	누군가
4	2019.03.22.(금)	소금과 수업	37	2019.09.18.(수)	안재교
5	2019.03.29.(금)	아직과 이미 사이	38	2019.09.24.(화)	칭찬 2
6	2019.04.05.(금)	사랑하는 마음 내게 있어도	39	2019.09.25.(수)	칭찬 3
7	2019.04.10.(수)	사랑하라는 말	40	2019.10.02.(수)	칭찬 4
8	2019.04.12.(금)	이 세상에 아이들이 없다면	41	2019.10.07.(월)	칭찬 5
9	2019.04.17.(수)	스승의 기도	42	2019.10.08.(화)	칭찬 6
10	2019.04.22.(월)	선생님의 노래	43	2019.10.08.(화)	칭찬 7
11	2019.04.26.(금)	사랑의 크기	44	2019.10.18.(금)	관계 2
12	2019.05.03.(금)	아이들의 웃음	45	2019.10.21.(월)	실뜨기
13	2019.05.07.(화)	어버이날	46	2019.10.23.(수)	존경합
14	2019.05.08.(수)	눈맞춤 1	47	2019.10.30.(수)	멋진 날
15	2019.05.10.(금)	역지사지 1	48	2019.10.31.(목)	먼저
16	2019.05.13.(월)	역지사지 2	49	2019.11.06.(수)	일신
17	2019.05.15.(수)	스승의 길	50	2019.11.07.(목)	우일신
18	2019.05.17.(금)	사랑 1	51	2019.11.12.(화)	일신우일신
19	2019.05.24.(금)	용기 1	52	2019.11.14.(목)	첫인상
20	2019.05.28.(화)	용기 2	53	2019.11.25.(월)	축구
21	2019.05.30.(목)	로마는 하루아침에	54	2019.11.27.(수)	나는 나를 사랑합니다
22	2019.06.04.(화)	눈맞춤 2	55	2019.12.03.(화)	영호네 김장 프로젝트
23	2019.06.10.(월)	눈맞춤 3	56	2019.12.05.(목)	장갑
24	2019.06.15.(금)	사랑 2	57	2019.12.06.(금)	갈등
25	2019.06.18.(화)	함께 가는	58	2019.12.09.(월)	영호네 메주 프로젝트
26	2019.06.20.(목)	칭찬 1	59	2019.12.12.(목)	보아하니와 겪어보니
27	2019.07.01.(월)	함께	60	2019.12.13.(금)	2020 대구미래역량교육
28	2019.07.04.(목)	관계 1	61	2019.12.19.(목)	뿌리가 깊은 나무는
29	2019.07.09.(화)	믿음과 기다림	62	2019.12.24.(화)	용기·행복·칭찬·사랑
30	2019.07.15.(월)	보물	63	2019.12.27.(금)	내가 만일
31	2019.07.17.(수)	덕분에	64	2019.12.31.(화)	송구영신
32	2019.08.23.(금)	오래된 미래	65	2020.01.10.(금)	꿈자람 보물
33	2019.09.02.(월)	아침&얼굴	66	2020.01.10.(금)	대구교동교육가족 2

교장 선생님이 수업을 한다고

🧑 소통과 공감의 보물

구슬이 아무리 많고 좋아도 하나씩 흩어져 있으면 보석 본연의 가치를 인정받기 어렵습니다. 일 년 동안 66회 소통과 공감한 전체 내용을 몇 권의 책으로 엮어서 보관용으로 소장하고 있습니다. 표지에는 상징적인 사진과 책 내용을 압축하는 문구를 넣었습니다.

사진은 9장면입니다. 초등학교 6학년 때의 증명사진과 2013년 8월 23일 대구광역시교육청 장학사로 근무하면서 대구매곡초에서 수업을 하면서 찍은 사진을 맨 위에 넣었습니다. 그 아래에 '미래를 배우며 함께 성장하는 교동 꿈자람 과정 카드'전학년 사진입니다. 중간에는 세 개의 사진입니다. 2019년 10월 8일에 TBC 텔레비전 꿈꾸는 운동장 두두두 학교소개 장면입니다. 가운데는 2019년 11월 29일 교장실에서 찍은 사진입니다. 왼쪽부터 남대구초등학교의 손광수, 이대현 선생님입니다. 대구장동초등학교의 김지영 선생님, 대구교동초등학교의 박동채 선생님입니다. 오른쪽은 대구신서초등학교 김성환 선생님입니다. 오른쪽 사진은 6학년 창체수업 시간입니다. 아래는 세 개의 사진이 있습니다. 2019년 10월 29일 교동예술제에서 향수를 부르는 사진입니다. 그 옆은 6학년 창체수업입니다. 마지막 사진은 2019년 10월 8일에 TBC 텔레비전 꿈꾸는 운동장 두두두 학교소개의 맨발축구에 참여한 아이들과의 사진입니다.

문구는 두 가지입니다. 우리는 대구교동교육가족입니다. 우리는 수업중심 학교문화를 만들어 가고 있습니다. 이 두 가지 내용은 대구교동교육 1(2019.03.01.)과 66(2020.01.10.)에도 있는 내용입니다.

66회의 내용은 대구교동교육가족이라는 공동체 의식의 함양과 수업중심 학교문화 형성에 근거한 내용입니다. 수업중심 학교문화를 형성하기 위해서는 우리는 대구교동교육가족이라는 공동체 의식이 먼저입니다. 구성원의 공감대 없이 추진하는 수업중심 학교문화는 사상누각입니다. 다음은 보관용의 표지입니다.

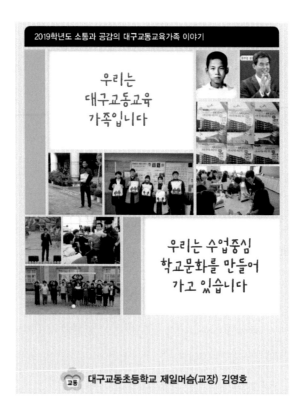

교장 선생님이 수업을 한다고

김 교장이 생각하는 수업은

교장으로 전직을 하고 나서 출퇴근길에 여유가 생겼습니다. 일찍 출근하는 것은 마찬가지지만, 강박 관념 없이 편안하게 운전을 할 수 있습니다. 필자는 운전을 하면서 수업에 대한 생각을 많이 합니다. 아침 출근길에 구미시 해평 부근의 낙동강을 지날 때면 철새들이 비행을 합니다. 철새들이 그냥 막 날아가는 게 아닙니다. 비행 대형을 자주 바꾸면서도 일정한 질서와 형태를 유지하고 날아갑니다. 그 철새들을 보면서 우리 교실의 수업이 질서가 있으면서도 좀 편안하고 자유로웠으면 좋겠다는 생각을 합니다.

시골에서 농사일을 하면서도 수업을 생각합니다. 농사를 짓는 것은 수업을 하는 것과 닮은 점이 아주 많습니다. 농작물은 거짓말을 하지 않습니다. 농부가 아무리 지극정성으로 가꾸더라도 태풍이나 폭염 등의 자연재해가 발생하면 풍성한 결실을 맺기가 어렵습니다. 선생님이 지극정성으로 아이들과 관계 형성을 하고, 수업을 하더라도 농작물과 같은 경우가 발생할 수도 있습니다. 하지만 농부는 밭을 탓하지 않듯이 우리도 아이들을 탓해서는 해결책이 없습니다. 아이들이 할 수 있을 때까지, 할 때까지 지극정성을 다 해야 합니다. 우리 아이들을 믿고 기다려주어야 합니다. 그것이 가르치는 우리의 사명이요 숙명이겠지요. 농작물이 농부의 발자국 소리를 듣고 자라듯이, 아이들은 선생님의 사랑으로 시나브로 어른이 되어 갑니다. 우리 선생님들의 수업에 지극정성의 사랑을 어떻게 녹아내느냐의 문제이겠지요.

다음 쪽부터는 일 년 동안 66회 소통과 공감을 한 내용입니다.

1(2019.03.01.)과 66(2020.01.10.)에는 전체의 내용을 다 넣었습니다. 나머지는 본문의 내용만 실었습니다. 원고를 교정하면서 새로운 내용을 넣거나 뺀 것도 있습니다. 대부분은 처음 대구교동교육가족과 공유한 내용 그대로입니다. 김영호가 생각하는 수업입니다.

🧑 대구교동교육가족 1

"사랑합니다!"

우리는 대구교동교육가족입니다. 학생, 학부모, 교직원 등등은 대구교동교육가족의 소중한 구성원입니다. 그 중심에는 우리 교동의 아이들(학생)이 있습니다. 개개인은 소중하고 동등한 인격체입니다. 각자의 역할이 다를 뿐이고, 그 어느 역할이나 소중하고 중요합니다. 우리 대구교동교육가족은 모두가 참 좋은 당신입니다. 저도 대구교동교육가족의 한 사람으로서 모든 일에 최선을 다하겠습니다.

우리 대구교동교육은 수업중심 학교문화입니다. 여기서 수업은 교육과정-수업-평가-기록의 일체화를 포함하는 내용입니다. 전시성, 일회성 행사는 지양(止揚)하고 모든 활동은 수업에 녹아냅니다. 학교의 중심은 수업입니다. 좋은 수업을 위한 역사용 역량, 수업철학 역량, 수업행복 역량, 수업문 역량을 생각해 봅니다. 우리 교동의 좋은 수업을 위해서 동행하며 모든 지원을 아끼지 않겠습니다.

우리 대구교동교육가족을 응원합니다. 우리 대구교동교육가족의 좋은 수업을 응원합니다. 오늘도 참 좋은 날입니다. 우리는 대구교동교육가족입니다.

"사랑합니다!"

🧑 나 하나 꽃 피어

우리는 대구교동교육가족입니다. 학생, 학부모, 교직원 등등은 대구교동교육가족의 소중한 구성원입니다. 그 중심에는 우리 교동의 아이들(학생)이 있습니다. 개개인은 소중하고 동등한 인격체입니다. 각자의 역할이 다를 뿐이고, 그 어느 역할이나 소중하고 중요합니다.

지난 금요일 친목행사를 하였습니다. 우리는 대구교동교육가족이라는 의미를 되새기는 모임이었습니다. 내가 먼저 꽃을 피우고, 내가 먼저 물이 드는 솔선수범의 장이었습니다. 행사를 주관하신 친목회장님과 임원진들께 감사를 드립니다. 또한 함께 해 주신 교직원 여러분들께도 감사를 드립니다.

아이들이 행복한 교육이 되기 위해서는 우리 교직원이 행복해야 합니다. 행복의 시작은 건강입니다. 행복의 마음은 마음입니다. 우리 대구교동교육가족 모두가 몸과 마음이 건강한 행복한 날들이기를 소망합니다.

🧑 풀꽃

아이들과 축구를 두어 번 했습니다. 이제는 만날 때 마다 축구를 하자고 조릅니다. 3.14.(목)에 운동장에 축구(핸드볼) 골대가 설치되었습니다. 아이들이 무척이나 좋아합니다. 우리 대구교동의 아이들입니다.

아이들을 만날 때 마다 "사랑합니다"로 인사합니다. 씩씩하게 잘 하는 아이들도 많습니다. 장난기가 가득한 인사를 하는 아이들도 있습니다. 아직도 "사랑합니다"가 어색한 아이들도 있습니다. 우리 대구교동의 아이들입니다.

우리 대구교동의 아이들 중에는 공부가 힘든 아이들도 있습니다. 한 눈에 들어오지 않는 아이들도 있습니다. 그 외에도 여러 가지로 어렵고 힘든 아이들도 있습니다. 하지만 이런 아이들도 자세히 보면 예쁩니다. 오래 보고 기다려주면 사랑스럽습니다. 우리 대구교동의 아이들입니다.

자세히 보고, 오래 보고, 기다려주는 그런 수업[30]이 우리 대구교동의 수업입니다. 성취기준 평가와 학년군별 총 수업 시간 수는 선택의 문제가 아니라 의무입니다. 우리 선생님들의 일상이 교-수-평-기의 일체화이기를 소망합니다. 모든 지원을 아끼지 않겠습니다.

🧑 소금과 수업

앞의 내용은 우리 선생님들의 수업철학입니다. 내 수업철학은 무엇이고 다른 선생님의 수업철학은 무엇인지 살펴보시지요. 무엇이나 그렇듯이 근본이 가장 중요합니다. 그 근본을 생각하게 하는 것

---

30)　여기서 수업은 교육과정-수업-평가-기록의 일체화를 의미합니다. 교-수-평-기 일체화, 또는 일원화라는 말을 사용합니다.

이 철학입니다. 우리 선생님들의 수업철학을 응원합니다. 철학이 바로 서면 방법은 그리 문제가 아닙니다. 선생님의 확고한 수업철학에 지극정성의 집밥 같은 수업이면 그 어떤 화려한 수업보다 좋은 수업입니다.

수업뿐만 아니라 학교의 모은 일이 작은 것에서 시작합니다. 그 작은 것의 지극정성이 모여서 대구교동교육이 시나브로 발전될 것입니다. 좋은 수업을 위해 정성이 필요합니다. 맛있는 점심을 준비하는 데도 정성이 필요합니다. 아이들을 맞이하는 데도 정성이 필요합니다. 교정을 가꾸는 일도 정성이 필요합니다. 마음에는 시작하는 정성은 행동으로 실천이 될 때 지극정성이 됩니다. 지극정성은 마음과 행동의 동행입니다. 지극정성은 마음과 실천의 동행입니다. 우리 대구교동교육가족 모두의 지극정성을 응원합니다.

🧑 아직과 이미 사이

학부모 수업공개를 했습니다. 선생님들의 수업철학이 잘 반영된 수업을 학부모님들도 뜻깊게 보았을 것입니다. 수업을 하시는 선생님 마음이나, 수업을 참관하는 학부모 마음이 크게 다르지 않습니다. 그 초점은 바로 우리 아이에게 있습니다. 수업은 방법이 아니라 철학이라는 믿음이 필요할 것 같습니다.

한 시간의 수업은 '아직'과 '이미'를 동시에 품고 있습니다. '아직 내 수업은 좋은 수업이 되기 위해서는 더 많은 노력이 필요합니다.', '이미 내 수업은 좋은 수업이지만, 아직도 더 절차탁마가 필요합니다.', '이미 내 수업은 좋은 수업입니다.'등의 생각을 할 수 있습니다. 수업을 참관한 학부모도 아직과 이미를 함께 생각했을 수도 있습니다. 물론 이미만 생각한 학부모도 있고, 아직만 생각한 학부모도 있을 것입니다.

수업뿐만 아니라 학교의 모든 일이 '아직'과 '이미'를 내포하고 있습니다. '아직'이 손바닥이라면, '이미'는 손등의 관계입니다. '이미'가 손바닥이라면, '이미'는 손등의 관계입니다. '아직'과 '이미'는 한 몸입니다. 용기와 두려움이 늘 같이 붙어 다니듯이 말입니다.

🧑 사랑하는 마음 내게 있어도

사랑스럽다. 순수하다. 순진하다. 이쁘다. 결과에 승복한다. 인사를 잘 한다. 귀엽고 이쁘다. 가위질과 오려붙이기를 잘 한다. 공경할 줄 안다. 양보를 한다. 질서를 잘 지킨다. 잘 도와주려고 한다. 공손하다. 잘 웃는다. 소리가 크다. 잘 달린다. 각자 잘 하는 것이 있다. 힘이 세다. 친근하다. 밝다. 해맑다. 인정이 많다. 에너지가 넘친다. 착하다. 솔직하다. 등등

우리 대구교동교육가족의 소통과 공감 시간에 우리 아이들에 대해서 주신 내용입니다. 우리 교동 아이들이 잘하는 것입니다. 우리 교동의 아이들도 잘 하는 것이 많습니다. 잘 하는 것 더 잘 하도록

격려해 주세요. 부족하고 힘든 점도 있습니다. 부족하고 힘든 것도 잘 할 수 있도록 도와주고 기다려 주세요. 우리 대구교동교육가족 모두의 몫입니다.

사랑한다는 말은 하면 좋겠습니다. 더 많은 사랑이 돌아올 것입니다. 외롭고 슬프다는 말도 하면 좋겠습니다. 외롭고 슬픈 마음 줄어드는 만큼 사랑이 채울 것입니다. 모진 마음은 달래면 좋겠습니다. 그 자리에 사랑이 대신할 것입니다. 우리 대구교동교육가족이 모두가 이런 마음이면 좋겠습니다. 우리 대구교동교육가족에게는 사랑하는 마음이 있습니다.

👤 "사랑해"라는 말

대구교동교육-06에서 우리 아이들이 잘 하는 것을 안내드렸습니다. 오늘은 우리 아이들이 좀 더 잘 했으면 하는 것을 안내드립니다. 생활교육도 수업에서 이루어지는 게 제일 좋습니다.

① 학습 분위기입니다. 대부분의 아이들은 학습 태도가 좋아서 다른 아이들에게 피해를 주지 않는다고 생각합니다. 혹, 학습 분위기는 해치는 아이들이 있으면 지속적인 교육을 해 주시기 바랍니다. 그래도 고쳐지지 않으면 꼭 학부모와 상담을 하시기 바랍니다. 필요하면 교장, 교감도 동석하겠습니다. ② 알맞은 속도로 걷는 것입니다. 복도, 계단, 급식실 등에서 뛰는 아이들이 제법 있습니다. 서로 달리다가 사각지대에서 큰 사고가 날 수도 있습니다. 뛰어야

할 때와 장소를 구분할 수 있도록 해 주시기 바랍니다. ③ 바른 자세로 걷는 것입니다. 아침에 교문에서 보면 주머니에 손을 넣고, 고개를 푹 숙이고 걷는 아이들이 제법 많습니다. 자신감의 문제도 있고 넘어지면 부상의 위험도 많습니다. 특히, 겨울철에는 더 위험합니다. ④ 알맞은 목소리로 말하는 것입니다. 때와 장소 및 상황에 따라서 목소리의 크기가 달라지는 것은 당연합니다.

이 네 가지는 어느 학반이나 학년만의 문제가 아닙니다. 모두가 함께 해 주셔야 가능한 일입니다. 우리 교동의 모든 아이는 우리 모두의 아이입니다.

이 세상에 아이들이 없다면

학교의 존재 가치는 아이들이 있기 때문입니다. 학교에서 이루어지는 모든 활동은 교육입니다. 교육은 하루아침에 이루어지지 않습니다. 다음은 지난 번 안내드린 내용입니다.

① 학습 분위기입니다.
② 알맞은 속도로 걷는 것입니다.
③ 바른 자세로 걷는 것입니다.
④ 알맞은 목소리로 말하는 것입니다.

우리 아이들에게는 시간이 필요합니다. 할 수 있을 때까지 기다림이 필요합니다. 그 기다림과 함께 류시화의 '소금'과 같은 역할이 필요합니다. 할 수 있도록 도와주어야 합니다. 용기와 자신감을 가지도록 도와주어야 합니다. 우리 아이들도 할 수 있습니다. 우리는 매일 하늘에서 내려오는 하느님을 만나고 있습니다. 우리 아이들은 미끄럼틀을 타고 내려오기도 합니다. 2층에서 1층으로 내려오기도 합니다. 현관문을 나서기도 합니다. 우리 대구교동교육가족의 핵심인 아이들은 바로 하느님입니다.

🧑 스승의 기도

교육과정-수업-평가-기록의 일체화를 위한 '미래를 배우며 함께 성장하는 교동 꿈자람 과정 카드'입니다. 우리 대구교동의 모든 교육활동이 녹아드는 보물입니다. 우리 아이들의 '나의 배움 다짐'을 기록하는 곳도 있습니다. 선생님의 수업철학이 있듯이, 우리 아이들도 배움의 마음가짐을 생각하고 기록하는 것도 의미가 클 것입니다. 교육과정의 모든 성취기준이 들어 있습니다. 우리 아이들이 꿈이 자라서 영그는 곳이기를 기대합니다. 그 동안의 노고에 진심으로 감사를 드립니다.

우리 선생님들이 아이들을 사랑하는 그 이상으로 우리 아이들이 세상을 사랑하는 사람으로 성장할 것입니다. 오늘도 스승의 기도와 같이 사랑으로 교육활동에 전념하시는 대구교동교육가족 모든 분들께 감사를 드립니다. 이제 보물을 잘 가꾸는 일만 남았습니다. 그 보물을 잘 가꾸는 일은 우리 대구교동교육가족 모두의 몫이자 책임이자 의무이자 숙명이자 운명입니다.

🧑 선생님의 노래

'대구교동교육-9-스승의 기도'에서 '교육과정-수업-평가-기록의 일체화'를 위한 '미래를 배우며 함께 성장하는 교동 꿈자람 과정 카드'를 안내 드렸습니다. 아이들과 선생님의 보물입니다. 우리 대구교동교육가족 모든 분들께 부탁 겸 당부를 드립니다.

수업 시간에는 수업 이외의 다른 일은 절대로 하시면 안 됩니다. 한 번 지나간 수업 시간은 되돌아오지 않습니다. 다른 일은 조금 늦어도 괜찮습니다.

살아가면서 누군가에게 신뢰를 얻기는 무척이나 어렵습니다. 하지만 신뢰를 잃는 것은 한 순간입니다. 신뢰를 얻는 것도, 신뢰를 잃는 것도 다 우리의 몫입니다. 우리가 하기 나름입니다. 우리의 수업권과 교권은 우리 스스로 지켜야 합니다. 수업권을 침해하거나 교권을 침해하는 외부의 어떠한 시도도 용납하지 않겠습니다.

우리 대구교동교육가족 모두가 교-수-평-기의 일체화를 위해서 힘을 모아 주실 것을 다시 한 번 당부를 드립니다. 교-수-평-기에서 수업은 바로 현상(現象)입니다. 교육과정이 빙산의 보이지 않는 부분이라면, 수업은 빙산의 보이는 부분입니다. 신뢰를 얻고 잃는 것 모두가 수업에서 시작해서 수업에서 끝이 납니다.

😊 사랑의 크기

　우리 대구교동교육가족의 사랑은 현재 진행형입니다. 아직은 사랑의 크기를 확인할 필요는 없을 것 같습니다. 우리 아이들이 할 때까지, 될 때까지의 전까지는 "사랑합니다(사랑해요)"만 해도 좋을 것 같습니다. 우리 아이들이 할 때, 될 때에 "사랑했습니다(사랑했어요)"라고 사랑의 크기를 확인해도 늦지 않을 것입니다. 사랑은 그 크기와 상관없이 그 무엇보다도 값지고 소중한 것입니다.

　수업을 하시는 모든 선생님, 정말로 노고가 많으십니다. 우리의 보물인 '미래를 배우며 함께 성장하는 교동 꿈자람 과정 카드'를 중심으로 수업에 지극정성을 다해 주실 것을 당부 드립니다. 모든 교육가족께서도 수업에 전념할 수 있도록 적극 도와주시기 바랍니다. 함께 하면 오래할 수 있고 멀리 갈 수 있습니다. 모두가 함께 하면 추억이 되고 역사가 됩니다.

　우리 대구교동교육가족 중에는 힘든 아이들이 있습니다. 우리 대구교동교육가족의 교육적인 지도가 필요합니다. 그 뒤에는 함께(담임교사, 학부모, 교감, 교장 등) 그 힘든 상황을 극복할 수 있도록 하겠습니다. 오늘까지 두 번의 상담이 있었는데, 다 공감대가 형성되었습니다. 문제의 원인을 찾고 함께 힘든 상황을 극복하자고 다짐했습니다. 대구교동교육가족 모두가 함께 해야 할 일입니다.

🧑 아이들의 웃음

아이들의 웃음이 넘쳐나는 하루입니다. 우리 대구교동교육가족 모두가 즐거운 하루입니다. 앞으로의 모든 날들이 오늘처럼 아이들의 웃음이 넘쳐나기를 소망합니다. 그러기 위해서는 우리 대구교동교육가족 모두의 힘이 필요합니다. 저도 늘 함께 하며 수고로움을 마다하지 않겠습니다.

우리 아이들이 조금씩 변하고 있다는 것을 느끼시는지요? 가장 큰 변화는 "사랑합니다"라는 인사가 아닐까요? 어제 아침에 교회 쪽 가까이서 빗자루질을 하고 있는데 뒤에서 "사랑합니다"라는 소리가 들렸습니다. 몸을 돌려 출입구 쪽을 보니 혼자 등교하는 남자 아이가 두 손을 머리 위에 대고 "사랑합니다"를 외치고 있었습니다. 20미터 이상 떨어진 거리였습니다. 우리 아이들이 '할 때까지', '될 때까지' 동행해 주시기 바랍니다.

수업을 하시는 모든 선생님, 정말로 노고가 많으십니다. 우리의 보물인 '미래를 배우며 함께 성장하는 교동 꿈자람 과정 카드'를 중심으로 수업에 지극정성을 다해 주실 것을 당부 드립니다. 모든 교육가족께서도 수업에 전념할 수 있도록 적극 도와주시기 바랍니다. 우리 아이들과 선생님들이 늘 손과 눈에서 교동 꿈자람 과정 카드가 함께 하길 소망합니다. 수업이 바뀌면 아이들이 바뀝니다. 수업이 바뀌며 학교가 바뀝니다. 우리는 해야 하고, 할 수 있습니다.

🧑 어버이날

가정의 달 오월입니다.

5.1(수)은 근로자의 날입니다.
5.8(수)은 어버이날입니다. 오늘입니다.
5.11(토)은 동학농민혁명 기념일입니다.
5.12.(일)은 부처님 오신 날입니다.
5.15(수)은 스승의 날이자 가정의 날입니다.
5.18(토)은 5.18민주화운동 기념일입니다.
5.20(월)은 성년의 날이자 세계인의 날입니다.
5.21(화)은 부부의 날입니다.
5.25.(토)은 방재의 날입니다.
5.31(금)은 바다의 날입니다.

기념일이 아니더라도 어느 날이나 다 의미가 있는 날입니다.
대구교동교육가족 모두가 그 자리에서 행복하시길 기원합니다.
대구교동교육가족 모두가 모든 날이 행복하시길 기원합니다.

🧑 눈맞춤 1

아이들과의 첫 번째 수업 만남을 마쳤습니다. 창의적체험활동 시간을 할애해 주신 담임 선생님들께 감사를 드립니다. 4.1.(월) 6학년, 4.10.(화) 5학년, 4.16.(화) 4학년, 4.24.(수) 3학년, 5.2.(목) 2학년, 5.7.(화) 1학년 차례로 아이들과 만났습니다. 한 시간(40분)의 짧은 만남이었지만, 많은 생각을 한 시간이었습니다. 먼저, 우리 선생님들의 노고가 무척이나 많을 것이란 생각이 들었습니다. 잘 하는 아이들도 많았습니다. 만남이 힘든 아이들도 가끔 있었습니다. 이런 아이, 저런 아이 모두가 우리 대구교동교육가족입니다. 그리고 우리 아이들도 잘 할 수 있다는 희망을 보았습니다. 우리 아이들도 잘 할 수 있고, 잘 해야 합니다.

시작할 때 아이들과 눈을 맞추어 보았습니다. 산만하다 싶을 때마다 눈맞춤을 했습니다. 마칠 때도 눈맞춤을 했습니다. "사랑합니다"는 자동으로 따라왔습니다. 수업은 관계입니다. 관계는 눈맞춤으로 시작해서 눈맞춤으로 끝이 납니다. 수업의 시작은 눈맞춤이고 수업의 마무리도 눈맞춤입니다. 40분의 수업 시간에 많은 눈맞춤이 있습니다. 선생님과 아이, 아이와 아이의 눈맞춤입니다. 텔레비전과 눈맞춤은 최소화해야 합니다. 사람과 사람의 눈맞춤만이 상호작용이 일어납니다. 우리 대구교동교육가족의 수업에서 사랑의 눈맞춤이 충만하기를 소망합니다. 대구교동교육가족의 눈맞춤은 사랑입니다.

🧑 역지사지 1

세상에서 가장 받고 싶은 상은 2016년 전북교육청의 〈너도나도 글쓰기 공모전〉에서 최우수상을 받은 전북 부안군 우덕초등학교 6학년 이슬 학생의 동시입니다. 담임 선생님은 '상'을 고민하는 이슬 학생에게 상은 '밥상', '얼굴', '상장', 등 여러 가지 뜻이 있다는 한 마디만 해주었다고 합니다. 동시의 내용에서 유추할 수 있듯이 아이의 엄마는 투병 끝에 돌아가셨습니다. 담임 선생님은 아이의 환경을 정확하게 파악하고, 아이의 입장에서 꼭 필요한 도움을 준 것입니다. 바로 상대방의 입장이 되어보는 역지사지(易地思之)입니다. 최근에는 전남 여수 여도초등학교 조승필 선생님이 곡을 붙여서 노래로도 널리 알려지게 되었습니다. 우리 대구교동교육가족은 가장 받고 싶은 상이 무엇일지 궁금합니다.

수업도 이슬 학생의 담임 선생님의 말씀과 다르지 않습니다. 선생님이 모든 것을 다 가르쳐 주는 시대는 지났습니다. 그 예전부터 "물고기를 잡아 주지 말고 물고기 잡는 법을 가르쳐라."는 탈무드의 내용은 누구나 잘 아는 내용입니다. 한 마디만 해도 잘 할 수 있는 아이가 있습니다. 하나부터 열까지 자세하게 가르쳐야 하는 아이도 있습니다. 자세하게 가르쳐도 힘들고 또 힘든 아이도 있습니다. 그렇기 때문에 필요한 가르침을 위해서는 아이 한 명 한 명을 정확하게 알고 있어야 합니다. 가르치는 것의 절반은 아이들을 이해하는 것입니다.

2019학년도 대구교동초등학교의 교원능력개발평가의 교수·학습

안에 학생 좌석표와 학생 이해 자료가 전체의 절반인 한 쪽이나 차지하는 이유도 바로 역지사지입니다. 우리 선생님들의 수업에 역지사지의 사랑이 담기면 좋겠습니다. 칭찬은 고래도 춤추게 한다고 합니다. 따뜻한 사랑이 담긴 칭찬을 아끼지 않는 용기가 필요합니다. 간혹, 쓴소리를 할 수 있는 용기도 더하면 좋겠습니다. 칭찬과 쓴소리의 밀당도 역지사지의 마음이면 매우 좋은 수업이 될 것입니다.

🧑 역지사지 2

누구나 살아가면서 이런저런 핑계를 댈 일이 있습니다. 핑계에 대한 속담도 26가지 정도 된다고 합니다. "핑계 없는 무덤 없다.", "여든에 죽어도 핑계에 죽는다.", "門神[31] 거꾸로 붙이고 환장이 나무란다.", "서투른 무당이 장고만 나무란다." 등이 있습니다. 핑계는 자칫 거짓말이 될 수가 있습니다. 핑계를 대는 일이 자꾸 반복이 되다보면 버릇이 되고 습관이 됩니다. 핑계를 대는 당사자가 상대방의 입장이 되어서 생각하면 핑계를 대지 않겠지요.

우리 교동의 아이들도 누구나 핑계를 댈 수 있습니다. 너무나 당연한 것인지도 모릅니다. 우리 교동의 아이들이 어쩌다 핑계를 댈 수도 있습니다. 그런 경우라면 우리 선생님들은 그 아이의 입장을 생각해서 공감과 위로의 말을 전할 수도 있습니다. 하지만 그 핑계가 자꾸 반복되어서는 곤란합니다. 어떤 일이나 자꾸 반복되면 일상이 되기도 합니다. 이런 경우라면 우리 선생님들은 어떻게 하시겠습니까? 최종 판단은 우리 선생님들의 몫입니다. 역지사지의 순간입니다. 이런 과정도 모두 기록이 되면 좋겠습니다. 흔히 말하는 '적·자·생·존'입니다. 일상의 기록이 모이면 자료가 되고 역사가 됩니다.

---

31) 국립국어원 표준국어대사전: 정월 초하룻날에 악귀를 쫓는 뜻으로 대문에 붙이는 신장(神將)의 그림.

🧑 스승의 길

김영호는 경북 김천시 아포읍 대신초등학교(2015.2.28.폐교)를 다녔습니다. 다정다감하신 선생님, 가끔은 엄격하신 선생님의 지도 덕분에 즐겁고 행복한 시절이었습니다. 오늘의 김영호가 있도록 해 주신 고마운 분들입니다. 첫 번째 사진은 6학년 때입니다. 조금은 가난했지만 힘들다는 생각은 들지 않았습니다. 두 번째 사진은 2015.8.20.에 찍은 것입니다. 인적이 끊긴 학교 운동장은 잡초세상입니다. 세 번째 사진은 40여 년 뒤인 2013.8.23.에 대구매곡초등학교 4학년 4반 수업을 하면서 찍은 사진입니다.

스승의 날입니다. 우리 스스로 긍지와 자부심을 가져도 좋은 날입니다. 수업을 하시는 분들은 수업의 전문성이 우리를 당당하게 합니다. 다른 일을 하시는 분들은 자신의 일에 전문성을 발휘하는 것이 자존심을 지키는 길입니다. 어쩌면 대구교동교육가족 모두는 서로서로에게 스승일 것입니다. 함께 스승의 길을 가는 대구교동교육가족 모든 분들께 감사와 존경과 사랑의 마음을 담아 드립니다. 나(우리)는 왜, 어떤 스승의 길을 가고 있습니까?

🧑 사랑 1

프란치스코 교황님은 2014년 8월 14일부터 8월 18일까지 우리나라를 다녀가셨습니다. 위의 사진은 2014년 8월 16일 충청북도 음성군 꽃동네를 방문한 것입니다. 대구교동교육가족도 잘 알고 계시는 장소이지요. 사진 잘 보시지요. 교황님이 무엇을 하고 계신가요? 첫 번째 사진은 교황님의 손가락을 어린아이에게 빨리고 있습니다. 두 번째 사진은 손가락을 빠는 아이의 손목을 잡고 손가락을 빼고 있습니다. 시간상의 순서는 두 번째 사진, 첫 번째 사진순입니다. 모두가 행복한 모습입니다. 바로 교황님의 맞춤형 사랑의 힘입니다.

우리 대구교동의 아이들도 선생님의 사랑이 필요합니다. 어떤 아이는 선생님의 엄지손가락이 필요합니다. 어떤 아이는 새끼손가락이 필요합니다. 어떤 아이는 오른손 전체가 필요합니다. 선생님의 두 팔로 보듬어야 할 아이도 있습니다. 어떤 아이는 "응" 또는 "잘했어요" 말 한 마디만 해도 됩니다. 우리 아이들이 어떤 사랑이 필요한지 잘 살펴보시기 바랍니다. 한 명 한 명의 아이가 어떤 사랑에 목말라하는지 말입니다. 그리고 아이아이마다 교황님 같은 선생님의 맞춤형 사랑이 충만하기를 소망합니다.

🧑 용기 1

"용기와 두려움은 한 이불을 덮고 잔다."

용기와 두려움은 늘 동행하고 있습니다. 용기와 두려움의 합이 100이라고 가정합니다. 용기가 90이면 두려움은 10입니다. 두려움이 80이면 용기는 20입니다. 용기가 40이면 두려움은 60입니다. 사람이면 누구나 경험합니다. 지금 이 시각에도 이런 일들이 일어나고 습니다. 대구교동교육가족의 용기지수는 얼마인가요? 우리 아이들의 용기지수는 얼마나 될까요?

선생님 반 아이들 중에 학교에 오는 것이 두려운 아이가 있다면 어떻게 하시겠습니까? 먼저 왜 학교에 오기 싫어하는지 정확하게 알아야겠지요. 어머니와 떨어지는 것이 두려움 아이들이 있습니다. 아이나 어른이나 분리불안을 겪는 사람들이 의외로 많다고 합니다. 우리 아이들이 교문을 들어서는 것은 더한 두려움일 수도 있습니다. 특히, 1학년에는 이런 아이들이 있습니다. 이런 아이들에게는 공부하라고 다그치기 전에 학교 오는 것에 대한 두려움을 떨치고 용기를 가지도록 도와 주서야 하겠지요.

수업, 수업에 대한 두려움이 있는 선생님이 있다면 어떻게 하셔야 합니까? 이 역시 왜 두려움이 있는지 그 이유를 먼저 알아야 합니다. 그런 다음에 선생님이 수업에 대한 두려움을 떨치고 용기를 가지고 수업을 할 수 있도록 도와주서야 합니다. 그러면 누가 도와주어야 할까요? 그것은 동학년의 동료 선생님이 될 수도 있고, 선배 선생님이 될 수도 있습니다. 교장이나 교감 선생님도 당연히 하서야 할 일이겠지요.

우리 대구교동교육가족의 가슴과 가슴에 용기가 가득하시길 기원합니다. 그 용기가 우리 아이들 가슴과 가슴에 전해지길 소망합니다. 그 소망의 결과로 시나브로 우리 아이들도 두려움 보다는 가슴 가득 용기 충만한 행복한 생활이 될 것입니다. 이제 우리 모두 용기백배할 일만 남았습니다.

하지만 너무 용기백배하는 것보다는 약간의 두려움은 가지고 있는 게 좋은 것이라는 생각도 합니다. 너무 용기백배하다 보면 용기가 아닌 만용이 될 수도 있습니다. 약간의 두려움 때문에 좀 더 준비하고, 생각하고, 고민하고, 배려하는 삶을 살 수도 있기 때문입니다. 그런 과정과 과정이 행복이라는 생각도 합니다. 우리 대구교동교육가족의 용기와 두려움의 비율은 어느 정도입니까?

🧑 용기 2

"너의 이름은 무엇이니? 너의 이야기를 해 주렴"

우리 아이들의 이야기를 잘 들어주시면 좋겠습니다. 처음부터 잘 되지는 않을 것입니다. 아이들끼리 먼저 이야기를 주고받는 것이 좋겠지요. 바로 협력학습의 시작입니다. 협력학습의 시작은 눈맞춤으로 시작하는 이야기입니다. 아이들의 이야기, 선생님의 이야기이면 더 좋겠습니다. 바로 우리의 일상이기 때문입니다. 학습보조사이트가 아니라 우리의 일상이 수업의 주인공이기 때문입니다.

아무리 잘 하려고 해도 잘 되지 않는 것은 일찍 포기하는 것도 용기입니다. 살아가면서 이런 일들이 많습니다. 하지만 생각만큼 잘 되지 않아도 절대로 포기해서는 안 될 일도 있습니다. 아무리 어렵고 힘들어도 절대로 포기해서는 안 되는 게 있습니다. 절대로 포기해서는 안 되는 것을 포기하지 않는 것도 용기입니다. 그것은 바로 교육입니다. 우리 대구교동교육입니다. 우리 대구교동교육가족이 존재 이유입니다.

아프리카 속담에 "한 아이를 키우는 데 온 마을이 필요하다"고 합니다. 교육의 중요성이자 그만큼 힘들다는 뜻입니다. 우리 아이들도 그렇습니다. 우리 대구교동가족 모두의 힘이 필요합니다. 함께 해야 합니다. 함께 이야기를 나누면서 원인을 찾고 나아길 길을 나누어야 합니다. 선생님, 힘이 드는 아이와 많은 이야기를 나누어 주세요. 가끔 아이의 손을 잡고 교장실도 방문해 주세요. 함께 하겠습니다. 필요하면 학부모와 함께 이야기도 나누겠습니다. 우리 대구교동의 한 아이를 키우는 데 우리 모두가 나서야합니다. 교장이 주저하지 않겠습니다. 교장이 망설이지 않겠습니다. 교장이 함께 하겠습니다.

학부모와 상담을 할 때는 사실과 의견을 구분하면 좋겠습니다. 전화나 문자로는 사실 관계만 나누세요. 직접 면담을 할 때는 충분한 준비를 하고 칭찬부터 해 주세요. 특히 아이 개인의 꿈자람 카드, 관련 자료 및 누가 기록을 활용하세요. 잘 하는 것부터 이야기를 시작하세요. 칭찬을 들어서 싫어할 사람은 없습니다. 우리 대구교동교육은 아이를 아이답게 키우지 어른답게 키우지 않습니다. 아이답다는 것은 아이 마음대로 언행을 하는 것을 의미하지는 않습니다. 자기 언행에 책임을 지며, 다른 사람을 배려하고 존중하는 게 기본이자 기초입니다. 만나고 이야기를 나누면 해결할수 있습니다. 오늘도 용기백배하시기 바랍니다.

🧑 로마는 하루아침에

무엇이나 하루아침에 되는 것은 잘 없습니다.
특히, 교육이 그렇습니다.
우리 대구교동교육도 마찬가지입니다.
우리 대구교동교육은 하루아침에 이루어지지 않습니다.
우리 교동의 아이들이 될 때까지, 할 때까지, 할 수 있을 때까지 동행해야 합니다.
우리 대구교동교육가족 모두의 몫입니다.

○ [교동 꿈자랑 과정 카드]는 우리의 자존심입니다.
 - 교수평기 일체화
 - 수업의 변신은 무죄
 - 학부모 상담 활용

○ 기초와 기본 그리고 원칙이 우선입니다.
 - 기초·기본 학력 정착
 - 학교규칙, 생활규정
 - 지속·인내·사랑

교장 선생님이 수업을 한다고

○ 한 아이도 소중하고, 다른 모든 아이도 똑같이 소중합니다.
 - 지속·지극정성
 - 교장실
 - 학부모 상담(꿈자람, 누가기록, 녹음)

○ 사랑한다고 이름을 불러주면 꽃이 됩니다.
 - 눈맞춤
 - 이름

※ 사랑은 없어지는 게 아니라 자리를 옮길 뿐이다

눈맞춤 2

어제(2019.6.3.)는 6학년 아이들과 두 번째 수업 나눔을 했습니다. 첫 번째의 수업의 주제는 '용기'였습니다. 어제 두 번째 수업의 주제는 행복이었습니다. 우리 학교의 최고 학년답게 수업 나눔에 즐겁게 참여해 주었습니다. 2019.4.1. 첫 번째 수업 나눔을 할 때보다 많이 성장하고 성숙해 있었습니다. 다 선생님들 가르침 덕분입니다. 이게 대구교동교육입니다.

6학년 아이들과 여러 번 눈맞춤을 했습니다. 시작하는 인사 "사랑합니다", 중간중간 집중할 필요가 있을 때도 "교장 선생님 눈" 하면서 눈맞춤을 했습니다. 제게 질문하고 싶은 것을 소리 내지 않고 입모양으로만 표시를 할 때도 눈맞춤을 했습니다. 눈맞춤은 가장 좋은 집중 방법이자 학습자료입니다. 많은 눈맞춤을 위해서는 아이들이 텔레비전과 눈을 맞추는 것은 꼭 필요한 때만 해야 합니다. 눈맞춤은 상호작용입니다. 눈맞춤은 습관입니다. 눈맞춤은 사랑입니다. 아이들 한 명 한 명에게 눈맞춤을 해 주시길 당부 드립니다. 눈맞춤은 아무리 해도 지나치지 않습니다. 우리 교동교육가족 모두가 사랑을 담은 눈맞춤을 하시길 소망합니다.

👤 눈맞춤 3

눈맞춤은 사랑입니다.
눈맞춤은 상호작용입니다.
눈맞춤은 의사사통입니다.
눈맞춤은 습관입니다.
눈맞춤은 수업의 시작입니다.
눈맞춤은 선생님이 가진 최고의 학습자료입니다.
눈맞춤은 선생님이 가진 최고의 집중방법입니다.
눈맞춤은 수업의 과정입니다.
눈맞춤은 수업의 끝입니다.
눈맞춤은 '교동 꿈자람 카드'입니다.
눈맞춤은 우리 대구교동교육가족의 '사랑합니다'입니다.

우리 대구교동교육가족 한 분 한 분에게 눈맞춤은

🧑 사랑 2

저는 가슴에 사랑(♡) 표시를 붙이고 다닙니다. 재킷의 왼쪽 옷깃에 붙이다가 가슴 쪽에 붙이기도 합니다. 양쪽에 동시에 붙이기도 합니다. 등에도 붙입니다. 크기와 색상도 조금씩 바꿉니다. 조금 삐뚤게도 붙여 봅니다. 아이들은 그 작은 변화도 찾아냅니다. 그만큼 관심이 많다는 증거입니다. 제가 먼저 "사랑합니다"라고 하지 않아도 아이들이 먼저 인사를 합니다. 교육이라는 힘을 생각합니다.

대구교대 4학년 수업실습 교생들에게 특강을 2번 했습니다. 사랑(♡) 표시를 그대로 붙이고 갔습니다. 사랑(♡) 표시를 처음 보는 교장 선생님은 잘못 붙인 것인 줄 알고 손이 먼저 옵니다. 교생들과의 첫인사도 우리 아이들에게 하는 것과 똑같이 했습니다. 조금은 색다른 방법에 처음에는 부끄러워합니다. 하지만 이내 익숙해집니다. 마침 인사는 자연스럽게 사랑합니다로 마무리가 됩니다.

사랑은 관심의 상호작용입니다. 수업도 마찬가지입니다. 수업은 사랑의 상호작용입니다. 선생님은 아이들을 존중하고 배려하는 사랑입니다. 아이들은 선생님을 존경하고 경외(敬畏)하는 사랑입니다. 아이들끼리는 협력과 나눔의 사랑입니다. 우리 대구교동교육가족의 수업에 사랑이 충만하길 소망합니다.

🧑 함께 가는

　대구교동교육가족은 함께 가는 길의 동반자입니다. 함께 가는 길은 함께 생각을 나누고 힘을 모아야 합니다. 잘 하는 것은 더 잘 할 수 있도록 합니다. 부족하고 힘든 것은 잘 할 수 있도록 힘을 보태주는 인지상정이 필요합니다. 혼자라고 혼자가 아닙니다. 그 혼자가 모여서 우리가 됩니다. 우리는 함께 가는 대구교동교육가족입니다.

　교동 꿈자람 카드는 우리의 자존심입니다. 자존심에 어울리는 교-수-평-기의 일체화가 이루어져야 합니다. 과정중심의 평가는 학생배움중심 수업이 되어야 합니다. 과정이 잘 나타나는 학습방법이 필요합니다. 그 시작과 끝은 눈맞춤입니다. 선생님과 아이의 눈맞춤입니다. 함께 수업을 참관하고 수업에 대한 생각을 나누는 방법은 무엇일지 함께 진지하게 고민해 보아야겠습니다.

　기초·기본은 될 때까지 해야 합니다. 수업시간에는 꿈자람 카드를 활용해서 기초와 기본교육이 확실하게 이루어져야 합니다. 때를 놓치면 몇 배의 힘이 듭니다. 생활교육도 다르지 않습니다. 기본적인 생활교육은 학반의 수업에서 이루어져야 합니다. 학교 안에서는 내 반 네 반 가려서는 생활교육이 어렵습니다. 함께 해야 합니다. 지극정성의 교육적인 지도로도 어려우면 학부모와 생각을 나누어야 합니다. 그 생각을 나누는 자리에 교장과 교감도 함께 하겠습니다.

🧑 칭찬 1

2019.6.19.(수)에 4학년 창체수업을 했습니다. 우리 아이들은 4.16.(화)의 첫 수업 때보다 매우 발전된 모습을 보여주었습니다. 수업 태도, 모둠별 협의 등등, 이 모든 것인 우리 선생님들의 교육 덕분입니다. 수업의 핵심은 '칭찬'이었습니다.

조금은, 어쩌면 매우 힘든 아이(A)에게 갔습니다. 자리에서 일어나게 하고, 제가 아이의 어깨를 잡고 섰습니다. 다른 아이들은 A와 눈을 맞추게 했습니다. 그리고 A가 잘 하는 점을 찾게 했습니다. 여섯 가지 이상의 칭찬이 나왔습니다. A가 기분이 좋아진 것은 당연지사입니다. 그리고는 A가 고쳤으면 하는 점도 생각하게 했습니다. 그리고는 그 내용을 모두 함께 입모양만으로 A에게 전달을 했습니다. A에게 친구들이 전해준 내용을 말하게 했습니다. 한두 가지는 말을 했습니다. 다음에는 고쳐야 할 점을 한 가지만 입모양으로만 말하게 할 작정입니다. 용기와 두려움이 양면성이 있듯이 우리 아이들의 언행에도 그렇습니다. 예를 들어서 목소리가 큰 것은 상황에 따라서 장점이 될 수도 단점이 될 수도 있습니다.

교실을 들어서는 아이에게 칭찬 한 마디 해 주십시오. 조금 나무랄 일 있을 때도 잘 하는 점 먼저 몇 가지 말하고, 고칠 점 이야기해 주십시오. 칭찬은 배신하지 않습니다. 우리 대구교동교육가족 모두가 늘 칭찬이 충만한 날이길 소망합니다.

🧑 함께

이육사 고향의 칠월은 청포도가 익어간다고 합니다. 우리 대구 교동교육의 7월은 무엇이 익어갈까요? 아이들 한 명 한 명에게는 어떤 결실이 있을까요? 아이들 한 명 한 명의 '교동 꿈자람 과정 카드'에는 어떤 열매가 맺혔습니까? 선생님들에게는 그 꿈자람 카드가 어떤 의미인가요? 교직원 한 분 한 분에게는 어떤 것이 결실이 기다리고 있는지요? 우리 대구교동교육가족에게는 어떤 열매가 맺는지 궁금합니다. 우리의 칠월은 그 결실의 중간 점검을 함께 하는 달이기도 합니다.

청포도 한 송이에는 수많은 포도 알맹이가 함께 익어갑니다. 같은 한 송이의 같은 알이지만, 조금씩 크기와 모양과 익어가는 게 다릅니다. 농부의 손길 정도, 햇볕의 정도 등에 따라서 달라집니다. 우리 교동의 아이들도 그렇습니다. 선생님의 눈빛만으로도 잘 하는 아이도 있습니다. 선생님이 애간장을 태우는 힘든 아이도 있습니다. 모두 함께 가야 할 아이들입니다. 이런 과정이 나타나는 것이 '교동 꿈자람 과정 카드'입니다. 함께 만들어가야 할 일입니다.

다음 주(2019.7.9.(화)~7.11.(목))에는 2015.10.30.~2019.6.30.까지의 종합감사(학교운영전반)가 있습니다. 우리 대구교동교육이 어떠했는지 되돌아보는 일이기도 합니다. 준비를 해 주신 분들께 감사를 드립니다. 마지막으로 확인을 부탁드립니다. 잘 한 것은 칭찬을 받고 부족한 것은 도움을 받는다는 감사라고 생각하면 됩니다. 이 또한 대구교동교육가족이 함께 해야 할 일입니다.

저는 교장이 해야 할 일은 있지만, 하지 않아야 될 일은 없다고 생각합니다. 교장이 수업을 하지 않아도 교육과정에 아무런 문제는 없습니다. 교장이 운동장을 고르지 않아도 아이들이 크게 불편하지는 않습니다. 교장이 수목 전지를 하지 않아도 나무가 죽지는 않습니다. 교장이 교문에서 아이들을 아침맞이 하지 않아도 해가 서쪽에서 뜨지는 않습니다. 우리 대구교동교육가족의 저마다의 역할이 있습니다. 기본은 자신의 역할에 충실한 것입니다. 그런 다음에는 함께 생각하고 실천해야 합니다. 세상일은 두부 자르듯이 자를 수 없는 것도 있습니다. 함께 해야 할 일이 많습니다. 힘들 때는 함께 힘들고, 편할 때도 함께 편한 것이 가족입니다. 흔히 말하는 생사고락을 함께하는 것이 진정한 가족입니다. 우리 대구교동교육가족은 함께여야 합니다.

🧑 관계 1

2019.7.4.(수)에 대구현풍초등학교 6학년 2반 정현숙 선생님의 수업을 참관했습니다. 정현숙 선생님은 2018년 대구죽전초등학교 6학년 담임을 하면서 수업발표대회 국어과 1등급에 입상을 해서 올해는 국어과 수업우수교사입니다. 2018년 12월 21일 대구죽전초등학교에서 '나의 수업친구는 누구인가?' 주제로 필자가 한 시간 수업을 하고, 정현숙 선생님이 사례발표를 하는 워크숍도 했었습니다.

이날 수업은 수업우수교사 교내공개수업이었습니다. 정현숙 선생님은 교직경력이 24,5년 정도 되었습니다. 국어 수업 시간을 짧게 요약하면 다음과 같습니다. 아이들은 배움의 열정으로 어떻게 하면 담임 선생님을 도울 수 있을까 하는 수업입니다. 선생님은 아이 한 명 한 명에게 무한한 사랑의 눈빛을 보내는 수업이었습니다.

협의 시간에 선생님은 매우 겸손하셨습니다. "특별한 수업 기술이 있는 것도 아니고, 수업을 매끄럽게 진행하는 것도 아니지만, 그 이전에 아이들과의 관계는 자신이 있습니다."라고 말씀하셨습니다. 수업뿐만 아니라 살아가면서 가장 중요한 것을 잘 실천하고 계셨습니다. 관계는 사랑입니다.

믿음과 기다림

2019.4.1.(월) 6학년을 시작으로 2019.7.5.(금) 2학년을 마지막으로 2번의 수업을 마쳤습니다. 교육과정 시간을 배정해 주신 선생님들께 감사를 드립니다. 용기와 두려움, 행복, 칭찬 등의 내용으로 수업을 했습니다. 2학기에는 좀 더 아이들과 소통하고 공감할 수 있는 내용을 수업을 할 수 있도록 준비하겠습니다.

전학반 2번의 수업을 마치고 생각을 정리해 보았습니다. 하나는 우리 아이들이 잘 하는 것이 많다는 것입니다. 다른 하나는 믿고 기다려주는 것이 필요하다는 것입니다. 우리 아이들 솔직합니다. 순진하고 순수한 아이도 많습니다. 감정을 숨기지도 않습니다. 세상살이 하는 데 많은 도움이 될 것들입니다. 그리고 믿고 기다려

주어야 하는 아이도 있습니다.

믿는다는 것은 기다려준다는 것입니다. 기다려준다는 것은 믿는다는 것입니다. 믿으면서 기다리는 중에 자세히 볼 시간도 있습니다. 알지 못하던 것을 알 수도 있습니다. 처음의 관계서 조금 변화가 생기겠지요. 시인이 말한 이웃이 되기도 하고, 친구가 되기가 하고, 연인이 되기도 할 것입니다. 이런 것을 사랑이라고 해도 무방할 것입니다.

"농작물은 농부의 발자국 소리를 듣고 자란다"고 합니다. 농부의 발자국 소리는 바로 손길입니다. 그 손길은 사랑이고 정성입니다. '중용 23장 치곡'편에 지극한 정성 즉, 지극정성이라는 말이 나옵니다. 세상의 어떤 일이나 지극정성이면 좋은 결실을 맺을 수 있습니다. 우리 선생님들의 지극정성은 농부의 발자국 소리와 같습니다. 우리 아이들은 그저 어른으로 성장하는 것이 아닙니다. 선생님들의 지극정성 수업으로 시나브로 어른이 되어 갑니다.

'미래를 배우며 함께 성장하는 교동 꿈자람 과정 카드'는 우리 대구교동교육의 보물입니다. 아이 한 명 한 명의 꿈이 영글어가는 보물창고입니다. 지금 그 보물창고에 보물이 가득차지 않아도 걱정할 것 없습니다. 우리에게는 어제와 오늘의 보물도 있었지만, 내일이라는 보물도 기다리고 있습니다. 어제와 오늘까지 지극정성을 다해도 꿈자람이 조금 더딜 수도 있습니다. 하지만 그런 지극정성을 계속하면 내일은 달라질 것입니다. 그것은 믿음과 기다림의 보물입니다.

🧑 보물

"농작물은 농부의 발자국 소리를 듣고 자란다"고 합니다. 농부의 발자국 소리는 바로 손길입니다. 그 손길은 사랑이고 정성입니다. '중용 23장 치곡'편에 지극한 정성 즉, 지극정성이라는 말이 나옵니다. 세상의 어떤 일이나 지극정성이면 좋은 결실을 맺을 수 있습니다.

우리 대구교동교육가족의 지극정성은 농부의 발자국 소리와 같습니다. 우리 아이들은 그저 어른으로 성장하는 것이 아닙니다. 대구교동교육가족의 지극정성으로 우리 교동의 아이들은 시나브로 어른이 되어 갑니다.

'미래를 배우며 함께 성장하는 교동 꿈자람 과정 카드'는 우리 대구교동교육의 보물입니다. 우리 교동의 아이 한 명 한 명의 꿈이 영글어가는 보물창고입니다. 지금 그 보물창고에 보물이 가득차지 않아도 걱정할 것 없습니다. 우리에게는 어제와 오늘의 '시간'이라는 보물도 있었지만, 내일이라는 '시간'의 보물도 기다리고 있습니다. 어제와 오늘까지 지극정성을 다 해도 꿈자람이 조금 더딜 수도 있습니다.

하지만 우리교동교육가족이 지금까지와 같은 지극정성을 계속하면 내일은 달라질 것입니다. 아프리카 속담에 "한 아이를 키우는 데 온 마을이 나선다"고 합니다. 마찬가지로 우리 대구교동의 아이들을 키우는 데는 우리 대구교동교육가족 모두의 지극정성이 필요합니다. 그것은 믿음과 기다림의 보물이기도 합니다.

시인의 보물 상자에는 만물상도 있고 보물 상자도 있습니다. 어쩌면 시인의 만물상이 보물 상자이고, 보물 상자가 만물상인지도 모르겠습니다. 우리 교동의 아이들에게는 '교동 꿈자람 과정 카드'가 만물상이자 보물 상자(창고)입니다. 꿈자람 카드의 학년(학년군)별 성취기준은 만물상이자 보물상자(창고)입니다. 성취기준 하나하나는 각각의 만물상을 구성하는 값진 보물입니다. 하지만 꿈자람 카드를 그냥 두어서는 만물상도 아니고 보물도 아닙니다. 아이들은 배움의 열정과 선생님은 지극정성 가르침이 동행할 때 만물상이 되고 보물도 됩니다.

이제, 2019학년도 1학기를 마무리하면서 여름방학이 시작됩니다. 모두가 행복하고 즐겁고 유익한 방학생활이 되기를 소망합니다. 그런 방학을 맞이할 수 있도록 한 학기 동안 애써 주신 대구교동교육가족 모든 분들의 노고에 감사를 드립니다.

덕분에

2019학년도 1학기를 마무리하는 때입니다.
항상 조마조마한 일이 있기는 했습니다.
하지만 큰 문제없이 마무리를 하고 있습니다.
가 모두는 우리 대구교동교육가족 덕분입니다.
열정과 사랑으로 아이들을 가르치신 선생님들 덕분입니다.
좋은 교육환경을 만드는 교직원들의 손길 덕분입니다.

시나브로 꿈자람을 채워준 아이들 덕분입니다.

학교를 믿고 지지해준 학부모님들 덕분입니다.

한 학기를 마무리하는 데는 많은 분들의 덕분이 있었습니다.

덕분이 넘치는 우리 대구교동교육입니다.

같은 일도 덕분과 때문으로 생각할 수 있습니다.

덕분은 긍정의 의미로 많이 사용합니다.

때문은 약간은 부정적인 의미로 사용이 됩니다.

덕분과 때문의 선택은 개개인의 몫입니다.

우리 대구교동교육가족의 선택은 무엇인지요?

덕분에?

때문에?

📷 오래된 미래

어제 없는 오늘은 없고 오늘 없는 내일도 없습니다. 어쩌면 어제(과거)=오늘(현재)=내일(미래)의 수학적인 개념 정리도 가능할 것 같습니다. '오래된 미래'는 역설적인 표현입니다. 정상적인 표현으로 볼 때 오래된 것은 과거이지 현재나 미래는 아닙니다. 굳이 오래된 과거라는 표현을 하지는 않습니다. 하지만 가끔은 정상적인 표현보다는 역설적인 표현이 필요할 때도 있습니다.

'오래된 미래'에서 '미래'는 부정, 암울 등의 부정적인 의미가 강합니다. '오래'는 해법, 타개책 등의 긍정적인 의미로 볼 수 있습니다.

'오래된 미래'는 미래의 암울한 예상이나 전망을 타개할 수 있는 해법이 우리의 과거에 있다는 것입니다. 가장 쉽게 생각할 수 있는 것이 환경문제입니다.

'오래된 현재'는 어떤 의미로 해석을 하면 좋겠습니까? 우리 삶에서 과거의 그 무엇이 지금 우리의 삶에 부정적인 영향을 미치는 것을 말합니다. 그것은 어떤 일이기도 하고 어떤 인물일 수도 있습니다. 일과 인물이 겹치는 상황이 될 수도 있습니다. 구체적으로 어떤 것들이 있을까요? 노인들의 남아 선호사상, 가부장적 가치관 등등.

교육이나 수업을 '오래된 현재'와 '오래된 미래'의 관점에서 생각해 보았습니다. 과거의 수업에서 좋은 점은 현재나 미래에 계속 적용하고 발전시켜 나가야 합니다. 과거의 수업에서 부정적인 것은 현재에 맞게 고치거나 적용하지 않아야 합니다. 사회가 발전하고 변화하면 아이들도 변합니다. 그 변화만큼 선생님이나 수업도 변화가 있어야 합니다.

선생님이 아이의 마음이 되어보는 것은 역지사지입니다. 그런 실천에는 용기와 사랑이 필요합니다. 이런 역사용(역사사지·사랑·용기) 역량은 어제도 오늘도 내일도 필요합니다. 언제 어디서나 기초와 기본이 탄탄해야 합니다. 세상이 아무리 변해도 변하지 말아야 할 것도 있습니다.

🧑 아침 & 얼굴

2019학년도 2학기를 시작한 지 2주째 월요일입니다. 이번 주에는 가을장마가 오락가락 한다고 합니다. 날씨가 신체나 정신적이 건강에 많은 영향을 미치는 것이 사실이자 과학입니다. 우리 교동 교육가족 모두는 날씨는 장마이지만, 심심의 날씨는 초가을 햇살 가득이기를 소망합니다.

그리 길지 않은 여름방학을 마친 우리 아이들은 알게 모르게 몸과 마음이 성장하고 성숙했습니다. 특히 아이들의 행동이 천지가 개벽을 하듯이 하루아침에 확 달라지기는 어렵습니다. 믿고 기다려주면 조금씩 달라집니다. 될 때까지! 할 수 있을 때까지! 조금이라도 달라질 때까지!

오늘부터 2학기 학부모 상담 주간입니다. 상담에 앞서 우리 아이들은 보물인 '미래를 배우며 함께 성장하는 교동 꿈자람 과정 카드'를 꼼꼼히 살펴보시면 좋겠습니다. 1학기의 과정평가 결과와 학부모님의 말씀은 무엇인지 등등입니다. 홍길동 학부모와 상담을 할 때는 홍길동의 보물을 잘 활용하시면 좋겠습니다.

선생님의 아침 웃음은 하루 종일 웃음이 넘쳐나는 교실의 시작입니다. 선생님의 아침 칭찬은 화기애애한 교실의 시작입니다. 선생님의 아침 눈맞춤은 소통의 시작입니다. 선생님의 아침 기분은 교실 분위기의 시작입니다. '시작이 반이다'라고 합니다. 선생님의 아침은 대구교동교육의 시작입니다.

맨발

   매일 아침 7시 30분을 전후해서 등교하는 아이가 있습니다. 2학년인데 축구를 아주 잘 합니다. 개인기가 고학년보다 좋습니다. 맨발로 드리블이나 킥을 하는 것이 2학년답지 않게 아주 능숙합니다. 맨발은 아무것도 신지 아니한 발이라는 뜻입니다. 속담이나 관용구에서는 적극적으로 나선다는 뜻도 있습니다. 맨발이 제목으로 들어가는 영화나 드라마, 서적도 많습니다.

   맨발에 대한 관심이 많아졌습니다. 대표적인 것이 흙길을 맨발로 걷는 것입니다. 도시에서는 학교 운동장 외에는 흙길을 대하기가 쉽지 않습니다. 어떤 학교는 밤이면 인근 주민들의 맨발걷기로 운동장이 비좁을 지경입니다. 온통 시멘트와 아파트로 둘러싸인 작은 운동장의 역설이기도 합니다.

   우리 학교에서도 맨발로 할 수 있는 게 많습니다. 아침이면 자발적으로 맨발걷기나 맨발축구를 합니다. 쉬는 시간이나 점심시간에도 맨발로 활동을 하는 교육가족도 늘어가고 있습니다. 맨발수업도 가끔씩 볼 수 있습니다. 마음이 힘든 아이의 손을 잡고 맨발로 운동장을 걷는 선생님을 보기도 합니다. 놀이시설이 있는 곳에는 맨발과 맨손으로 놀이할 수 있는 작은 모래언덕도 여러 개 있습니다.

   맨발은 기본이자 시작입니다. 우리 대구교동교육가족의 맨발은 어떤 맨발입니까?

맨발교육

교장 선생님이 수업을 한다고

🧑 누군가

그전에는 누군가의
손자요 손녀요 아들이요 딸이었지요.
그전의 명절은
새 옷 한 벌만으로도 행복했었지요.

시나브로 누군가의
아들이요 딸이요 아버지요 어머니가 되었지요.
시나브로의 명절은
새 옷 장만으로도 행복하지요.

언젠가는 누군가의
아버지요 어머니요 할아버지요 할머니가 되겠지요.
언젠가의 명절은
새 옷 추억만으로도 행복하겠지요.

그전의 누군가도
시나브로의 누군가도
언젠가의 누군가도
그 누군가는
또 다른 누군가와 함께라서 행복합니다.

안재교

안전·재미·교육, 세 가지가 교집합을 이룬 '효행 한마음 체육대회'를 마쳤습니다.

안전, 교육과정에서 아무리 강조해도 지나치지 않습니다.

재미, 교육과정에서 재미가 있어야 시간 가는 줄 모릅니다.

교육, 교육과정에서 교육이 빠지면 속없는 찐빵입니다.

세 가지의 순서가 중요한 것이 아닙니다.

교집합의 크기가 크면 클수록 좋을 것 같습니다.

우리 대구교동교육가족의 교육과정은 안재교입니다.

칭찬 2

'기분, 고래, 꾸중, 잘 했어' 네 가지 낱말로 유추할 수 있는 주제를 찾게 했습니다. 중간에 간단한 설명도 했습니다. 많은 아이들이 '칭찬'이라는 주제를 찾았습니다. 칭찬은 기분과 관련이 많습니다. 미국의 켄 블랜차드라는 사람이 쓴 『칭찬은 고래도 춤추게 한다』

는 책도 있습니다. 꾸중하고는 반대의 뜻입니다. 잘 했어는 대표적인 칭찬하는 말입니다 등의 뱀발(사족)을 더했습니다.

우리 6학년 아이들이 자기 자신을 칭찬하는 시간을 가졌습니다. 처음에는 약간 멋쩍어하다가 이내 자신의 장점을 썼습니다. 20개 가까이 쓴 아이도 있습니다. 모둠 친구들도 한 가지씩 칭찬을 더했습니다. 자기 자신을 사랑하고 칭찬하는 것은 자신감과 자존감을 높일 수 있는 방법이기도 합니다. 담임 선생님을 칭찬하는 시간도 가졌습니다. 우리 선생님들과 아이들 사이에 신뢰가 잘 형성되었다는 느낌이 들었습니다. 선생님들의 노고에 감사를 드립니다. 나를 칭찬하고 남을 칭찬하는 우리 교동의 아이면 참 좋겠습니다.

🧑 칭찬 3

우리 6학년 아이들이 담임 선생님을 칭찬하는 시간을 가졌습니다. 개인별로 다섯 가지 이상씩 적고, 시계 반대방향으로 돌아가면서 한 가지씩 더했습니다. 선생님 칭찬을 서른 가지나 한 아이도 있었습니다. 우리 아이들이 우리 선생님을 어떻게 생각하고 있는지를 잘 알 수 있습니다. 그만큼 선생님들의 노고가 많으셨으리라 생각합니다.

우리 선생님들도 우리 아이들에게 많은 칭찬을 해 주시면 좋겠습니다. 힘들고 어려운 아이도 있습니다. 그런 아이들도 칭찬할 것은 얼마든지 있습니다. 작은 변화에도 칭찬 한 마디를 더하면 더 큰 변화를 낳습니다. 우리 아이들이 할 때까지, 할 수 있을 때까지, 좀 더 잘 할 수 있을 때까지 기다리고 믿어주시면 됩니다. 칭찬해 주시면 됩니다. 우리 대구교동교육가족 모두가 서로를 칭찬하는 일이 넘쳐나기를 소망합니다.

🧑 칭찬 4

'기분, 고래, 꾸중, 잘 했어' 네 가지 낱말로 유추할 수 있는 주제를 찾게 했습니다. 중간에 간단한 설명도 했습니다. 많은 아이들이 '칭찬'이라는 주제를 찾았습니다. 칭찬은 기분과 관련이 많습니다. 미국의 켄 블랜차드라는 사람이 쓴 『칭찬은 고래도 춤추게 한다』는 책도 있습니다. 꾸중하고는 반대의 뜻입니다. 잘 했어는 대표적인 칭찬하는 말입니다 등의 뱀발(사족)을 더했습니다. 2019.9.23.(월) 6학년 수업 때와 같은 방법입니다.

우리 5학년 아이들이 자기 자신을 칭찬하는 내용을 세 가지로 묶어 보았습니다. 11명의 아이들이 [신체나 외모]를 첫 번째 칭찬으로 적었습니다. 사춘기 아이들의 특성이기도 합니다. [인성]적인 면은 주로 인사와 친구 관계인데 9명의 아이들이 자신의 첫 번째 칭찬으로 적었습니다. [특기]는 공부나 예체능 등 다양한 영역인데 21명의 아이들이 적었습니다. 머리를 잘 묶는다, 잠을 잘 잔다 등의 특이한 것도 있습니다.

우리 아이들의 칭찬거리는 무궁무진합니다. 하루에 한 번도 발표를 하지 않던 아이가 한 번이라도 발표를 한다면 대단한 발전입니다. 이때를 놓치지 않고 칭찬해 주면 그 아이는 자신감과 자존감을 가질 수 있을 것입니다. 농작물은 농부의 발자국 소리를 듣고 자란다고 합니다. 농부의 발자국은 칭찬이자 관심이자 사랑입니다. 우리 교동의 아이들도 농작물과 다르지 않습니다.

🧑 칭찬 5

우리 5학년 아이들이 담임 선생님을 칭찬하는 첫 번째 내용입니다. 선생님의 수업과 성품 및 외모에 대한 내용입니다.

5월 가정의 달 중 주요 기념일인 '스승의 날(5월15일)'을 맞아 '스승의날 문구'에 대한 관심이 높아지고 있다. 최근 한국교원단체총연합회에서 전국 유초중고 및 대학 교원 3271명을 대상으로 온라인을 통해 '스승의 날 기념 교원인식 설문조사'를 실시한 바 있다. 설문조사 결과 교사 28.2%가 '선생님 존경합니다'를 가장 듣고 싶은 말로 꼽았다. 이어 '선생님처럼 되고 싶어요(26.8%)', '선생님이 계셔 행복해요(26.8%)', '선생님 사랑해요(12.3%)'가 그 뒤를 이었다. 또 네티즌들은 '감사합니다. 사랑합니다', '가르침을 잊지 않겠습니다', '스승의 은혜에 감사드립니다', '항상 건강하세요', '오늘날의 제가 있게 해 주심에 감사드립니다.' 등을 스승의 날 문구로 꼽았다. 한편 청탁금지법 시행 이후 스승의 날 풍경이 확 바뀌면서, 개인적으로 교사에게 줄 수 없게 된 카네이션은 손 편지가 대체하고 있다.

우리 선생님은 교동의 아이들에게 어떤 칭찬의 말을 듣고 싶으십니까? 우리 선생님은 교동의 아이들에게 어떤 칭찬의 말을 하고 싶으십니까?

칭찬 6

바람 불어 좋은 날이 있습니다.
비가 와도 좋은 날이 있습니다.
눈이 와도 좋은 날이 있겠지요.
화창한 가을 하늘만으로도 기분이 상쾌해 지기도 합니다.
날씨는 사람의 기분을 좌우하는 중요한 요인이 되기도 합니다.
우리 아이들은 무엇으로 기분이 좌우될까요?
스스로 자신을 칭찬하는 것만으로도 좋은 하루의 시작이 될 수도 있습니다.
자신을 칭찬하는 것은 자신을 이해하는 것입니다.
그 이해는 자신감이 될 수도 있습니다.
그 이해는 자존감이 될 수도 있습니다.
자신의 칭찬에 친구들의 칭찬, 선생님의 칭찬이 더해지면 금상첨화이겠지요.
그저 그것만으로도 좋은 날입니다.

🧑 칭찬 7

아이들은 선생님의 기분에 따라 하루의 시작이 달라집니다.

선생님도 아이들의 아침 상태(?)에 따라 하루를 시작하는 기분이 좌우되기도 합니다.

아침이 너무나 즐거운 아이가 있습니다.

학교 오는 게 즐거운 아이가 있습니다.

선생님을 보고 싶어 등굣길을 재촉하는 아이가 있습니다.

아침 시작이 무척이나 힘든 아이가 있습니다.

교실에 들어가는 것이 힘든 아이가 있습니다.

교문을 들어서기가 두려운 아이가 있습니다.

짜증 섞인 언행으로 친구들을 힘들게 하는 아이가 있습니다.

엄마손을 놓고 교실에 들어가기가 힘든 아이도 있습니다.

모두 다 우리 교동의 아이들입니다.

함께 가야 할 아이들입니다.

칭찬 한 마디, 하루가 달라집니다.

칭찬, 하루의 첫 걸음입니다.

🧑 관계 2

세상을 살아가는 것은 관계입니다. 관계 맺기가 어렵다고 합니다. 속을 알 수 없는 사람과 사람의 사이니 당연한 이치입니다. 관계의 기본은 믿음과 언행입니다. 믿음은 일방의 믿음이 아니라 상호간의 믿음이어야 합니다. 믿음 그 자체는 눈에 보이지 않습니다. 밖으로 드러나는 것이 말과 행동입니다. 말 다르고 행동이 다를 수도 있습니다. 그래서 언행일치가 중요하겠지요.

수업도 세상살이와 다르지 않습니다. 수업은 선생님과 아이들 사이의 관계입니다. 수업은 아이들과 아이들 사이의 관계입니다. 수업의 관계도 믿음과 언행입니다. 수업의 시작은 눈맞춤입니다. 눈맞춤은 행동입니다. 그리고 말과 행동이 뒤섞이는 게 수업입니다. 이런 것이 쌓이고 쌓여서 상호간에 믿음이 생깁니다.

수업을 하다보면 필요한 게 많습니다. 자료도 필요하고 사이트를 방문할 기회도 많습니다. 당연한 이치입니다. 하지만 이런 것은 최소화해야 합니다. 이런 것이 관계 형성을 도와주지는 않습니다. 관계 형성은 언행의 믿음에서 시작합니다.

수업을 하다보면 필요한 게 많습니다. 자료도 필요하고 사이트를 방문할 기회도 많습니다. 당연한 이치입니다. 하지만 이런 것은 최소화해야 합니다. 이런 것이 관계 형성을 도와주지는 않습니다. 관계 형성은 언행의 믿음에서 시작합니다.

학습보조사이트는 상호작용을 하지 않습니다. 이것은 일방적인 전달을 할 뿐입니다. 이것은 상호작용을 활발하게 하지 않습니다. 이것은 잘 짜인 각본입니다. 수업은 잘 짜인 각본이 아닙니다. 언제 어떤 일이 생길지 모르는 활화산 같은 것입니다. 아이들 자체가 활화산 같은 존재입니다. 수업은 아이들의 활화산 같은 열기와 열정을 마음껏 펼치는 시간이어야 합니다.

우리 교동의 보물인 '꿈자람 과정 카드'가 있습니다. 이것은 학습 보조사이트로 가꾸고 키울 수는 없습니다. 보물을 가꾸고 키우는 것은 눈과 눈으로 상호작용을 하는 데서 시작합니다. 선생님과 아이들, 아이와 아이 사이에 믿음의 언행으로 보물다운 보물을 가꿀 수 있습니다. 믿음의 언행이 충만한 수업을 소망합니다. 그래서 우리 아이들은 저마다의 소중한 보물을 가꾸기를 소망합니다. 언젠가는 그 보물이 우리 아이들의 삶의 디딤돌이 되겠지요.

🧒 실뜨기

점심시간에 축구를 하자는 3학년 아이들에게 할 일이 있다는 핑계를 대고 교장실에 들어왔습니다. 할 일은 미루어 놓았던 원격연수를 듣는 것입니다. 무슨 일이나 제 때 하지 않으면 마음이 급해집니다. 식후라 강사의 목소리가 자장가처럼 들리기도 합니다. 진도가 잘 나가지 않았습니다.

교장실 출입문을 노크하는 소리가 들립니다. 한참이나 계속되었습니다. 아무 대꾸도 하지 않았습니다. 한참이 지나자 문을 열고 들어옵니다. 3학년의 실타래[32]입니다. "타래야 안에서 아무 대꾸가 없으면 들어와서는 안 되지. 다시 나가거라." 약간 당황한 실타래가 나가서 다시 노크를 합니다. "들어오세요" 양손에 실뜨기 준

---

32)   자칭 상남자라고 하는 아입니다.

비를 한 실타래가 웃으면서 들어왔습니다.

며칠 전에 교장실에 와서 실뜨기를 가르쳐 준다는 것을 다음에 하자고 미루어 놓았던 것을 기억하고 있었나 봅니다. 실타래는 오늘은 꼭 가르쳐 주고 말겠다는 의지가 넘쳤습니다. 말로 설명을 들으니 생각보다 어려웠습니다. 몇 번이고 설명을 해도 제가 잘 이해를 하지 못했습니다.

답답해하던 실타래가 제 손에 실뜨기 준비를 해 놓고 직접 시범을 보입니다. 그렇게 한 뒤에 다시 하니 저도 할 수가 있었습니다. 한 번의 실뜨기는 할 수가 있게 되었습니다. 나머지는 다음에 배우기로 했습니다. 무엇이나 시작이 어렵고 시작이 반이라는 말이 실감이 났습니다. 원하는 사탕을 하나 골라서 교장실 문은 나서는 실타래의 어깨는 의기양양입니다.

오늘 저는 실타래에게 실뜨기를 배웠습니다. 가르치기만 하다가 배운다는 게 쉬운 일만은 아닙니다. 아이들이 선생님의 말 한 마디, 한 번의 시범에 배우고 익히고 실천하면 얼마나 좋겠습니까? 하지만 그렇지 않습니다. 우리 아이들이 조금이라도 나아질 때까지, 할 수 있을 때까지 믿고 기다려주는 시간이 필요합니다. 우리 아이들에게는 믿음과 시간이 필요합니다.

🧑 존경합

　어제 다른 학교 6학년 국어수업을 1시간 참관했습니다. 주변 환경이나 학생 수 등등이 우리학교와 대동소이한 학교입니다. 가장 인상 깊었던 것이 선생님과 아이들, 아이와 아이 사이의 관계입니다. 짧은 시간이지만 상호간에 신뢰가 형성되어 있다는 것을 느낄 수 있었습니다. 선생님은 아이들을 믿고 기다려 줍니다. 선생님은 아이들과 물리적인 눈높이를 맞춥니다. 아이들은 소곤소곤 생각을 나눕니다. 선생님과 친구의 말을 귀담아 듣습니다.

　학교생활 특히, 수업에서 '존경합'을 생각해 봅니다. 존경(또는 존중), 경청, 합의입니다. 세 가지 모두 상호작용의 결과물입니다. 손뼉이 두 손을 마주쳐서 소리가 나는 것과 같은 이치입니다. 좋은 수업은 손뼉 같은 수업입니다.

　존경은 다른 사람의 인격이나 사상, 행위 등을 받들어 공경한다는 뜻입니다. 선생님의 존경 대상은 누구일까요? 선생님의 존경 대상은 아이들입니다. 아이를 존경한다는 것이 가능할까요? 그렇다면 존경을 존중으로 바꾸어서 생각하면 좋을 것 같습니다. 아이들의 존경 대상은 선생님과 친구(아이)입니다. 상대방을 존경하지 않고 내가 존경받기를 원할 수는 없습니다. 수업시간에 상호간에 존경과 존중이 넘쳐나길 소망합니다.

　경청은 귀를 기울여 듣거나 공경하는 마음으로 것입니다. 듣지 않거나 대충 듣거나 선택적으로 들을 수도 있습니다. 경청은 상대를 존경(·존중·공경)하는 마음이 우선입니다. 선생님은 아이의 말을 경청하고, 아이는 선생님과 친구(아이)의 말을 경청하는 교실이면 좋겠습니다. 이렇게 하자면 상호간에 눈맞춤은 경청의 필요충분조건입니다. 우리 아이들 한 명 한 명의 눈을 선생님 눈에 담아 보세요. 눈으로 말할 수 있는 것은 최고의 말이자 경청이겠지요.

합의는 두 사람 이상이 한 자리에 모여 의논하거나 서로 의견을 일치시키는 것입니다. 모둠학습에서 4명의 의견이 하나로 모아지기도 합니다. 어떤 문제에 대해서는 3:1로 의견이 나뉘기도 합니다. 그러면 이 3:1의 의견을 존중하고 승복하는 게 중요합니다. 만장일치가 최선일 수도 있지만, 다수결의 원칙은 민주주의의 기본이기도 합니다. 합의는 어려서부터 의논하고 결정하는 민주시민교육의 기본입니다.

우리 교동의 교실은 어떻습니까? 존경합이 얼마나 될까요? 지금 존경합이 부족하다고 실망할 필요는 없습니다. 조금이라도 나아지면 됩니다. 한 술에 배가 부르지는 않습니다. 조금씩 좋아지다 보면 존경합이 넘치는 교실이 되겠지요. 내가 먼저 상대방을 존중하고 경청하면 상대방도 나를 존중하고 경청하게 됩니다. 존경합이 충만한 교실을 소망합니다.

🧑 멋진 날

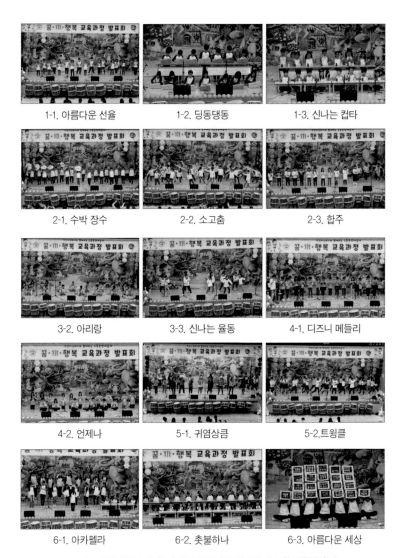

1-1. 아름다운 선율   1-2. 딩동댕동   1-3. 신나는 컵타

2-1. 수박 장수   2-2. 소고춤   2-3. 합주

3-2. 아리랑   3-3. 신나는 율동   4-1. 디즈니 메들리

4-2. 언제나   5-1. 귀염상큼   5-2. 트윙클

6-1. 아카펠라   6-2. 촛불하나   6-3. 아름다운 세상

〈2019 교동종합예술제 꿈·끼·행복 교육과정 발표회 1부. 학급특색발표〉

🧑 먼저

"선생님들이 아이들에게 먼저 손을 내밀어 주면 좋겠어요. 어쩌면 우리는 항상 아이들이 먼저 손을 내밀어 주기를 기다리고 있는 지도 모릅니다. 아이들은 손을 잡을 준비가 되어 있습니다. 우리 선생님들이 먼저 아이들에게 손을 내밀어 주면 어떨까요? 먼저 인사를 하는 것, 먼저 말을 걸어주는 것, 아이의 말을 귀담아 들어주는 게 먼저 손을 내미는 것이겠지요. 어떤 아이와는 자장면을 같이 먹으면서……."

제가 다음과 같은 질문을 하고 수업자가 대답한 내용입니다. 자세한 예도 들어 주었습니다.

"저는 선생님의 수업을 1학기 때도 보았습니다. 아이들이 1학기 때보다 편안해 보였습니다. 수업은 선생님이 아이들과 관계를 어떻게 맺느냐에 따라 달라진다고 봅니다. 그냥 기계적인 수업만 하는 관계일 수도 있고, 서로 간에 믿음이 형성된 관계도 있습니다. 선생님은 아이들과 어떤 관계 맺기를 하고 있는지 궁금합니다."

2019년 10월 30일(수) 국어과 수업우수교사인 대구현풍초등학교 정현숙 선생님과 대외공개 수업 협의회에서 주고받은 내용입니다. 다른 참석자들도 비슷한 이야기가 많았습니다. 보는 이들이 행복하고 가슴 따뜻함을 느낀 수업이었습니다. 수업을 마치고 몇몇 아이들이 저를 알아봐 주었습니다. 악수를 나누는 아이들의 손에는 따뜻함이 넘치고, 눈에는 행복이 가득 담겨 있었습니다. 수업협의는 "따뜻한 토론 수업이다"라는 데 모든 참석자가 공감을 하면서 마무리를 하였습니다. 참으로 멋진 시월 마지막 전날이었습니다.

먼저는 용기입니다. 그 상대가 누구이거나 간에 내가 먼저 손을 내미는 것은 대단한 용기입니다. 상대방이 먼저 손을 내밀기 전에 우리 선생님들이 먼저 손을 내밀어 보시지요. 그 상대가 우리 아이들이면 더 좋겠습니다. 아이들은 먼저 손을 내밀고 싶지만 선뜻 그런 용기를 내기가 어려울 수도 있습니다. 선생님이 먼저 손을 내미는 것은 시범이자 모범이자 사제동행의 용기입니다. 선생님들의 그런 용기는 시나브로 우리 아이들에게도 투영될 것입니다. 우리 대구교동교육가족의 손은 어떤 손입니까?

👦 일신(日新)

"영호야, 잠이 오는구나. 조금 참았다가 3교시 마치고 자면 어떨까?"

담임 선생님이 엎드려 있는 영호를 흔들면서 나지막한 목소리로 말합니다. 모둠의 다른 친구 3명은 무엇인가 주고받으며 재잘거립니다. 영호는 일어날 생각을 하지 않습니다. 선생님의 얼굴에 당황한 기색이 역력합니다. 선생님은 다시 한 번 재촉합니다. 하지만 영호는 말을 듣지 않습니다.

"잠이 ……"

잠시 망설이던 선생님은 영호의 손을 잡고 뒷문으로 갑니다. 수업 시작 10여 분이 지났습니다. 아이는 보건실로 가는 것 같았습니다. 그렇게 3교시 수업이 끝났습니다. 조금 뒤에 영호는 아무 일도 없었다는 듯이 교실로 들어왔습니다. 어제 국어과 수업발표대회 최종 심사 수업을 하던 어느 학교의 1학년 교실에서 있었던 일입니다.

선생님 입장에서 생각해 봅니다. 속이 많이 상하시겠지요. 하필이면 심사하는 수업에서 엎드려 자는 것도 못마땅한데 보건실까지 가니 말입니다. 선생님은 내색은 하지 않았지만, 심사에 불이익은 없을지 노심초사하는 것은 그 당사자가 누구라도 인지상정입니다.

아이의 입장에서 생각해 봅니다. 엎드린 것은 정말 잠이 와서 그럴 수도 있습니다. 전날 밤잠을 설쳐서 아침부터 잠이 올 수도 있습니다. 또, 수업하기가 싫어서 그럴 수도 있습니다. 교실에 낯선 사람이 3명이나 들어온 것이 부담일 수도 있습니다. 몸이 아팠을 수도 있습니다.

지금 어제의 그 시간입니다. 어제의 그 교실을 생각해 봅니다. 오늘 그 학교의 영호는 어떻게 하고 있을까? 오늘도 엎드려 있을까? 선생님은 오늘도 영호를 보건실로 보냈을까? 별의별 생각이 다 듭니다. 부질없는 생각일까요?

어제 그 교실 영호의 선생님을 생각해 봅니다. 그렇게 영호를 보건실로 보내는 것은 대단한 용기입니다. 어쩌면 영호는 매일 한 번 이상 보건실에 잠을 자러 가는 아이일지도 모릅니다. 그것이 버릇이나 습관일 수도 있습니다. 또는 심신에 약간의 문제가 있어서 그럴 수도 있습니다.

매일 보건실에 가는 영호가 일주일에 한 번, 어쩌다 한 번 가게 되겠지요. 이게 일신(日新)이라고 생각합니다. 영호의 일신에는 선생님의 사랑과 헌신이 디딤돌이 되는 것은 당연지사입니다. 또한 그러한 사랑과 헌신은 선생님의 또 다른 일신이기도 합니다. 우리 대구교동교육가족도 이와 다르지 않습니다. 우리는 시나브로 일신을 하고 있습니다.

우일신(又日新)

영호는 공부 시간에 말이 많습니다. 선생님의 말씀에 자주 끼어듭니다. 다른 친구들이 말을 하는 중에도 끼어들어서 훼방을 놓기도 합니다. 그럴 때마는 영호는 선생님께 꾸중을 듣습니다. 그러나 그때뿐입니다. 조금 있으면 또 남의 말에 끼어들거나 혼자 중얼거립니다. 선생님이나 친구의 입장에서 보면 영호는 수업 시간의 훼방꾼입니다.

선생님은 영호와 면담을 했습니다. 그렇게 혼이 나면서 왜 공부 시간에 말이 많은지, 선생님이나 친구의 이야기 중에 끼어드는지 궁금했습니다. 영호의 대답은 의외였습니다. 영호는 공부 시간에 말을 많이 했으면 좋겠다고 했습니다. 영호가 말이 많기는 했지만, 상당히 영악한 아이입니다. 어쩌면 이기적인 면도 많은 아이이기도 합니다.

선생님은 자신의 수업을 되돌아보았습니다. 한 시간 40분 중에 아이들이 말하는 시간이 얼마인지 생각해 보았습니다. 그 시간을 빼면 아이들이 생각하거나 말하는 시간입니다. 선생님은 깜짝 놀랐습니다. 40분 중에 절반 이상이 선생님이 말을 하고 있었습니다. 실제 아이들이 말하는 시간은 채 10분이 되지를 않았습니다.

선생님은 수업을 바꾸어야겠다고 생각했습니다. 선생님이 말을 하는 시간과 아이들이 말을 하는 시간을 바꾸기로 결심했습니다. 쉽지 않은 결정이었습니다. 수업의 도입을 어떻게 할 것이지도 고민이 되었습니다. 전개 부분도 아이들에게 맡겨보기로 했습니다. 정리는 선생님이 할까 고민하다가 아이들에 맡기로 했습니다.

어제와는 다른 오늘의 수업이 시작되었습니다. 아이들에게 오늘 어떤 것을 배울지 이야기하게 했습니다. 먼저 짝활동을 시켰습니다. 약간 쭈뼛거리더니 이내 이야기가 오고갑니다. 선생님은 어젠 끼어들까 고민하다가 그냥 지켜만 봅니다. 짝활동에서 모둠활동을 시켜보았습니다. 어제 배운 것과 오늘 배운 것이 아이들 이야기에서 다 나왔습니다.

전개 부분도 마찬가지입니다. 아이들의 이야기는 그칠 줄을 모릅니다. 선생님은 그 이야기를 중단시키는 것이 어려울 지경이었습니다. 정리 부분도 마찬가지입니다. 어제는 선생님이 마무리를 하거나 화면으로 보여주었지만, 오늘은 아이들이 스스로 정리를 합니다. 선생님이나 아이들 모두 만족하고 행복한 수업입니다.

영호는 더 이상 다른 사람의 말에 끼어들지 않았고 꾸중 들을 일도 없었습니다. 선생님의 변화는 우일신(又日新)입니다. 영호도 우일신 했습니다. 선생님의 우일신은 우리 아이들의 우일신이 됩니다. 우리 대구교동교육이 시나브로 우일신이기를 소망합니다. 특히, 수업이 그러길 소망합니다.

📷 일신우일신(日新又日新)

"은호야, 그 실내화 내 것 같은데."

"아니야 석호형, 이건 내 실내화야."

"은호야 네가 신은 것이 내 왼쪽 실내하고 모양이 같잖아."

"석호형, 내 것하고 석호형 것은 똑같은 실내화야."

"은호야 내 실내화는 220밀리미터야."

"석호영, 내 것도 220밀리미터야."

잠자코 지켜만 보던 영호 교장이 석호와 은호의 대화에 끼어듭니다.

"석호야, 은호야, 실내화에 이름을 쓰지 않았니?"

"……."

둘 다 대답이 없습니다. 실내화 어디에도 이름은 없습니다. 영호 교장은 두 아이(가명)에게 실내화나 자기 물건에 이름을 꼭 쓸 것을 부탁합니다. 그러고도 한참을 옥신각신하다가 은호가 먼저 교실로 들어갔습니다. 석호는 잠시 울먹이는 표정을 짓다가 이내 교실로 들어갔습니다.

어제(2019.11.11.월) 점심시간이 마칠 무렵에 중앙현관에서 실제 있었던 일입니다. 은호는 3학년이고 석호는 4학년입니다. 은호는 점심시간에 모래놀이를 했습니다. 영호 교장은 은호와 같이 놀던 아이 한 명이 실내화에 물을 담아서 몇 번이고 모래밭으로 가는 것을 대수롭지 않게 보았습니다. 석호는 축구를 했습니다. 동쪽에서는 6학년이 축구를 하고 서쪽에서는 석호와 같은 4학년이 축구를 했습니다.

신발주머니에 실내화를 넣고 운동장 놀이를 했으면 은호와 석호의 다툼은 없었을 것입니다. 누군가가 석호의 실내화에 손을 대지 않았으면 일어나지 않았을 일입니다. 조금이라도 더 놀고 싶은 마음에 신발주머니 따로 실내화 따로 둔 때문에 일어난 일입니다. 설사 그렇게 따로 두었더라도 실내화에 이름을 적어 두었다면 아무런 문제가 없었을 것입니다.

"은호야, 네 왼쪽 신발이 내 것 같은데."

"석호형 말이 맞네. 실내화 뒤꿈치에 형 이름이 있네."

다음에 은호와 석호가 만날 때는 이런 대화가 오고가기를 소망합니다. 이것은 이전과는 다른 일신(日新)입니다. 이 일신이 있기 위해서는 우리 선생님들의 교육적인 지도가 필요합니다. 실내화뿐만 아니고 아이들 개인 물건에는 자신의 이름쓰기가 꼭 필요합니다. 선생님과 아이가 함께하는 교학상장(教學相長)이자 우일신(日新)입니다.

학교에서는 더 이상 아이들의 신발주머니가 필요 없도록 1층 출입문 가까운 곳에 전교생의 신발장을 설치하는 것은 적극 고려해야 할 것 같습니다. 오늘 현재 우리 아이들의 수가 278명입니다. 300자리 넘게 신발장을 준비한다면 충분할 것 같습니다. 그전에 운동장의 흙이 실내로 들어오지 않게 방비도 해야 합니다. 이것이 개개인의 일신이자 우일신이고, 우리 대구교동교육가족의 일신우일신(日新又日新)입니다.

🧑 첫인상

오늘은 수능일입니다. 어제 학교에서 학부모에게 이런 문자를 드렸습니다.

① 제목: 수능으로 인한 등교시간 안내
 알림: 교동가족 여러분의 수능학생이 있는 가정에 행운과 건승이 함께하길 기원드립니다. 수험생의 원활한 등교를 위해 내일 교동초 학생들의 등교시각을 오전 10시로 늦췄습니다. 양해바랍니다.
② 제목: 수능으로 인한 등교시간 안내
 알림: 내일은 대입수능일입니다. 수험생의 원활한 등교를 위해 내일 교동초 학생들의 등교시각을 오전 10시로 늦췄습니다. 양해바랍니다.

①은 우리학교에서 보낸 문자입니다. 아래는 업무적인 문자입니다. 내가 학부모라면 어떤 문자가 더 마음에 들겠습니까? 실제 오늘 수업시험을 치는 학생이 있는 가정이라면 더 기분이 좋았을 것입니다. ②로 문자를 보내도 뭐라고 할 사람은 없습니다. ①과 ②는 문자를

받는 대상을 어떻게 생각하고 있는가의 문제입니다. 사람은 별 것 아닌 것 같은 사소한 것에서 감동을 받고 믿음이 생기게 됩니다. 좋은 문자를 보내주신 김지우 선생님께 감사를 드립니다.

"저는 히터를 틀지 않았는데……."
"학교에서 일괄 튼 것 같습니다."

오늘 아침 수업 시작 전에 교무실에서 양용명 선생님과 주고받은 이야기입니다.

기분이 참 좋았습니다. 올해 들어 가장 추운 날입니다. 몸을 움츠리고 등교한 아이들이 따뜻한 교실에 들어설 때 기분은 짐작이 되시지요. 행정실에 가서 자초지종을 여쭈어 보았습니다. 정수정 선생님이 일찍 출근해서 전체 히터를 작동했다고 합니다. 신위자 행정실장님이 정수정 선생님 센스가 대단하다면 칭찬을 하셨습니다. 저도 칭찬의 박수를 드렸습니다. 정수정 선생님께 감사를 드립니다.

무엇이나 처음에는 처음입니다. 그 때 느끼는 생각이나 마음 또는 인상이 첫인상입니다. 어제의 문자와 오늘의 히터는 인상입니다. 그것이 처음이면 첫인상이 됩니다. 살아가면서 첫인상은 굉장히 중요한 역할을 합니다. 긍정적인 첫인상이면 그 뒤는 술술 풀리게 되는 경우가 많습니다. 부정적인 첫인상이면 그것은 긍정적으로 바꾸는 데 매우 힘이 들 수가 있습니다. 우리 대구교동교육가족도 마찬가지입니다. 말 한 마디, 행동 하나에 첫인상이 결정될 수도 있습니다. 첫인상의 관계형성의 디딤돌입니다.

🧒 축구

"교장 선생님, 축구 언제 해요?"

"응, 민서구나. 먼저 나가서 준비하고 있어. 곧 나갈게."

반쯤 열린 교장실 출입문 사이로 2학년 민서와 나눈 이야기입니다. 교실에도 들리지 않고 바로 교장실로 온 것 같았습니다. 자그마한 키에 까만 얼굴을 한 아주 단단해 보이는 아이입니다. 여덟시가 되자면 아직 한참 이른 시간입니다. 겨울비가 내린 일요일 밤의 영향인지 체감 기온은 영하권인 것 같습니다. 운동장 구석마다 낙엽이 뒹굽니다. 아침 해는 보이지 않습니다. 약간 을씨년스러운 느낌이 드는 월요일 아침입니다.

빗자루로 운동장 가장자리 낙엽을 쓸었습니다. 운동장의 흙이 조금이라도 실내로 들어오는 것을 막기 위해 매트를 깐 곳은 낙엽과 찰떡궁합이라 잘 떨어지지 않습니다. 이런 낙엽도 12월이 되기 전에 마무리가 될 것 같습니다. 민서는 혼자 축구공을 몰면서 이리저리 뛰어답니다. 손에는 골키퍼 장갑을 끼고 친구들이 오는지를 확인하느라 중앙현관 쪽을 힐끗거립니다. 아이들이 하나 둘씩 모이기 시작합니다. 선생님 몇 분이 맨발걷기를 합니다.

저는 민서와 한편이 되고, 4학년 두 명이 한편이 되어서 축구를 시작했습니다. 저는 맨발이고 아이들은 운동화를 신었습니다. 여덟 시가 지나가 아이들이 많아졌습니다. 4학년 여자 아이도 상대편에 들어왔습니다. 축구가 하고 싶은 급한 마음에 3학년 두 명이 실내화를 신고 뛰어다닙니다. "운동화 아니면 맨발로"라고 큰소리를 치니 마지못해 맨발로 들어옵니다. 8시 25분쯤 축구를 마쳤습니다. 결과는 8:7입니다. 야구에서 가장 재미있다는 케네디 스코어입니다.

어릴 적 영호는 축구를 매우 좋아했습니다. 지금은 폐교된 대신 초등학교 5, 6학년 때는 거의 매일 축구를 했습니다. 눈비가 오는 날에도 축구를 멈추지 않았습니다. 아침이나 점심시간, 방과 후 등 틈만 나면 축구를 했습니다. 방과 후에는 학교 교무실에 하나만 있는 축구공을 빌려서 했습니다. 인원은 한 편에 4명씩 항상 일정했으며 결과도 엎치락뒤치락 했습니다. 우리 교동의 아이들과 축구를 할 때면 한 번씩 생각이 납니다.

축구는 공 하나만 있으면 할 수 있는 운동입니다. 다른 구기 종목과는 다르게 장비나 기후의 영향을 많이 받지도 않습니다. 학교에서도 축구는 참 하기 좋은 구기종목입니다. 굳이 남녀를 구분할 필요도 없습니다. 한 편에 몇 명이 되어도 크게 상관이 없습니다. 우리 아이들 중에도 기능이 매우 우수한 아이도 있습니다. 하지만 축구는 혼자 하는 게 아닙니다. 흔히 구기 종목에서는 팀보다 위대한 선수는 없다고 합니다. 팀은 협력을 전제로 하고 있습니다. 우리 아이들이 축구에서 시나브로 협력을 배울 수 있습니다. 아침에 살짝 흘리는 땀은 뇌활동에도 크게 도움이 된다고 합니다. 혹자는 아침에 책을 읽는 것보다 운동을 하는 것이 뒤에 이어지는 학습에 도움이 더 된다고도 합니다. 우리 대구교동교육가족에게 축구는 어떻게 기억되고 있습니까?

교장 선생님이 수업을 한다고

🧑 나는 나를 사랑합니다

나는 나를 사랑합니다.

내가 나를 사랑하는 것이 사랑에서 제일 먼저일 것이란 생각을 합니다.

나를 사랑하는 것은 나를 믿는 것입니다.

내가 나에게 사랑하는 마음을 담아서 편지를 써 보시면 좋겠습니다.

🧑 영호네 김장 프로젝트

"농작물은 농부의 발자국 소리를 듣고 자란다."고 합니다.

부지런한 농부는 겨울에 다음해의 일 년 농사를 계획합니다. 특히, 김장 프로젝트는 농부의 부지런함에 자연의 협조가 있어야 필요충분조건을 갖추게 됩니다. 고추 모종은 언제 심어야 하나. 배추씨와 무씨는 언제 파종을 하나. 마늘씨는 언제 넣나. 이런 파종과 가꾸기에 더하여 수확 시기도 생각을 해야 합니다. 제일 중요한 날씨는 농부의 지극정성과는 크게 상관이 없습니다. 여기서 농부는 제가 아니라 시골33)에 있는 남동생입니다. 그리고 누님들 세 분과 아내가 대부분의 일에 손을 더하고 있습니다. 저는 그저 주말에 시골을 오가면서 교통편을 제공하고, 필요한 물건을 구입하고, 입농사를 짓는 수준입니다.

양지바른 밭에 2월과 3월에 넉넉하다 싶을 정도로 많은 퇴비를 넣었습니다. 실제 경작자에 한해서 일정 금액을 정부에서 지원해주는 정책으로 구입한 퇴비입니다. 봄에 고추모종을 심었습니다. 미리 부탁해 둔 모종입니다. 200여 포기가 됩니다. 밭을 갈고 고르고, 비가 온 뒤 비닐을 덮는 것은 사전 작업입니다. 하나하나 구멍을 뚫고 모종을 심고 약간의 물을 주고, 흙으로 구멍을 메운 다음 꼭꼭 밟아줍니다. 지주를 세우고 살짝 묶어주면 심는 작업은 마무리가 됩니다. 바람과 햇볕과 비와 공기에 농부의 정성을 더해서 고추를 수확합니

---

33)　경상북도 김천시 아포읍 대신 3리 동신길 70-52(39672).

다. 더운 여름 뙤약볕에서 하나하나 따야하는 고된 작업입니다. 딴 고추를 씻고 옥상에 말리는 것도 쉽지 않은 작업입니다.

8월 12일에 배추씨와 무씨를 넣었습니다. 배추씨는 늘 그랬듯이 가장 비싸고 맛있는 종자로 골랐습니다. 무씨는 밭과 궁합이 잘 맞는 것으로 골랐습니다. 종자를 사는 것은 인터넷으로 살 수도 있지만, 고향 시골에서 조금 떨어져서 농사를 짓는 큰누님의 몫입니다. 당연히 종자대금에 약간의 차비까지 보상을 합니다. 혼자서는 능률이 오르지 않는 일입니다. 배추씨는 두둑에 일정한 간격으로 대여섯 알씩 넣습니다. 50센티미터 정도 되는 막대기로 간격을 맞춥니다. 씨앗 지름의 서너 배의 흙을 덮습니다. 무씨는 두둑에 두 골을 타고 씨뿌림을 합니다. 마지막으로 산새들이 씨앗을 빼먹는 것을 막기 위해서 그늘막을 덮습니다.

배추씨와 무씨를 넣은 곳은 이전에 참깨를 한 곳입니다. 바로 옆에서 고추가 봄부터 제 몸을 온통 빨간색으로 불태우고 있습니다. 배추와 무씨가 올라오면 그늘막을 치웁니다. 어느 정도 자라면 솎아줍니다. 쌈을 싸거나 비벼 먹기에 딱 좋은 크기와 맛입니다. 중간 중간 약을 치는 것도 게을리 하지 않습니다. 올해는 유난히 태풍과 비가 많았습니다. 따로 물을 줄 필요가 없었습니다. 이전에도 특별히 물을 주지는 않았습니다. 배추와 무가 뿌리를 깊게 박고 온 힘을 다해서 수분을 흡수하고, 온 잎을 다 벌려서 햇볕과 바람을 맞으면서 제 힘으로 자라는 환경입니다. 아이들도 이런 교육환경이 필요할 때가 있을 것입니다. 그렇다고 농부가 무관심한 것은 아닙니다.

잦은 비와 태풍에 배추에 약간의 이상이 생기기 시작했습니다. 병에 걸린 것은 아닌 것 같은데 뿌리 쪽에 문제가 있었습니다. 바깥쪽 배추 잎이 한두 장 넋을 놓는 것은 하나같이 뿌리에 문제가 있었습니다. 주말마다 이런 배추를 골라서 파내는 것이 일이었습니다. 다행이 무는 큰 탈이 없는 것 같았습니다. 특히 시월에 이런 증상이 많이 발생했습니다. 시월 하순이 되자 조금씩 안정을 찾았습니다. 11월 9일에 무를 수확했습니다. 11월 16일에 배추를 수확했습니다. 예년보다 일주일씩이 빠르지만, 음력으로 보면 비슷한 시기입니다. 해봉 회장이 트럭으로 운반을 해주고, 적지 않은 배추와 무를 가져갔습니다.

배추는 260여 포기를 수확했습니다. 예년에 350여 포기씩 수확하던 것에 비하면 많이 줄어들었습니다. 잦은 비와 태풍의 여파입니다. 다행히 수확한 것은 지난해 보다 알이 꽉 차서 줄어든 포기 수를 보충할 수 있을 것 같았습니다. 김장할 배추 120포기, 작은 누님 김장용 20포기, 보관용 20포기, 해봉 회장님 45포기, 각 집마다 몇 포기씩 등으로 나누었습니다. 무는 600여 개로 지난해와 비슷했지만 크기가 남다른 것이 많았습니다. 김장용 30여개, 보관용, 200여개, 해봉 회장님 80여개, 나머지는 곳곳에 나누었습니다. 무시래기는 좋은 것만 골라서 엮었습니다. 부모님께 배운 엮음법이 아주 유용한 시레기 엮음입니다. 그늘 좋은 곳에서 맛있게 말라가고 있습니다.

11월 23일에 배추를 절였습니다. 일주일 정도 골게 해서 숨이 살짝 죽은 배추입니다. 남동생은 두 누님께 배추를 가져다줍니다. 먼저 뿌리부분을 잘라내고, 바깥쪽의 잎을 몇 개씩 떼어냅니다. 그리고 통배추를 절반으로 자른 다음 다시 절반 부분에 칼집을 냅니다. 영호는 떼어낸 잎 중에서 좋은 것만 골라서 시래기로 엮습니다. 무를 엮을 때와 같은 방법입니다. 이렇게 일차 작업이 끝이 납니다. 미리 끓여 놓은 물에 소금을 알맞게 넣습니다. 적당한 온도가 되면 잘라놓은 배추를 물에 푹 넣었다가 꺼냅니다. 그리고 칼집을 낸 부분에 소금을 한 움큼씩 선물합니다. 자른 부분이 하늘을 향하도록 차곡차곡 쌓습니다. 첫째, 둘째 누님의 손발이 잘 맞습니다.

배추 작업이 끝나고 무를 작업합니다. 무를 깨끗이 씻고 위와 아래를 조금씩 잘라냅니다. 그리고 길쭉하고 두툼하게 자릅니다. 크기가 저마다 제각각입니다. 무깍두기를 담고 배추김치 중간에 넣을 것입니다. 이렇게 자르는 것은 영호 몫입니다. 두 누님이 소금간을 합니다. 다음은 양념을 준비합니다. 100퍼센트 천연건조 고춧가루는 시월의 토요일에 60여 근을 갈아두었습니다. 찹쌀로 죽을 끓입니다. 물이 아주 많은 찹쌀 죽이 됩니다. 큰 양동이에 고춧가루를 넣고 찹쌀 죽을 넣습니다. 약간의 새우젓, 생강, 마늘, 소금 등이 들어갑니다. 이 모든 것들이 잘 어우러지기 위해서는 긴 주걱으로 한참을 저어야 합니다. 내일은 김장날입니다.

김장공개의 날입니다. 전날과 마찬가지로 7시에 집을 나섰습니다. 애마인 지포의 다섯 자리가 꽉 차서 시골집에 도착했습니다. 점심으로 먹을 소고기국부터 준비합니다. 무는 전날 잘게 엇썰기를 해 두었습니다. 고사리와 토란대 말린 것, 대파도 푸짐하게 준비가 되었습니다. 가마솥 가득 채워집니다. 국냄새와 불기운이 시골마당에 확 퍼집니다. 절인 배추를 씻을 차례입니다. 고무장갑과 장화는 필수품입니다. 세 번을 씻습니다. 점심 준비를 하는 아내를 빼고 오남매 모두가 달라붙습니다. 호수에서는 물이 계속 흐릅니다. 절이고 씻는 물맛이 김치맛에 큰 영향을 미칩니다. 시골에도 수도가 들어와 있지만, 예전부터 사용하던 우물물을 사용합니다.

동생은 절인 배추를 나릅니다. 세 누님은 절인배추에 양념을 바릅니다. 김치통마다 몇 개의 무를 넣습니다. 배추와 잘 어울려 깊은 맛을 내 줄 것입니다. 영호는 혹시나 하는 노파심에 김치통이 채워질 때마다 노끈으로 묶습니다. 만사 유비무환입니다. 얼마 지나지 않아 민우회 두 여성 회원이 합류를 했습니다. 진도가 빨라졌습니다. 김치통이 바쁘게 채워집니다. 김치통이 동이 났습니다. 이번에는 미리 준비한 김장봉투에 담습니다. 5쪽과 9쪽씩 담습니다. 열서너 개의 비닐에 담았습니다. 무깍두기에 양념을 하고, 절여 둔 고추에도 양념을 했습니다. 남은 양념을 통마다 채웠습니다. 앞으로 각종 음식에 맛을 낼 양념입니다.

12시가 되기 전에 마무리가 되었습니다. 민우회 남성 회원 둘과 여성 회원 한 명이 합류를 했습니다. 점심 준비를 하는 동안 김장에 동원된 크고 작은 그릇을 씻습니다. 많은 일손에 모두들 손이 빨라서 설거지도 금방 끝이 납니다. 마당에서 점심을 먹습니다. 새참으로 먹은 삼겹살에 김장김치가 제격입니다. 소고기국도 여느 음식점 못지않은 맛입니다. 아내는 손님이 온다고 몇 가지 반찬을 더 장만을 했습니다. 특별한 격식 차리지 않고 편하게 둘러앉아 먹는 김장날의 점심입니다. 해봉 회장님은 "영호가 누님들 애를 먹인다."고 살짝 투정합니다. 영호는 그저 웃고만 있습니다. 따뜻한 햇살만큼 정겨운 시골마당의 김장 프로젝트 풍경입니다.

김장하는 날의 특별한 점심이 끝났습니다. 이제 나눔의 시작입니다. 영호네 집으로 갈 것은 이미 차에 다 실었습니다. 누님들 몫도 나누었습니다. 김장을 도운 여성 민우회원도 넉넉하게 챙겨주었습니다. 김장봉투에 담은 무깍두기나 고추절임도 조금씩 나누었습니다. 남은 김장봉투의 김치는 모두 영호가 챙겼습니다. 영호차에 실린 것이 전체의 절반에 조금 미치지 못하는 엄청난 양입니다. 학교에도, 오늘 참석하지 못한 민우회원에게도 나누어야 합니다. 영호네 김장은 참 맛있습니다. 영호네 김장은 연인원 200여 명 이상이 맛을 봅니다. 판매를 하지는 않습니다. 일 년을 준비해서 일 년 이상을 먹는 영호네 김장 프로젝트입니다. 영호네 김장은 협력과 나눔입니다.

우리 대구교동교육의 일 년은 어떻습니까? 완전하고 완벽하지는 않지만, 우리에게는 교동 꿈자람 과정 카드가 있습니다. 출발이 조금 늦었지만, 늦었다고 생각하는 만큼 빠를 수도 있습니다. 이런 시도를 하지 않는 학교가 훨씬 많으니 말입니다. 성취기준은 김치맛입니다. 일정한 수준의 김치맛을 내기 위해서는 많은 것이 잘 어우러져야 합니다. 배추, 무, 소금, 새우젓, 고추, 생강, 마늘, 물, 바람, 공기, 햇볕, 땅 등등이 필요합니다. 무엇보다도 중요한 것은 농부의 지극정성입니다. 우리 교동의 보물인 꿈자람 과정 카드도 마찬가지입니다. 많은 것이 조화를 이루어야 수준급의 김치맛을 내는 성취기준에 도달할 수 있습니다.

불광불급(不狂不及)이라는 말이 있습니다. 미치지 않으면 미치지 못한다는 뜻입니다. 즉, 미쳐야 미친다는 뜻입니다. 여기서 미친다는 것은 집중, 정열, 열정, 사랑, 노력 등등의 의미입니다. 우리 대구 교동의 아이들이 '교동 꿈자람 과정 카드'라는 보물을 가꾸는 데는 많은 것이 필요하고, 많은 이들의 정성이 모아져야 합니다. 힘든 아이도 있습니다. 아주 힘든 아이도 있습니다. 다 우리 교동의 아이입니다. 이 아이들이 할 수 있을 때까지, 할 때까지 함께 하는 대구 교동교육가족이기를 소망합니다. 김치맛이 하루아침에 생기는 것이 아니듯 우리 교동의 아이들도 믿고 기다림의 시간이 필요합니다. 교동 꿈자람 과정 카드는 대구교동교육가족의 지극정성입니다.

"우리 교동의 아이들은 대구교동교육가족의 지극정성으로 자랍니다."

한 달 자란 배추와 무(2019.09.12. 파종은 08.12.)

고추 다듬기 및 빻기(2019.10.13.)

무 수확(2019.11.10. 배추는 11.16.)

배추 손질(2019.11.23.)

배추 절이기(2019.11.23.)

양념 만들기-찹쌀풀,고춧가루 50근(2019.11.23.)

김장 준비 끝(2019.11.24.)

김장 및 김장통에 담기(2019.11.24.)

🧑 장갑

"사랑합니다. 주머니에서 손 빼세요. 고개 들고."

마지못해 주머니에서 손을 뺍니다. 맨손입니다. 가까이 다가가서 묻습니다.

"내일부터 장갑 끼고 다녀."

"장갑이 없는데요."

"오늘 어머니께 장갑 사 주실 수 있어요 하고 여쭤봐."

"안 사 주면요."

"그러면 교장 선생님이 어머니께 ○○에게 장갑 사주라고 전화할게"

"……."

　우리 교동의 오늘 아침풍경입니다. 장갑을 낀 아이는 열에 한두 명도 되지를 않습니다. 오늘 아침맞이를 하면서 만난 아이 중에서 장갑을 낀 아이는 서른 명이 체 되지를 않았습니다.

　인류에게 장갑은 의복이자 액세서리이기도 합니다. 장갑은 보온, 보호, 의복, 패션, 의식 등 다양한 기능을 가지고 있습니다. 우리 교동의 아이들에게는 보온과 보호의 기능을 합니다. 마스크나 귀마개를 한 아이는 많아도 장갑을 낀 아이는 아주 적습니다. 그 이유는 손이 시리면 주머니에 넣으면 되기 때문입니다. 손을 넣으면 어깨는 움츠려듭니다. 고개도 조금 숙여집니다. 마스크와 귀마개를 하고 손을 주머니에 넣고 걸어옵니다. 오늘 아침 교동의 많은 아이들이 이렇게 등교를 했습니다.

　몸을 움츠리면 마음도 같이 움츠려듭니다. 어쩌면 장갑은 자신감의 상징일 수도 있습니다. 누구나 길을 걷다가 넘어질 수 있습니다. 넘어질 때 손을 주머니에 넣었을 때와 장갑을 끼고 손을 주머니에 넣지 않았을 때, 넘어지는 상황이 발생하면 엄청난 차이가 있습니다. 잠깐 시간을 내서 우리 아이들의 장갑 상황을 알아봐 주시기 바랍니다. 우리 아이들 모두가 장갑을 끼고 어깨를 펴고 고개를 들고 팔을 흔들면서 당당하게 걷는 등굣길이 되기를 소망합니다.

　노동을 하거나 의료 행위를 할 때 장갑은 기초와 기본이자 필수품입니다. 우리 아이들은 기초와 기본이 되는 어떤 장갑을 가지고 있는지 궁금합니다. 그 장갑은 눈에 잘 보이지 않습니다. 아이들의 머리나 가슴에 있고, 그 앎이 행동으로 나타날 수도 있겠지요. 그 장갑은 남을 배려하는 마음, 공감하고 소통하는 마음일 수도 있습니다. 모든 공부에 도움이 되는 읽기와 쓰기, 셈하기가 될 수도 있습니다. 우리 아이들이 이런 기초와 기본이 되는 튼실한 장갑을 가지는 데는 우리 대구교동교육가족 모두의 지극정성이 필요합니다. 우리 아이들의 장갑은 우리 교동교육가족의 지극정성입니다.

🧑 갈등

아침에 교장실 앞 화단에 오시면 '교동 카페 호~'에서 따뜻한 칡차 한 잔 하실 수 있습니다. 덤으로 노래 감상도 가능합니다. 노래는 매일 달라지도록 노력하고 있습니다. 칡차의 효능은 익히 알고 계시리라 생각합니다. 지난 겨울 시골산에서 직접 캔 칡입니다. 깨끗이 씻고 자르고 말려서 솥에서 불맛을 본 녀석입니다. 어릴 적 군것질거리였던 칡이 추운 겨울 몸을 녹이는 차로 재탄생하는 순간입니다.

이번 겨울 들어 가장 추운 아침입니다. 출근길에 차량에 찍힌 온도가 -5도에서 -10도를 오갈 정도입니다. 혹 장갑을 끼고 오셨는지요. 아침에 교문에 나갈까 교장실에 그냥 있을까 잠시 망설였습니다. 하루 나가지 않는다고 무슨 큰 일이 생기는 것도 아닙니다. '교동 카페 호~'의 칡차는 모두 준비를 한 뒤였습니다. 칡차를 한 잔

마시면서 교문으로 나가기로 마음을 먹었습니다. 칡차 한 잔이 잠깐의 갈등을 해결하는 데 도움을 주었습니다.

칡과 등나무에서 생겨난 말이 갈등(葛藤)입니다. 칡과 등나무가 서로 복잡하게 얽히면 풀기가 매우 어렵습니다. 개인이나 집단 사이의 의지나 처지 또는 이해 관계가 얽혀서 충돌이 생기는 것이 갈등입니다. 한 개인의 마음속에도 두 가지 이상의 감정이나 의지가 충돌하기도 합니다. 역시 갈등입니다. 문학에서 갈등은 인물이나 배경에서 문학을 문학답게 하는 중요한 요소입니다. 불교에서는 번뇌와 망상을 이르는 말이기도 합니다.

수업 시간에도 많은 갈등이 일어납니다. 최근 대구시내 모중학교에서 자는 학생을 깨우자, 그 학생이 선생님을 폭행해서 큰 물의를 일으키고 있습니다. 선생님도 자는 학생을 그냥 둘까 깨울까 사이에서 갈등을 했을 것입니다. 우리 교동의 교실에서도 마찬가지입니다. 선생님과 아이들 사이의 갈등도 있고, 아이들 사이의 갈등도 있습니다. 오늘 우리 교동의 교실에서는 어떤 갈등이 있었습니까? 그 갈등의 원인은 무엇이고 어떻게 해결되고 있습니까?

어느 사회나 갈등은 있습니다. 가장 작은 단위의 사회인 가정에서도 갈등은 있습니다. 우리 학교의 구성원 사이에도 갈등이 있을 수 있습니다. 갈등은 순기능과 역기능을 동시에 가지고 있습니다. 하지만 지속적인 갈등은 사회(조직)를 무기력하게 만듭니다. 혹, 우리 대구교동교육가족 중에 갈등 때문에 고민하시는 분이 있으신지요. 만약 갈등이 있다면, 원인은 무엇이고 어떻게 해결했으면 좋겠습니까? 좋은 일이나 행복한 일은 함께 나누면 배 이상이 됩니다.

힘들 일이나 고민은 함께 나누면 반이 됩니다. 우리는 좋은 일도 힘든 일도 고민도 함께 하는 대구교동교육가족입니다.

🧑 영호네 메주 프로젝트

"농작물은 농부의 발자국 소리를 듣고 자란다."고 합니다.

한여름에 메주콩씨를 넣었습니다. 색깔을 따서 노란콩이라고 하고, 백태로 부르기도 합니다. 종자는 지난해 수확한 것으로 씨알 좋은 놈으로 저장해 둔 콩입니다. 밭을 갈고 골을 타서 일정한 간격으로 두세 알씩 점뿌림을 합니다. 다시 흙을 덮습니다. 비가 온 지 얼마 되지 않아서 신발에 흙이 그대로 묻어옵니다. 일정한 수분 유지와 새들이 콩을 파먹는 것을 방지하기 위해서 그늘막을 덮습니다. 싹이 올라오면 그늘막은 치웁니다. 부지런한 농부의 발길 덕분에 씨알이 좋습니다. 무와 배추를 수확하기 전에 수확을 하고 콩타작을 합니다. 지붕 위에서 바싹 마른 동글동글한 콩은 사방팔방 제멋대로 튑니다.

12월 7일 토요일에 콩을 씻었습니다. 첫째, 둘째 누님과 남동생이 함께 했습니다. 준비하는 것은 그리 어려운 일이 아닙니다. 메주를 몇 장 할 것인지 생각해서 서 말 정도의 콩을 깨끗하게 씻었습니다. 큰 양동이에 콩을 넣고 물을 가득 채웁니다. 혹시나 돌이 들어가는 것은 막기 위해서 구멍이 성글게 난 체로 콩을 휘휘 저으면서 다른 양동이에 옮겨 담습니다. 아주 작은 콩이나 돌은 성근 구멍으로 빠집니다. 씻은 콩은 큰 솥 두 군데에 담고 알맞게 물을 부었습니다. 콩을 준비하는 동안 영호는 밭에 저장해 둔 무 열서너 개를 가져와서 무말랭이 작업을 했습니다. 길고 가늘게 자른 무에 소금을 치고 물기를 뺀 다음 바구니에 담아서 볕 좋은 옥상에 두었습니다.

12월 8일 일요일은 메주를 쑤는 날입니다. 남동생과 고향 인근에 사는 큰누님이 6시부터 두 솥에 불을 지핍니다. 구미에 사는 둘째, 셋째 누님과 영호는 10시가 가까운 시간에 콩 익는 냄새가 가득한 시골 마당에 들어섰습니다. 영호는 옥상으로 가서 어제 준비한 무말랭이를 가지런히 정리했습니다. 어제보다 물기가 많이 빠졌습니다. 아직 콩은 익어가는 중입니다. 콩이 익을 때까지 가까운 밭에 가서 이것저것 손을 봅니다. 풍성한 먹거리를 제공한 밭은 따스한 햇볕을 받으면서 휴식중입니다. 밭 중간에 부모님을 합장한 산소가 있습니다. 시골 마을과 저 멀리 휘돌아가는 감천이 보이는 전망 좋은 밭입니다. 12시가 되기 전에 점심을 먹었습니다.

점심을 토요일과 비슷한 메뉴입니다. 김치와 두부와 어묵을 넣어서 끓인 국과 김장김치에 밥이 전부입니다. 셋째 누님이 도토리묵을 가지고 와서 함께 먹으니 별미입니다. 원래 식사 준비는 아내 몫입니다. 손이 빠르고 통이 커서 시원시원하고 빠르게 음식을 잘 준비합니다. 딸아이 때문에 서울에 가는 바람에 이틀 동안 둘째 누님이 점심 당번이 되었습니다. 누님의 음식 솜씨도 아내 못지않습니다. 둘째 누님은 밭일이나 다른 시골 일은 제일 손이 빠르고 정확합니다. 오남매가 콩이 익어가는 마당에서 점심을 달게 먹었습니다. 영호와 동생은 50이 넘었고, 누님들은 60이 넘었습니다. 이런 정경이 언제까지 지속될지는 알 수가 없습니다.

큰 누님이 솥에서 콩을 풉니다. 물기를 빼기 위해서 성근 바구니에 담습니다. 솥 바닥에만 물기가 조금 있습니다. 큰 양동이 두 곳에 콩을 넣고 절구질을 합니다. 나무로 만든 절굿공이가 두 개 있습니다. 이것은 남자들의 몫입니다. 콩이 잘 익어서 절구질도 쉽습니다. 하얀 눈밭을 걸어가는 느낌입니다. 절구질을 할 때마다 절굿공이 크기만큼의 구멍이 생기고 콩떡이 됩니다. 콩을 너무 짓이겨도 좋지 않습니다. 콩 모양이 그대로 보존된 콩의 비율은 발효 과정에 큰 역할을 합니다. 정해진 비율은 없기 때문에 눈대중으로 합니다. 두 양동이에 두 번씩, 네 번의 절구질을 했습니다. 절구질은 끝난 콩은 영호와 동생이 옥상으로 옮깁니다.

큰누님은 마당에서 솥을 씻고 뒷정리를 합니다. 셋째 누님이 메주틀에 콩을 담습니다. 메주틀에서 메주가 잘 빠지도록 물에 적신 천을 두릅니다. 누님이 손으로 구석구석 누릅니다. 영호는 천을 모으고 동그랗게 한 다음 수건 한 장을 덮고 발로 밟습니다. 모서리부터 차근차근 밟습니다. 마지막에 중간을 밟고 틀을 위로 올리면 천에 쌓인 메주만 남습니다. 천을 제거하면 셋째 누님이 메주를 양파 주머니에 담습니다. 끈으로 묶기 전에 돌돌 말아 놓은 짚을 넣어서 발효를 돕습니다. 예전에 짚으로 묶었을 때는 별도의 짚을 넣지 않았습니다. 셋째 누님과 동생이 양파주머니의 메주를 나무에 매달면 끝입니다.

메주는 간장, 고추장, 된장을 만드는 데 꼭 필요한 기초이자 기본인

식품입니다. 메주의 발효과정도 매우 중요합니다. 이 과정이 잘 되어야 맛있는 간장, 고추장, 된장이 만들어집니다. 간장, 고추장, 된장은 다른 반찬이나 국을 만드는 데 들어가는 기초와 기본이 됩니다.

우리 대구교동의 아이들은 어떤 메주를 가지고 있는지 궁금합니다. 기초와 기본이 튼실한 아이들은 저마다의 꿈과 소질을 발휘해서 비상할 수 있도록 도와주어야 합니다. 기초와 기본이 허약한 아이들은 기초와 기본이 튼실하도록 도와주어야 합니다. 그 시기는 내일이 아니라 바로 지금입니다. 그 바로 지금은 우리 대구교동 교육가족 모두의 몫입니다. 우리 교동의 아이들은 대구교동교육가족의 지극정성으로 자랍니다.

콩씻기(2019.12.07.) 콩삶기(2019.12.08.)

콩찧기(2019.12.08.) 메주(2019.12.08.)

🧑 '보아하니'와 '겪어보니'

영호의 공부하는 모습을 보아하니 선생님 속을 많이 태울 것 같다. 영호의 행색이 초라한 게 보아하니 시골 농사꾼 같다. 영호가 가진 물건을 보아하니 별 것 아닌 것 같은데 애지중지 하는 이유를 모르겠다. 영호가 책을 읽는 것을 보아하니 읽기 공부를 많이 해야 할 것 같다.

'보아하니'는 '겉으로 보아서 짐작하건데'라는 뜻의 부사입니다. '첫인상'이라는 낱말과 일맥상통하는 것도 있다고 봅니다. 겉으로 보는 것은 어떤 사물이나 사람의 일부분만 보는 것입니다. 겉으로 드러나지는 않지만, 겉하고는 전혀 다른 감춰진 내면이 있을 수도 있습니다. 물론 겉과 속이 같은 수도 있습니다. 우리는 빙산의 일각이라는 말을 자주 합니다. 바다에 떠 있는 거대한 빙산의 겉모습은 그리 대단하지 않습니다.

2019년 12월 11일 수요일에 3학년을 대상으로 사랑이라는 주제로 소통과 공감의 수업을 했습니다. 마무리 부분에서 영호가 갑자기 화를 냈습니다. 한 아이가 조금 거친 말을 한 것을 참지 못하고, 여러 아이들 앞에서 꾸중을 했습니다. 쉬는 시간에 교장실에 같이 내려와서 많은 이야기를 나누었습니다. 1학기보다 잘 하고 있다고, 잘 하려고 노력하고 있다고 했습니다. 실제로 그랬습니다. 그 아이에게 화를 내서 미안하다고 사과를 했습니다. 아이의 거친 말 한 마디에 화를 낸 영호 자신이 부끄러웠습니다.

보아하니는 직관이기도 합니다. 직관이 맞을 수도 있지만, 내면의 다른 점을 발견하지 못할 수도 있습니다. '보아하니'로 사람이나 사물을 판단하기 보다는 '겪어보니'와 함께 하면 좋을 것 같습니다. 보아하니로는 무뚝뚝하고 쌀쌀맞지만, 겪어보면 볼수록 진심이 느껴지는 사람도 있습니다. 보아하니로는 아주 친절하고 다정다감한 사람이지만, 겪어보니 보아하니 하고는 전혀 딴판인 사람도 있습니다. 보아하니와 겪어보니가 동행이면 좋겠습니다.

우리 대구교동의 아이들은 보아하니 어떻습니까? 또, 실제 겪어보니 어떻습니까? 보아하니 겪어보니가 같은 아이도 있고, 전혀 다른 아이도 있을 것입니다. 보아하니에서 힘든 아이에게 좀 더 많은 관심과 사랑이 필요합니다. 우리 대구교동교육가족 모두의 일입니다. 그 관심과 사랑으로 보아하니에서 힘든 아이가 겪어보니 참 좋은 아이가 됩니다. 이런 과정을 거치다 보면 보아하니에서 힘든 아이도 시나브로 보아하니 참 좋은 아이가 됩니다.

우리 대구교동교육가족의 보아하니와 겪어보니는 어떻습니까?

🧑 2020 대구미래역량교육

2019년 12월 12일 목요일에 대구학생문화센터에서 2020 대구미래역량교육 설명회가 있었습니다. 2020 대구교육의 방향은 다음과 같습니다. 전체 내용은 별첨 파일을 참조하시기 바랍니다.

비전은 '미래를 배운다 함께 성장한다'입니다. 인재상은 우리 대구교동교육가족이 정하면 됩니다. 전략은 네 가지입니다. 학생의 미래역량을 기르겠습니다. 한 학생도 놓치지 않고 다 품겠습니다. 학교의 자율성을 존중하겠습니다. 따뜻한 교육공동체를 만들겠습니다. 미래역량은 2015개정교육과정의 여섯 가지 역량을 창의융합적 사고 역량, 자기관리 역량, 공감 소통 역량, 공동체 역량의 네 가지로 묶었습니다. 전략 네 가지는 공동체와 수업의 두 가지로 묶을 수 있습니다. 우리 학교 방식으로 정리하면 다음과 같습니다.

전략 1. 우리는 대구교동교육가족입니다. 모든 구성원은 동등한 인격체입니다. 구성원은 상호 존중하고 배려하는 마음을 가져야 합니다. 이해 충돌이 생길 때는 학생을 가장 먼저 생각합니다.

전략 2. 우리 학교는 수업 중심 학교문화입니다. 여기서 수업은 교육과정-수업-평가-기록의 일체화를 의미합니다. 우리는 '미래를 배우며 함께 성장하는 교동 꿈자람 과정 카드'로 수업 중심 학교문화를 만들어 가고 있습니다.

🧑 뿌리가 깊은 나무는

올해 김장철을 앞두고 배추값이 폭등했습니다. 잦은 비와 태풍의 영향으로 배추의 뿌리에 문제가 생긴 때문입니다. 그래도 뿌리가 튼튼한 배추는 김장으로 환골탈태해서 우리 식탁을 풍성하게 하고 있습니다. 뿌리는 근본이요 기초이자 기본입니다. "불휘 기픈 남근 ᄇᆞᄅᆞ매 아니 뮐씨, 곶 됴코 여름 하ᄂᆞ니. ᄉᆡ미 기픈 므른 ᄀᆞ므래 아니 그츨씨, 내히 이러 바ᄅᆞ래 가ᄂᆞ니.(뿌리가 깊은 나무는 바람에 움직이지 아니하므로, 꽃이 좋고 열매가 많으니, 샘이 깊은 물은 가뭄에 그치지 아니하므로, 내가 이루어져 바다에 가느니.)"용비어천가에서 가져왔습니다.

2019년을 마무리해야 할 때입니다. 2019학년도는 조금 더 남았습니다. 우리 학교는 석면 공사 때문에 2020년 1월 10일에 모든 학사 일정을 마치게 됩니다. 지금부터 3주 정도 남았습니다. 하나하나 마무리를 해야 할 시점입니다. 특히, 우리 교동의 아이들이 기초와 기본이 확실하게 정착되게 해 주시기 바랍니다. 여기서 기초와 기본은 생활교육과 학력(학습) 등 학교의 모든 교육활동을 포함하는 개념입니다. 모든 교동의 아이들이 우리 학교 교훈(바르게 슬기롭게 건강하게)처럼 튼실한 마무리가 되도록 부탁을 드립니다.

평가 담당 선생님이 '2019. 초등 교육과정 성취수준 진단평가 실시 계획' 안내를 하셨습니다. 자세하게 안내를 하셨지만, 다시 부탁의 말씀을 드립니다. 문항 선정, 실시 시간, 채점, 결과는 공명정대하게 처리를 하셔야 합니다. 채점을 해서 아이들이 틀린 문제는 우리 교동의 보물인 '교동 꿈자람 과정 카드'의 성취기준의 도달 여부와도 확인을 부탁드립니다. 피드백 차원에서 전체 문항을 다시 한번 풀어본다거나, 개별 학생별 지도 등을 통해서 학습부진이 생기기 않도록 지극정성의 사랑을 부탁드립니다.

또한, 진단평가의 결과는 2020학년도 학반 배정에도 꼭 활용하시기 바랍니다. 학반을 배정할 때는 진단평가 결과, 교우관계 등 교육적인 자료를 바탕으로 학반 간에 큰 차이가 생기지 않도록 해 주십시오. 1학년도 학년 자체로 읽기, 받아쓰기, 셈하기, 교우관계 등의 공통 자료를 활용해서 2학년의 학반 배정을 하시기 바랍니다.

처음 시작이 반이고, 과정도 매우 중요하지만, 마지막 끝맺음이 좋으면 다 좋습니다. 아무리 급해도 바늘허리에 실을 묶어서 바느질을 할 수는 없습니다. 우리 교동의 아이들이 근본이 튼실하도록 하나하나 차근차근 애써주시기 바랍니다.

🧑 용기·행복·칭찬·사랑

2019학년도에 '용기·행복·칭찬·사랑'이라는 주제로 1학년부터 6학년까지 각 반별로 4번(학교 전체 60시간)의 소통과 공감의 시간을 가졌습니다. 이 주제는 주로 고학년에 해당되는 내용이고 저학년은 말 그대로 소통과 공감의 시간이었습니다. 교육과정에서 4시간을 할애해 주신 선생님들께 감사를 드립니다. 그리고 영호와 함께 소통과 공감의 시간을 함께 한 우리 교동의 아이들에게도 고마움을 전합니다. 처음에는 수업이 조금 힘이 들었지만, 점점 좋아졌습니다. 우리 선생님들이 지극정성으로 아이들과 함께 한 시간 덕분입니다. 다음에는 아이들에게 더 가까갈 수 있도록 잘 준비하겠습니다.

첫 번째 수업은 4월과 5월에 '용기'라는 주제로 했습니다. 여러 가지 낱말을 유추해서 주제를 찾았습니다. 그리고 "용기와 두려움은 한 이불을 덮고 잔다."는 문장도 만들었습니다. 누구라도 어떤 일을 시작할 때는 용기도 있지만 두려움도 느낍니다. 우리 교동의 아이들도 그렇습니다. 여러 가지로 힘든 아이는 용기보다는 두려움이 훨씬 클 수도 있습니다. 용기가 많아질수록 두려움은 줄어듭니다. 우리 교동의 아이들이 살아가면서 용기를 가질 수 있도록 도와주는 게 우리 대구교동교육가족의 몫입니다. 어떤 일이나 약간의 두려움을 가지는 것은 신중한 일처리를 위해서 필요하기도 합니다.

두 번째 수업은 6월과 7월에 '행복'이라는 주제로 했습니다. 왕, 신하, 중병, 속옷, 농사꾼 부부의 낱말로 이야기를 만들어 보았습니다. 제재글인 '속옷 없는 행복'을 읽고 의미를 새겨 보았습니다. "행복은 내 마음먹기에 달려 있다."는 나름의 결론도 나왔습니다. 우리 교동이 아이들의 행복지수를 100점 만점으로 알아보기도 했습니다. 아이들이나 선생님들이나 하루 중에서 가장 비중이 큰 시간이 수업입니다. 수업이 행복한 교실을 소망합니다. 선생님이나 아이나 수업에서 행복을 찾기를 소망합니다. 수업은 학교의 시작이자 끝입니다.

세 번째 수업은 9월과 10월에 '칭찬'이라는 주제로 했습니다. 기분, 구래, 꾸중, 잘 했어라는 낱말로 '칭찬'이라는 주제를 찾았습니다. 『칭찬은 고래도 춤추게 한다』는 책 제목도 알아보고, '칭찬은 칭찬을 낳는다.'는 생각도 했습니다. 자기 자신을 칭찬하는 글을 써 보기도 했습니다. 선생님을 칭찬하는 글도 썼습니다. 1,2,3학년은 운동장에서 맨발수업을 했습니다. 우리 교동의 아이들이 잘 하는 것도 있고, 부족한 것도 있습니다. 잘 하는 것을 칭찬하는 것은 주마가편입니다. 부족하고 힘든 것을 격려하는 것은 칭찬이자 사랑입니다. 바람보다는 햇볕이 나그네의 옷을 벗기듯이, 꾸중보다는 칭찬이 우리 교동의 아이들을 성장시키는 디딤돌입니다.

네 번째 수업은 11월과 12월에 '사랑'이라는 주제로 했습니다. BTS, 교동, 인사, ♡로 '사랑'이라는 주제를 찾았습니다. 내가 사랑하는 것을 적고, 사랑하는 마음을 담아서 자신에게 편지를 써 보았습니다. '나를 사랑하는 것은 나를 믿는 것이다'는 생각을 합니다. 이타적인 사랑도 중요하지만, 사랑의 시작은 내가 나를 사랑하는 것입니다. 나를 사랑하면 나는 소중한 존재가 됩니다. 이것이 집착이 되어 이기적이 되는 것은 경계해야겠지요. 우리 아이들이 사랑하는 마음이 충만하고 실천할 수 있도록 우리 대구교동교육가족의 사랑이 필요합니다.

우리 대구교동교육가족을 응원합니다.
우리 대구교동교육가족의 좋은 수업을 응원합니다.
오늘도 참 좋은 날입니다.
우리는 대구교동교육가족입니다.

🧑 내가 만일

2019학년도 교육과정 워크숍의 날입니다. 2019학년도를 돌아보고 2020학년도의 초안을 마련하는 자리입니다. 온오프라인을 통한 의견 수렴을 충분하게 한 것으로 알고 있습니다. 어제보다 조금 더 나은 오늘, 오늘보다 조금 더 나은 내일이 발전이고 변화입니다.

"세 사람이 걸으면 한 사람의 스승의 있다."라는 말이 있고, "세 사람이 걸으면 없던 호랑이를 만든다."라는 말도 있습니다. 전자는 대화와 협력의 긍정적인 면이고 후자는 부정적인 면입니다. 아이들 세계나 어른의 세계나 다를 바 없습니다. 다양한 생각을 나누고, 좋은 생각을 모았을 것이라 생각합니다.

'내가 만일'이란 노래가 있습니다. 가수 안치환이 대중에게 널리 알려지게 된 노래입니다. 역설적이게도 그 쪽의 가수들에게는 노래가 너무 나긋나긋하다는 원망 아닌 원망도 받았다고 합니다. 내가 만일은 시네틱스 기법의 직접유추법, 의인유추법, 상징유추법, 환상유추법의 네 가지가 중에 의인유추법에 해당됩니다. 국어시간이나 사회시간에 많이 활용되고 있습니다. 2019학년도를 보내면서 아쉬웠거나, 2020학년도를 맞이하면서 희망하는 것으로 의인유추를 해 보시지요. 붙임으로 드리는 노래를 들으면서 솔직한 내 마음을 담아보시길 소망합니다.

내가 만일 교장이라면~

내가 만일 교육감이라면~

내가 만일 대통령이라면~ 등등입니다.

내가 만일

내가 만일

내가 만일

.

🙂 송구영신

대구교동교육가족 모든 분들 2019년 한 해 동안 대단히 노고가 많으셨습니다. 2019년은 육십갑자의 서른여섯째인 기해(己亥)년이자 돼지띠입니다. 오늘이 지나면 2020년입니다. 2020년은 육십갑자의 서른일곱째인 경자(庚子)년이자 쥐띠입니다. 2019년 한 해 우리학교에서도 많은 일이 있었습니다. 참 기분 좋은 일도 많았습니다. 다시 겪고 싶지 않은 힘든 일도 있었습니다. 기분 좋은 일은 기분 좋은 대로, 힘든 일은 힘든 대로 지나갔습니다. 되돌아보면 다우리 대구교동교육가족의 흔적이자 역사입니다.

2019년을 마무리하면서 사자성어로 한 해를 반추해 봅니다. 성인 남녀 1,000명은 전전반측(輾轉反側)을 1위로 꼽았다고 합니다. 올 한 내 우리나라의 크고 작은 근심과 걱정을 생각해보면 고개가 끄덕여지는 말입니다. 전국의 대학교수들은 올해의 사자성어로 공명지조(共命之鳥)를 선정했다고 합니다. 공명지조는 불교 경전에 등장하는 머리가 두 개인 상상 속의 새인데, 한쪽 머리는 밤에, 다른 한쪽 머리는 낮에 각각 일어난다고 합니다. 한 머리가 몸을 위해 항상 좋은 열매를 챙겨 먹는 것에 질투를 느낀 다른 한 머리가 어느 날 독이 든 열매를 몰래 먹어 버렸고, 결국 두 머리는 죽었다고 합니다. 서로가 어느 한쪽이 없어지면 자기만 살 것이라고 생각하지만, 실상은 공멸하게 되는 사실상의 운명공동체라는 뜻입니다. 이 또한 적절한 사자성어라고 생각합니다.

영호도 대구교동교육가족의 일 년을 되돌아보았습니다. 경애화

교장 선생님이 수업을 한다고

락(敬愛和樂)입니다. 공경, 사랑, 화목, 즐거움입니다. 우리 대구교동교육가족의 아이들은 어른들을 공경합니다. 우리 대구교동교육가족의 어른들은 아이들을 사랑합니다. 우리 대구교동교육가족은 서로서로 화목합니다. 우리 대구교동교육가족의 하루하루의 학교생활은 즐겁습니다. 물론 이렇게 좋은 말로만 하기에는 아쉽고 힘든 점도 있을 것입니다. 하지만 그런 아쉽고 힘든 점은 우리 대구교동교육가족이면 경애화락으로 바꿀 수 있습니다. 오늘의 좋은 일이 내일도 좋으리라는 법은 없습니다. 오늘의 아쉽고 힘든 일이 내일도 꼭 그러하리라는 법도 없습니다. 어제와 오늘과 내일은 그런 일들이 씨줄과 날줄이 되어서 만들어가고 있습니다. 세상의 그 어떤 일도 내 마음먹기 나름입니다. 우리 대구교동교육가족 모두가 늘 경애화락이기를 소망합니다.

🙎 꿈자람 보물

2019학년도를 마무리하는 날입니다. 그 동안 우리 교동의 아이들을 위해 애써 주신 대구교동교육가족 모든 분들께 감사를 드립니다. 오늘 종업식과 졸업식을 마치면 겨울방학이 시작됩니다. 3월이 되면 6학년은 새로운 학교급인 중학교로 진학합니다. 1학년에서 5학년까지는 한 학년씩 진급해서 2학년에서 6학년이 됩니다. 물론 새로운 가족인 1학년도 입학하게 됩니다.

'미래를 배우며 함께 성장하는 교동 꿈자람 과정 카드'는 우리 교동 아이들의 1년의 노력의 흔적입니다. 그 흔적을 남기기 위해 우리 아이들이 많은 노력을 했습니다. 선생님들은 사랑과 정성으로 그 흔적에 힘을 더했습니다. 기분 좋은 흔적도 있습니다. 더러 힘들었던 흔적도 있습니다. 힘들었던 흔적을 기분 좋은 흔적으로 바꾼 것도 있습니다. 그런 하나하나의 흔적을 잘 살펴보시기 바랍니다. 그 흔적은 한 명 한 명 아이의 소중한 역사입니다.

이름 모르는 들꽃도 꽃을 피우기까지 많은 과정을 거칩니다. 돌보는 이 없지만 비와 햇볕이 자라는 데 힘을 더합니다. 종종 바람이 불어서 뿌리를 좀 더 단단하게 내리도록 시험을 하기도 합니다. 가끔은 지나가는 새소리가 친구가 되어 주기도 합니다. 그렇게 꽃을 피워도 누구 하나 보는 이가 없을 때도 있습니다. 하지만 들꽃은 외롭거나 서운하지 않습니다. 다시 씨를 땅에 뿌리고 다음을 기약하는 들풀도 있습니다. 그렇게 들꽃은 해마다 새로운 역사를 만들어 갑니다.

우리 교동의 아이들은 많은 관심과 사랑을 받으면서 자신만의 꿈을 만들어가고 있습니다. 첫 번째는 한 명 한 명 아이의 하고자 하는 의지입니다. 여기에 학부모님들의 관심과 헌신이 더해집니다. 또한, 우리 교동의 선생님들이 교학상장의 힘을 더합니다. 힘들 때도 있습니다. 참 힘들 때도 있습니다. 가끔은 멈추고 싶을 때도 있습니다. 하지만 멈출 수 없습니다. 멈추어서는 안 됩니다. 교동 꿈자람은 소중한 보물이기 때문입니다. 우리는 대구교동교육가족이기 때문입니다.

이제, 2019학년도를 마무리하면서 겨울방학이 시작됩니다. 모두가 행복하고 즐겁고 유익한 방학생활이 되기를 소망합니다. 그런 방학을 맞이할 수 있도록 한 학년 동안 애써 주신 대구교동교육가족 모든 분들의 노고에 감사를 드립니다.

🧑 대구교동교육가족 2

대구교동교육가족

2020.01.10.(금)

"사랑합니다!"

2019학년도를 모두 마치는 2020년 1월 10일입니다. 좋은 일도 힘든 일도 아쉬운 일도 있었던 2019학년도였습니다. 2020학년도에는 이전에 있었던 좋은 일은 더 좋게, 힘들고 아쉬웠던 일들은 좋은 일로 만들어 가면 좋겠습니다. 우리가 함께 하면 할 수 있습니다. 우리는 대구교동교육가족이기 때문입니다. 다음은 2019년 3월 1일자로 드린 '대구교동교육-1. 대구교동교육가족'에 살짝 보충을 한 것입니다.

우리는 대구교동교육가족입니다. 학생, 학부모, 교직원 등등은 대구교동교육가족의 소중한 구성원입니다. 그 중심에는 우리 교동의 아이들(학생)이 있습니다. 개개인은 소중하고 동등한 인격체입니다. 각자의 역할이 다를 뿐이고, 그 어느 역할이나 소중하고 중요합니다. 우리 대구교동교육가족은 모두가 참 좋은 당신입니다.

저도 대구교동교육가족의 한 사람으로서 모든 일에 최선을 다하겠습니다. 모두가 경애화락이기를 소망합니다.

우리 대구교동교육은 수업중심 학교문화입니다. 여기서 수업은 교육과정-수업-평가-기록의 일체화를 포함하는 내용입니다. 전시성, 일회성 행사는 지양(止揚)하고 모든 활동은 수업에 녹아냅니다. '미래를 배우며 함께 성장하는 교동 꿈자람 과정 카드' 우리 아이들의 보물입니다. 학교의 중심은 수업입니다. 좋은 수업을 위한 역사용 역량, 수업철학 역량, 수업행복 역량, 수업문 역량을 생각해 봅니다. 우리 교동의 좋은 수업을 위해서 동행하며 모든 지원을 아끼지 않겠습니다.

수업중심 학교문화가 되기 위해서는 '우리'라는 생각이 우선입니다. 학교에서 수업이 중요한 것은 두말 말 필요가 없습니다. 하지만 그 중요한 수업도 우리는 대구교동교육가족이라는 믿음이 전제되지 않으면 사상누각에 불과합니다. 우리 모두가 대구교동교육가족으로서 수업중심 학교문화를 만들어 가는 데 동행하시길 소망합니다. 영호도 그 길을 함께 가는 데 더욱 더 절차탁마하겠습니다.

우리 대구교동교육가족을 응원합니다.

우리 대구교동교육가족의 좋은 수업을 응원합니다.

오늘도 참 좋은 날입니다.

우리는 대구교동교육가족입니다.

"사랑합니다!"

2020.01.10.(금)

대구교동초등학교장 김영호 드림

🎭 소통과 공감의 확고한 의지

다음은 대구광역시교육청 홈페이지에 전제된 보도자료입니다.

    대구교동초등학교 김영호 교장은 2019년 3월 1일부터 2020년 1월 10일까지 1년 동안 총 66회에 걸친 '2019학년도 소통과 공감의 대구교동교육가족 이야기'를 전체 교직원과 공유했다.

    2020년 1월 10일에는 총 66회, 78쪽의 내용을 하나의 파일로 만들어서 전체 교직원 및 교육계 지인들과 공유했다. 주제는 대구교동교육가족이라는 공동체 의식과 수업중심 학교문화 형성이다. 즉, 수업중심 학교문화를 만들기 위해서는 먼저 대구교동교육가족 모두가 한마음 한뜻으로 학생을 최우선으로 생각하자는 내용이다.

    공유한 내용은 전체 학반별 4회의 총 60시간의 수업, 좋은 수업을 위한 생각, 운동회 및 종합예술제 등 학교 교육과정 운영, 맨발교육, 계기교육, 교-수-평-기 일체화의 산물인 교동 꿈자람 과정 카드에 대한 애정, 학생의 일상, 교직원 갈등 관리 등이다. 개별 주제에 대한 교장의 생각과, 주제와 관련된 시, 수필, 노래 등 인용글과 사진을 넣어서 담담하게 쓴 글이다.

    2019년 12월 27일에 공유한 63회의 '내가 만일'은 하루 전에 전 교직원에게 파일을 공유하고, 세 가지의 '내가 만일 ~라면'을 미리 정리하도록 부탁했다. 12월 27일 교육과정 워크숍에서 희망 교원을 중심으로 '내가 만일 ~라면'의 생각을 발표했다. 이어진 전체 교직원 간담회에서도 모두가 한 가지의 '내가 만일 ~라면'을 발표하여 대구교동교육가족이라는 공감대를 형성했다.

    대구남부교육지원청에서 같이 근무한 임채희 장학사는 "학생들과 교육, 교사, 학교에 대한 애정이 듬뿍 담긴 좋은 읽기 자료 보내 주셔서 감사합니다. 아껴가며 읽겠습니다. 마음이 허한 날, 초심을 잃어버린 듯 느껴지는 날, 다시 꺼내어 읽어 보겠습니다. 따뜻한 마음, 공감과 소통에 대한 확고한 의지, 일 년간의 바지런함이 듬뿍 담겨 있는 글 보면서 다시 한 번 초심을 다지며 저를 채근해 봅니다."라는 답장을 주었다.

김영호 교장은 "1년 동안 학생과는 60시간의 수업으로 공감대를 형성하고, 교직원과는 대구교동교육가족 이야기로 소통과 공감의 시간을 가졌다. 2020학년도에도 학생 및 교직원과 소통과 공감의 이야기를 더욱 발전시키겠다. 특히, 학부모들과 소통과 공감을 할 수 있는 방법을 모색해서 진정한 대구교동교육가족 이야기를 완성시켜 나가겠다."라고 다짐을 밝혔다.